百年中国记忆
系列丛书

总策划、主编
刘未鸣

副主编
唐柳成　张剑荆　段　敏

百年中国记忆·先烈经典文丛

致青春

李大钊散文诗歌选

李大钊 著

中国文史出版社

图书在版编目（CIP）数据

致青春：李大钊散文诗歌选 / 李大钊著 .-- 北京：中国文史出版社，
2020.11

（百年中国记忆 . 先烈经典文丛）

ISBN 978-7-5205-2466-7

Ⅰ . ① 致… Ⅱ . ① 李… Ⅲ . ① 中国文学—现代文学—作品综合集
Ⅳ . ① I216.2

中国版本图书馆 CIP 数据核字（2020）第 209674 号

责任编辑：秦千里

出版发行：中国文史出版社

社　　址：北京市海淀区西八里庄路 69 号院　　邮编：100142

电　　话：010-81136606　81136602　81136603（发行部）

传　　真：010-81136655

印　　装：廊坊市海涛印刷有限公司

经　　销：全国新华书店

开　　本：16 开

印　　张：19.75

字　　数：245 千字

版　　次：2021 年 1 月北京第 1 版

印　　次：2021 年 10 月第 2 次印刷

定　　价：58.00 元

编者说明

　　李大钊（1889—1927），字守常，河北乐亭人。是中国最早的马克思主义者，中国共产主义运动先驱，中国共产党的主要创始人之一。他由祖父抚养成人。1913年毕业于天津北洋法政专门学校，后赴日本留学，入读早稻田大学政治本科，接触社会主义思想。1916年5月回国，创办《晨钟报》，任总编辑。1918年任北京大学图书馆主任，并兼经济系教授，参与编辑《新青年》，创办《每周评论》，是新文化运动的主将，推动了马克思主义在中国的早期传播。1920年，他和陈独秀酝酿组建中国共产党，发起组织马克思学说研究会。同年10月，和邓中夏、高君宇、何孟雄等一同建立北京共产主义小组。中国共产党成立后，李大钊负责党在北方的全面工作，多次代表共产党与孙中山会谈，促成了国共两党第一次全面合作。1927年4月6日李大钊被奉系军阀张作霖逮捕；28日，被绞杀在西交民巷京师看守所内。由于家中贫困，1933年才由蒋梦麟、沈尹默等北大教授发起募捐而公葬于万安公墓。李大钊说过：

　　"人生的目的，在发展自己的生命，可是也有为发展生命必须牺牲生命的时候。因为平凡的发展，有时不如壮烈的牺牲足以延长生命的音响和光华。绝美的风景，多在奇险的山川。绝壮的音乐，多是悲凉的韵调。高尚的生活，常在壮烈的牺牲中。"

李大钊不仅是中国共产党早期卓越的领导人，而且是学识渊博、涵养深厚的著名学者，新文化运动时期的旗帜性人物。他留下了大量著作和文稿。本书选编了他的部分代表性著作，包括散文、时评、杂感、论文和诗歌，既有脍炙人口的经典名篇如《庶民的胜利》《再论问题与主义》，又有性灵奔放、激情澎湃的《今》《少年中国之少年运动》，还有如投枪匕首的时评杂感，以及沉郁悲怆的诗歌《吊圆明园故址》等，这些文字可以一窥中国五四一代知识分子内在精神嬗变的轨迹和他们在时代大潮中对信仰的坚定选择和勇敢坚持，不仅具有文献性和思想性，而且更有长期以来被人忽视的文学性和审美价值。正如鲁迅先生所说：

　　"他的遗文却将永住，因为这是先驱者的遗产，革命史上的丰碑。"

目　录

散　文

时　评

杂　感

问　学

诗 歌

散　文

文　豪

洒一滴墨，使天地改观，山河易色者，文豪之本领也。盖文之入人者深。而人之读其文者，展卷吟哦，辄神凝目炫于其文境，潜移默化，观感旋殊。虽旷世异域，有千秋万里之遥，而如置身其间，俨然其时其境也者。文字感化之伟，充其量可以化魔于道，化俗于雅，化厉于和，化凄切为幽闲，化狞恶为壮伟。三寸毛锥力，能造光明世界于人生厄运之中。则夫文豪者，诚人类之福星也矣。

长天一碧，万木葱森，人影在山，樵歌出谷，科学家视之，僵石枯木之类耳；而一经文豪之点缀，则觉清风习习，透人肌骨焉。枫叶萧萧，江滨渔火，钟声夜半，月落乌啼，科学家视之，声光变动之象耳；而一经文豪之绚绘，则幽深潇洒，万念俱息焉。尽文豪之眼界灵机，悠悠宇宙之间，形色万殊，无不可为发舒性灵，感触兴趣之资，造物者降生万物，而不能使其所生之物，各自直觉其生机之大本。局部自限，缺陷靡穷；文豪本其直觉，发为文章，俾人天物我之实相，稍能映露万一，以通消息于其间，而补造物者之缺陷，斯其有功于造物者不小也。

嗟嗟！古今文豪，其身世何多在怨悲凄苦、飘零沦落之中也。征之东西，如出一辙。文王锢居羑里，寂寞铁窗，乃演《周易》。左丘失明，乃传《春秋》。屈灵均忠爱缠绵，而蔽伤于谗，憔悴行吟，卒沈湘水，而（作）《离骚》、《楚辞》，《诗》亡而后，此其继音。马迁身被宫刑，填胸愤慨，《史记》之作，模式来兹。乃至少陵忧国，血泪挥干。白也无家，佯狂弃世。放翁有种族之痛，渔洋有故国之思。他如金圣叹、李温陵之流，千古奇才，竟罹惨祸，杀其身而不足，更毁其书。中土文豪，大抵有身世悲凉，家国陵夷之痛者。而环稽西乘，唐德系出名族，中年飘泊，流寓天涯，《神曲》之作，为意大利文学之警钟。杰尔邦德士少年投笔，荷戈从军，雷邦特之战，伤中左腕，展转归途，虏于海寇，五载穷岛，困苦作奴，僧侣救之，始返故国，潜心著作，致西班牙文学得跻于英、德之林。汉伯德曼目击社会悲惨，痛心阶级制度之不良，发愤著书，有十九世纪沙翁之目。伊普逊以贫商之子，生于北欧，寂寞荒寒，贫且不能自给，童年供使，药屋愉〔偷〕闲，辄事文学，大学卒业后，伤祖国文学之不振，闭户著书，对兹缺陷社会，不惮口诛笔伐，文章声价，重于全欧。士多林贝尔西幼时，无力求学，艰苦卓绝，著书自活，为文伤时厌世，颇极深酷凄切之致，瑞典奄无生气之文学，至是始有新机。托尔斯泰生暴俄专制之下，扬博爱赤帜，为真理人道与百万貔貅、巨家阀阅、教魔、权威相搏战，宣告破门，杀身之祸，几于不免，而百折不挠，著书益力，充栋汗牛，风行一世。高尔基身自鬈龄，备历惨苦，故其文沈痛，写社会下层之黑暗，几于声泪俱下。凡此者类皆艰苦备尝，而巨帙宏篇，独能照耀千古者也；是岂文章憎命，才华有以使之然欤？抑遭时不遇，荡析流离，余兹历劫之身，乃得优游以事文学，故其言之深长足以动人欤？嗟嗟！江山故宅，文藻空存，册籍千秋，声华不朽。吾侪生兹末世，不见古人之面影，不闻古人之颊謦，徒对陈编，怅维遗迹，叹文豪之遭遇，不禁掩卷失声也矣。而于彼古人，虽躯尽骨灰，一点灵光，尚能岿然与天地终古，亦安庸吾辈之欷歔慨感为者！文豪之幸不幸，夫岂在瞬息百年之遭遇也哉！

吾尝论文豪与世运之关系，其见重于社会，不在盛世，而在衰世。盖当承平之世，物阜民康，群德日进，饮食各适其宜，作息各得其所，凡属圆颅方趾之伦，均得优游歌舞于熙皞和乐之天，击壤鼓腹之歌，曲巷流俗之谚，何莫非盛世元音，粉饰泰平，文章祝颂，岂必俟夫文豪者。若夫世衰道微，国风不作，举世滔滔，相率而趋于罪恶之途，百物丧尽，民不聊生，天地有晦冥之象，群象无生人之趣，倘无文豪者应运而出，奋生花之笔，歌黍离之章，则蚩蚩者不平之诉，呼吁何从，而精神上乏优美高尚之感化，忏悔之念，亦无自而发。人心来复之机既塞，惟日与禽兽暴掠强夺，相残杀以自活，其类将绝灭于天地之间也久矣。文豪之于衰世也，顾不重哉！顾不重哉！

抑吾闻之，千古之文章，千古文人之血泪也。盖欢愉之词难工，而愁苦之音易好。昔人尝有"诗以穷而益工"之语矣。夫喜怒哀乐，同为心理之变象，胡以一时感性之殊，发为文章，遂有声韵工拙之别。盖尝考之，其因缘有二：一世界观，一同情心也。吾人幻身于兹，假现世界，形躯虽间物我，精神则源于一。故优美高尚之文章，每为世人所同好。作者执笔之际，愁思郁结，哀感万端，悄然有厌倦浊世之思，精神之所倾注，恍然若见。彼真实世界之光影，不自知其流露于声气之间。人天物我，息息相见以神，故能得宇宙之真趣，而令读之者，有优美之感。若彼欢愉之词，大抵囿于兹世，纷纭人事，幻妄尘缘，乌从窥宇宙之美，又乌能深动乎人者，此愁苦之辞易动世界观者一也。人之生也，一切苦恼，环集厥躬，匆百年，黄粱梦冷，无强弱，无智愚，无贫富，无贵贱，无男女，生老病死，苦海沉沦，必至末日忏悔，始有解脱之期。芸芸有众，夫谁无隐痛者，平居特未尝以示人耳。一旦读愁苦之词，哀怨之什，觉满腔热泪，洒泄无从者，作者已先我而淋漓痛切出之，安能与作者无同情之感者？骚人之怨，秋士之悲，幽恨缠绵，有展转不忍释手者矣！此愁苦之文之易动同情心者二也。

嗟嗟！世之衰也！怨气郁结，人怀厌世之悲观，文人于此，当以全副血泪，倾注墨池，启发众生之天良，觉醒众生之忏悔，昭示人心来复之机，方能救人救世，使更以愁怨之声，凄怆之语，痛其心脾，断其希望，则求一瞑而自绝者，将接踵以闻也。暴俄肆虐，民遭荼毒，一时文豪哲士，痛人生之困苦颠连，字里行间，每含厌世之彩色，凶生赞死，厌倦人间，如苏罗古夫、阿尔慈巴塞夫、载切夫等，各以诡幻慑人灵魂之笔墨论"死"，致一般青年厌世、自裁者日益加多。虽文学本质，在写现代生活之思想，社会黑暗固无与于作者，而社会之乐有文豪，固将期以救世也。徒为厌世之文，不布忏悔之旨，致社会蒙自杀流行之影响，责又岂容辞乎？

嗟呼！嗟呼！中土不造，民德沦丧，天理人纪，荡然无存，愤世者已极厌世之怀，当代作者，其有大声疾呼，以唤醒众生于罪恶迷梦之中者乎？宜知所慎择，勿蹈俄人之覆辙，度人度世，其在兹矣。

《言治》月刊第 1 年第 6 期，1913 年 11 月 1 日

游碣石山杂记

予家渤海之滨，北望辄见碣石，高峰隐崎天际，盖相越仅八十里许。予性乐山，遇崇丘峻岭，每流连弗忍去。而于童年昕夕遥见之碣石，尤为神往。曩者与二三友辈归自津门，卸装昌黎，游兴勃发，时适溽夏，虽盛炎不以泥斯志，相率竟至西五峰韩昌黎祠一憩。是日零雨不止，山中浓雾荡胸，途次所经半石径，崎岖不易行，惟奇花异卉，铺地参天，骤见惊为天外桃源，故不以为苦。犹忆五峰前马家山湾，树林翁郁接云际，层层碧叶，青透重霄，虽暴雨行其下不知也。初入山，不识路径，牧童樵子，又以雨不出，陟一峰巅，徘徊不知何往，乃于无意中大呼："何处为五峰？"而云树缥渺间，竟有声应者曰："此处即是五峰"。遂欣然往，相讶为人间奇境。至则守祠人欢迎于门外。延入祠，则用松枝烹茶，更为煮米粥以进。食之别有清味，大异人间烟火气。守祠者刘姓。此为予与碣石山初度之缘，生平此游最乐，故今犹忆之。古诗有云"而今再过经行处，树老花残僧白头"，重寄感旧之思。予以重来五峰，青山依旧，森树丛茂，不减当年，守祠人仍为前度刘郎，健干一如曩昔，而同游者则易为子默，且仅一人。回首旧游，天涯零散，子蘅则从戎南下，守恒则执法塞北，际青则侨寓云津，乱离身世，而予尚得汗漫到此，不胜今昔之感也已！

五峰在昌黎城北十二里，仙人顶迤东，群山矗立，峻岭亘天，怪石高撑云际，五峰环峙，势若列屏，自东向北西历数：曰望海，曰锦绣，曰平斗，最高曰飞来，曰挂月。昌黎祠在山腹，建自有明崇祯年间，本圆通寺旧址。积石叠起，扩其地基，敷筑庭宇，盛植花木，于虚无缥渺间，万树森森，拥空中楼阁。凭垣一眺，东南天海一碧，茫无涯际，俯视人寰，炊烟树影，渺然微矣。

圆通寺规模故小，明季关东边患起，蓟、榆一带，为辽左咽喉，京畿屏障，昌黎尤为榆关内之要隘。军务重镇之驻邑城者，游踪时来五峰。今昌黎祠内有二配像，复有四牌位：（一）署钦差巡抚山永等处地方赞理军务都察院右都御史朱，（二）署钦命督师总率关辽兼制昌、蓟、通、保、登、津等处军务兵部尚书范，（三）署钦差分守宣化府兵备道山西布政司参议朱，（四）署知昌黎县事蒋"。心窃疑之，迨摩挲断碣，知是祠也，乃朱、范等因昌黎二字而建，以五峰名胜，必因人始彰，故借文公为名山生色，而四子之配享，则邑人士所建之生祠也。出祠沿西山坡南行，至挂月峰下，有一洞，石门半掩，苍苔满地，白云出入其中，额曰范公洞。有石刻像，是即祠中配享之范志完也。相传卒于山中，故邑人造像以志之。余闻之乡先生，满清之入关也，首攻昌黎，邑人悉数入城坚守之，围七日不破。虏急于据燕京，遂西行，弃之去。全邑民命，获以保全。朱、范诸人，既握兵柄，自必与于此役。然则疆臣重镇，虽不能摧败强敌，捍卫疆土，而当亡国之际，尚能死守孤城，厥功亦不可没。故谓数子皆明末遗老，鼎革后隐居于此，信有由也。顾吾以为数子者，或握兵符，或膺疆寄，或职亲民，果于戎马倥偬之际，卧薪尝胆之秋，尚忍荒嬉林泉，流连风景，则明之亡，庸岂无故，而数子者，又乌容辞荒职误国之咎。若至事不可为，满人已僭窃中土，始相率隐避，空山歌哭，借保明室衣冠，则数子者，殆亦不失为明季之伤心人也。后之游者，得毋兴故明河山之慨乎！

范氏名志完，中州人，予于祠壁见刻其游水岩长歌一首，颇足记此山景物之一般，兹录于左：

游水岩歌并序

辛巳春日，予以北平谒孤竹而还，道经昌黎，瞻文公祠。次日，同郡丞冯诗吾、蒋魁宇，访胜水岩。过中庵仙人台。东迤则为龙潭、瀑布泉。又东则为西五峰。层峦叠嶂，迥出尘寰，俯而视之，昌邑瀚海，较若列眉。诸峰环峙，若拱若卫。遂据此山之胜，因弄笔记之。

春朝访胜水岩边，桃李迎风色正妍。偶延二客来翩翩，掀髯相谈意更玄。叠嶂堆里步蹁跹，行行且止共盘旋。山中老树不记年，松子森森似毬圆。中峰再上半云烟，层峦相对两峰联。老僧引路视龙潭，上有仙岩下有川。石花层层密似竿，古松斜挂如画悬。龙潭迤东瀑布泉，银碗盛来不用盘。把酒峰前杯胪传，椿头荻芽味正鲜。遥望五峰境如仙，二客乘马我腾颠。须臾相会五峰前，景色幽然别有天。诸峰错落如珠璿，三泉涓涓清且涟。松风鸟韵奏管弦，石洞幽幽可参禅。昌邑城市灿如廛，瀚海汪洋列画船。登高览胜忆先贤，一僧孤立高峰巅。我欲往从解尘缘，佛骨一表法凛然。

文公案前置有枯松，枝作龙形。盖闻祠后故有三泉，今仅存其东西二者，中泉正与祠宇相值，巍石壁立，有小泉突出石隙，可一尺。尤侗题壁诗云："五峰清不断，引入白云中。春后山涯雪，秋空海上风。三钩菩提井（祠后有泉三口），一尺大夫松（石缝进松长仅尺许，寺僧云已数十年矣）。怪石排如笔，森严拱巨公。"而范氏诗中亦有"三泉涓涓清且涟"之句，则松与泉已久供诗人吟咏之资。泉水自石罅流贯入口，浸润松根，收天然灌溉之利。厥后泉忽涸而松亦随枯，工人伐木，辄加雕斲成龙形，置案上，为存一故迹也。

挂月峰东南角，层峦高耸，片石突起，作龟形，故名龟石。石上有印月痕，如弓弯然。相传每岁阴历八月十五夜，月华团圞，如挂龟石上，此挂月之所由名也。

自文公祠东绕，出望海峰，下坡沿岭东走，为东五峰。山村四五家，果树环绕，不见屋瓦。山犬不惯见人，辄猖猖狂吠，逐白云出。时值秋梨正熟，与园主话片刻，竟由树摘数十枚赠焉，坚不受价。此种人惟于山陬间尚能遇之，久居都市者乌肯为此。予等坐石上濯足毕，乃踉跄寻故路。途次摘采山花，兼拾松子，不知夕阳已下西岭。倦游归去，长歌采薇，悄然有慕古之思矣。

水岩寺亦碣石胜境之一，在五峰西南五里许。予与子默、唱三往，古寺荒凉，了无奇迹。惟正殿阶栏有二石柱，八角棱形，镌唐经文，摩挲久之，苔浸雨蚀，已模糊不克尽识。末署保宁元年，盖辽代物也。寺东院有得月亭，每值夏季，游人麕集，地近城市，人迹甚杂，俗器侵染，其幽雅迥不若五峰远甚也。

自邑城入山，东西二馒首山，犄角相持，如天然门户。东馒首山后为桃源山，旧为崔氏有。崔故昌邑望族，累代书香，名流辈出，崔子玉及其哲嗣伯振，均以能文著于时。广修文公祠记勒碑铭壁，文字俱奇健不群，即子玉作也。录如左：

碣石苍苍，溟海茫茫，佳气孕灵，宜有磊落奇伟任大任者，崛起于其乡。孤竹子清风其杳如耶？相与二三同志，俯仰今古，潀潀下岘山之泪。客有指顾五峰，称道唐贤韩文公者，公家世邑乘有书。明季朱、范两公，购置圆通禅院，建公祠。今春晓山贤裔，以妥神之余，大启尔宇，为谒山祠者游憩地。当夫山雨过

9

檐，海月度岭，披云兀坐，手公遗文一编，朗诵数过，觉涛声万里，沸沸松岩间。时而壮公微言阐道，正论格君，使有唐三百年来天下，如乍闻雷霆而复见日月；时复悲公磨蝎之运，遭际屯塞而卒，气数不易乐道之胸，谗谤益昭永世之名。不禁酹酒阶前，拜手稽首，望我公翩然来下大荒也。同治十三年春崔树宝。

斯文虽寥寥短幅，足见其胸中蕴积，有奇气，匪俗士所能道其只字。更于壁间见一绝句，题为《桃源山访崔子玉》，诗云："寂寞遥天带晚霞，云深何处是君家。渔人未识桃源路，不问樵夫问落花。"知其相与过从者，亦为一时隐逸清高之士。名山得名士足迹往还其间，草木云烟，当时亦颇不寂寞。厥后伯振亦尝设馆山中，吾友刘允之，即出其门。高躅前修，杳不可复睹，伯振闻亦于近岁以病死。桃源山松梨故宅，近复展转以归他氏。家山沦落，名士漂零，吾辈游人过其侧者，犹徘徊不忍去。而允之年来牢骚避世，执教鞭于碣阳成美学馆。课余之暇，时或于荒凉云树间，追寻陈迹，故山函丈，形影依稀，纵有松风泉石，亦岂足以塞允之之悲也！

桃源山今主为浙江陈氏，现在燕京，供职督府。闻以束钱四万串购得之。于梨园中构一居宅，颇幽雅。惟以移借道路，与山中人涉讼，恐不得久居此。信乎尘海深山，清浊异趣之扞格不相容也。余居山中，每入城，过陈家山（陈氏改为陈家山），辄羡叹不置。盖吾侪野人，久怀厌倦风尘之思，曩尝与同志抱买山之愿，而苦于无钱。噫！安得黄金三百万，买尽香山净土，为朋辈招隐之所。斯则吾与青山之缘遇何如？且当于吾与黄金之缘遇何如卜之矣！

碣石山中，猛兽绝少，惟傍晚则有狼狐等小兽出没。曩者亦尝有虎豹藏匿其间。数十年前，樵夫尚于平斗峰上得一死豹，近以人迹日多，兽类避去。故独行深山中，了无顾忌云。

余自山中访允之，再往始遇。盖余以京友函招，须西上，且当旋里一行，故匆匆立谈片刻，仅为子默介绍，恐其独处山中嫌寂寞也。迨自家返昌黎，复与子默、允之等入山一次，居成美学馆二日，备受杜瀛州夫妇之优遇。宗教家之诚恳与世，其爱綦宏，感且不绝于余之心矣。惟此荏苒十日间，昌黎惨毙路警五人"，已孤棺冷落，寄地藏寺中。彼倭奴者，乃洋洋得意，昂头阔步于中华领土，以戕我国士，伤心之士，能无愤慨！自是昌黎遂为国仇纪念地，山盟海誓，愿中原健儿，勿忘此弥天之耻辱，所与倭奴不共戴天者，有如碣石。

　　山中十日，游兴未尽，其中庵龙潭、瀑布泉、仙人顶、石佛洞等处，则期以后日焉。

《言治》月刊第 1 年第 6 期，1913 年 11 月 1 日

《晨钟》之使命

——青春中华之创造

一日有一日之黎明，一稘有一稘之黎明，个人有个人之青春，国家有国家之青春。今者，白发之中华垂亡，青春之中华未孕，旧稘之黄昏已去，新稘之黎明将来。际兹方死方生、方毁方成、方破坏方建设、方废落方开敷之会，吾侪振此"晨钟"，期与我慷慨悲壮之青年，活泼泼地之青年，日日迎黎明之朝气，尽二十稘黎明中当尽之努力，人人奋青春之元气，发新中华青春中应发之曙光，由是一一叩发一一声，一一声觉一一梦，俾吾民族之自我的自觉，自我之民族的自觉，一一彻底，急起直追，勇往奋进，径造自由神前，索我理想之中华，青春之中华，幸勿姑息迁延，韶光坐误。人已汲新泉，尝新炊，而我犹卧榻横陈，荒娱于白发中华、残年风烛之中，沉鼾于睡眠中华、黄粱酣梦之里也。

外人之衹〔诋〕吾者，辄曰：中华之国家，待亡之国家也；中华之民族，衰老之民族也。斯语一入吾有精神、有血气、有魂、有胆之青年耳中，鲜不勃然变色，思与四亿同胞发愤为雄，以雪斯言之奇辱者。顾吾以为宇宙大化之流行，盛衰起伏，循环无已，生者不能无死，毁者必有所成，健壮之前有衰颓，老大之后有青春，新生命之诞生，固常在累累坟墓之中也。吾之国家若民族，历数千年而巍然独存，往古来今，罕有其匹，由今论之，始云衰老，始云颓亡，斯何足讳，亦何足伤，更何足沮丧吾青年之精神，销沉吾青年之意气！吾人须知吾之国家若民族，所以扬其光华于二十秩之世界者，不在陈腐中华之不死，而在新荣中华之再生；青年所以贡其精诚于吾之国家若民族者，不在白发中华之保存，而在青春中华之创造。《晨钟》所以效命于胎孕青春中华之青年之前者，不在惜恋龁龁就木之中华，而在欢迎呱呱坠地之中华。是故中华自身无所谓运命也，而以青年之运命为运命；《晨钟》自身无所谓使命也，而以青年之使命为使命。青年不死，即中华不亡，《晨钟》之声，即青年之舌，国家不可一日无青年，青年不可一日无觉醒，青春中华之克创造与否，当于青年之觉醒与否卜之，青年之克觉醒与否，当于《晨钟》之壮快与否卜之矣。

过去之中华，老辈所有之中华，历史之中华，坟墓中之中华也。未来之中华，青年所有之中华，理想之中华，胎孕中之中华也。坟墓中之中华，尽可视为老辈之纪录，而拱手以让之老辈，俾携以俱去。胎孕中之中华，则断不许老辈以其沉滞颓废、衰朽枯窘之血液，侵及其新生命。盖一切之新创造，新机运，乃吾青年独有之特权，老辈之于社会，自其长于年龄、富于经验之点，吾人固可与以相当之敬礼，即令以此自重，而轻蔑吾青年，嘲骂吾青年，诽谤吾青年，凌辱吾青年，吾人亦皆能忍受，独至并此独有之特权而侵之，则毅然以用排除之手段，而无所于踌躇，无所于逊谢。须知吾青年之生，为自我而生，非为彼老辈而生，青春中华之创造，为青年而造，非为彼老辈而造也。

老辈之灵明，蔽翳于经验，而青年脑中无所谓经验也。老辈之精神，局牖于环境，而青年眼中无所谓环境也。老辈之文明，和解之文明也，与境遇和解，与时代和解，与经验和解。青年之文明，奋斗之文明也，与境遇奋斗，与时代奋斗，与经验奋斗。故青年者，人生之王，人生之春，人生之华也。青年之字典，无"困难"之字，青年之口头，无"障碍"之语；惟知跃进，惟知雄飞，惟知本其自由之精神，奇僻之思想，锐敏之直觉，活泼之生命，以创造环境，征服历史。老辈对于青年之道义，亦当尊重其精神，其思想，其直觉，其生命，而不可抑塞其精神，其思想，其直觉，其生命。苟老辈有以柔顺服从之义规戒青年，以遏其迈往之气、豪放之才者，是无异于劝青年之自杀也。苟老辈有不知苏生，不知蜕化，而犹逆宇宙之进运，投青年于废墟之中者，吾青年有对于揭反抗之旗之权利也。

今日之中华，犹是老辈把持之中华也，古董陈列之中华也。今日中华之青年，犹是崇拜老辈之青年，崇拜古董之青年也。人先失其青春，则其人无元气；国家丧其青年，则其国无生机。举一国之青年，自沉于荒冢之内，自缚于偶像之前，破坏其理想，黯郁其灵光，遂令皓首皤皤之老翁，昂头阔步，以陟于社会枢要之地，据为苑丘终老之所，而欲其国不为待亡之国，其族不为濒死之族，乌可得耶？吾尝稔究其故矣，此其咎不在老辈之不解青年心理，不与青年同情，而在青年之不能与老辈宣战，不能与老辈格斗。盖彼老辈之半体，已埋没于黄土一坏〔杯〕之中，更安有如许之精神气力，与青年交绥用武者。果或有之，吾青年亦乐引为良师益友，不敢侪之于一般老辈之列，而葬于荒冢之中矣。吾国所以演成今象者，非彼老辈之强，乃吾青年之弱，非彼旧人之勇，乃吾新人之怯，非吾国之多老辈多旧人，乃吾国之无青年无新人耳！非绝无青年，绝无新人，有之而乏慷慨悲壮之精神，起死回天之气力耳！此则不能不求青年之自觉与反省，不能不需《晨钟》之奋发与努力者矣。

由来新文明之诞生，必有新文艺为之先声，而新文艺之勃兴，尤必赖有一二哲人，犯当世之不韪，发挥其理想，振其自我之权威，为自我觉醒之绝叫，而后当时有众之沉梦，赖以惊破。欧人促于科学之进步，而为由耶教桎梏解放之运动者，起于路德一辈之声也。法兰西

14

人冒革命之血潮，认得自我之光明，而开近世自由政治之轨者，起于孟德斯鸠、卢骚、福禄特尔诸子之声也。他如狄卡儿、培根、秀母、康德之徒，其于当世，亦皆在破坏者、怀疑主义者之列，而清新之哲学、艺术、法制、伦理，莫不胚孕于彼等之思潮。萨兰德、海尔特尔、冷新、乃至改得、西尔列尔之流，其于当代，因〔固〕亦尝见诋为异端，而德意志帝国之统一，殆即苞蕾于彼等热烈之想象力，彼其破丹败奥，摧法征俄，风靡巴尔干半岛与海王国。抗战不屈之德意志魂，非俾士麦、特赖克、白仑哈的之成绩，乃讴歌德意志文化先声之青年思想家、艺术家所造之基础也。世尝啧啧称海聂之名矣，然但知其为沉哀之诗人，而不知其为"青年德意志"弹奏之人也。所谓"青年德意志"运动者，以一八四八年之革命为中心，而德国国民绝叫人文改造□□□也。彼等先俾斯麦、摩尔托克、维廉一世而起，于其国民之精神，与以痛烈之激刺。当是时，海聂、古秋阔、文巴古、门德、洛北诸子，实为其魁俊，各奋其颖新之笔，掊击时政，攻排旧制，否认偶像的道德，诅咒形式的信仰，冲决一切陈腐之历史，破坏一切固有之文明，扬布人生复活国家再造之声，而以使德意志民族回春、德意志帝国建于纯美青年之手为理想，此其孕育胚胎之世，距德意志之统一，才二十载，距今亦不过六十余年，而其民族之声威，文明之光彩，已足以震耀世界，征服世界，改造世界而有余。居今穷其因果，虽欲不归功于青年德意志之运动，青年文艺家、理想家之鼓吹，殆不可得。以视吾之文坛，堕落于男女兽欲之鬼窟，而罔克自拔，柔靡艳丽，驱青年于妇人醇酒之中者，盖有人禽之殊，天渊之别矣。记者不敏，未擅海聂诸子之文才，窃慕青年德意志之运动，海内青年，其有闻风兴起者乎？甚愿执鞭以从之矣。

吾尝论之，欧战既起，德意志、勃牙利亦以崭新之民族爆发于烽火之中。环顾兹世，新民族遂无复存。故今后之问题，非新民族崛起之问题，乃旧民族复活之问题也。而是等旧民族之复活，非其民族中老辈之责任，乃其民族中青年之责任也。土尔其以老大帝国与吾并称，而其冥顽无伦之亚布他尔哈米德朝，颠覆于一夜之顷者，则青年土尔其党愤起之功也。印度民族久已僵死，而其民间革命之烽烟，直迷漫于西马拉亚山之巅者，则印度青年革命家努力之效也。吾国最近革命运动，亦能举清朝三百年来之历史而推翻之。袁氏逆命，谋危共和，未逾数月，义师勃兴，南天震动，而一世之奸雄，竟为护国义军穷迫以死。今虽不敢遽断改革之业为告厥成功，而青春中华之创造，实已肇基于此。其胚种所由发，亦罔不在吾断头流血之青年也。长驱迈往之青年乎，其各百尺竿头，更进一步，取由来之历史，一举而摧焚之，取从前之文明，一举而沦葬之。变弱者之伦理为强者之人生，变庸人之哲学为天才之宗教，变"人"之文明为"我"之文明，变"求"之幸福为"取"之幸福。觅新国家，拓新世界，于欧洲战血余腥、炮焰灰烬之中，而以破坏与创造，征服与奋斗为青年专擅之场，厚青年之修养，畅青年之精神，壮青年之意志，砺青年之气节，鼓舞青春中华之运动，培植青春中华之根基，吾乃高撞自由之钟，以助其进行之勇气。中华其睡狮乎？闻之当勃然兴；中华其病象乎？闻之当霍然起。盖青年者，国家之魂，《晨钟》者，青年之友。青年当努力为国家自重，《晨钟》当努力为青年自勉，而各以青春中华之创造为唯一之使命，此则《晨钟》出世之始，所当昭告于吾同胞之前者矣。

附　言

篇中所称老辈云者，非由年龄而言，乃由精神而言；非由个人而言，乃由社会而言。有老人而青年者，有青年而老人者。

老当益壮者，固在吾人敬服之列，少年颓丧者，乃在吾人诟病之伦矣。

《晨钟报》创刊号，1916 年 8 月 15 日

青　春

　　春日载阳，东风解冻。远从瀛岛，返顾祖邦。肃杀郁塞之象，一变而为清和明媚之象矣；冰雪冱寒之天，一幻而为百卉昭苏之天矣。每更节序，辄动怀思，人事万端，那堪回首，或则幽闺善怨，或则骚客工愁。当兹春雨梨花，重门深掩，诗人颙頔，独倚栏杆之际，登楼四瞩，则见千条垂柳，未半才黄，十里铺青，遥看有色。彼幽闲贞静之青春，携来无限之希望、无限之兴趣，飘然贡其柔丽之姿于吾前途辽远之青年之前，而默许以独享之权利。嗟吾青年可爱之学子乎！彼美之青春，念子之任重而道远也，子之内美而修能也，怜子之劳，爱子之才也，故而经年一度，展其怡和之颜，饯子于长征迈往之途，冀有以慰子之心也。纵子为尽瘁于子之高尚之理想，圣神之使命，远大之事业，艰巨之责任，而夙兴夜寐，不遑启处，亦当于千忙万迫之中，偷隙一盼，霁颜相向，领彼恋子之殷情，赠子之韶华，俾以青年纯洁之躬，饮尝青春之甘美，浃浴青春之恩泽，永续青春之生涯。致我为青春之我，我之家庭为青春之家庭，我之国家为青春之国家，我之民族为青春之民族。斯青春之我，乃不枉于遥遥百千万劫中，为此一大因缘，与此多情多爱之青春，相邂逅于无尽青春中之一部分空间与时间也。

　　块然一躯，渺乎微矣。于此广大悠久之宇宙，殆犹沧海之一粟耳。其得永享青春之幸福与否，当问宇宙自然之青春是否为无尽。如

18

其有尽，纵有彭、聃之寿，甚且与宇宙齐，亦奚能许我以常享之福？如其无尽，吾人奋其悲壮之精神，以与无尽之宇宙竞进，又何不能之有？而宇宙之果否为无尽，当问宇宙之有无初终。宇宙果有初乎？曰：初乎无也。果有终乎？曰：终乎无也。初乎无者，等于无初；终乎无者，等于无终。无初无终，是于空间为无限，于时间为无极。质言之，无而已矣，此绝对之说也。若由相对观之，则宇宙为有进化者。既有进化，必有退化。于是差别之万象万殊生焉。惟其为万象万殊，故于全体为个体，于全生为一生。个体之积，如何其广大，而终于有限。一生之命，如何其悠久，而终于有涯。于是有生即有死，有盛即有衰，有阴即有阳，有否即有泰，有剥即有复，有屈即有信，有消即有长，有盈即有虚，有吉即有凶，有祸即有福，有青春即有白首，有健壮即有颓老，质言之有而已矣。庄周有云："朝菌不知晦朔，蟪蛄不知春秋。"又云："小知不如大知，小年不如大年。"夫晦朔与春秋而果为有耶，何以菌蛄以外之有生，几经晦朔几历春秋者皆知之，而菌蛄独不知也？其果为无耶，又何以菌蛄虽不知，而菌蛄以外之有生，几经晦朔几历春秋者，皆知之也？是有无之说，亦至无定矣。以吾人之知，小于宇宙自然之知，其年小于宇宙自然之年，而欲断空间时间不能超越之宇宙为有为无，是亦朝菌之晦朔、蟪蛄之春秋耳！秘观宇宙有二相焉：由佛理言之，平等与差别也，空与色也。由哲理言之，绝对与相对也。由数理言之，有与无也。由易理言之，周与易也。周易非以昭代立名，宋儒罗泌尝论之于《路史》，而金氏圣叹序《离骚经》，释之尤近精微，谓"周其体也，易其用也。约法而论，周以常住为义，易以变易为义。双约人法，则周乃圣人之能事，易乃大千之变易。大千本无一有，更立不定，日新、日日新、又日新之谓也。圣人独能以忧患之心周之，尘尘刹刹，无不普遍，又复尘尘周于刹刹，刹刹周于尘尘，然后世界自见其易，圣人时得其常，故云周易。"仲尼曰："自其异者视之，肝胆楚越也；自其同者视之，万物皆一也。"此同异之辨也。东坡曰："自其变者而观之，则天地曾不能以一瞬；自其不变者而观之，则物与我皆无尽也。"此变不变之殊也。其变者青春之进程，其不变者无尽之青春也。其异者青春之进程，其同者无尽之青春也。其易者青春之进程，其周者无尽之青春也。其有者青春之进程，其无者无尽之青春也。其相对者青春之进程，其绝对者无尽之青春也。其色者差别者青春之进程，其空者平等者无尽之青春也。推而言之，乃至生死、盛衰、阴阳、否泰、剥复、屈信、消长、盈虚、吉凶、祸福、青春白首、健壮颓老之轮回反复，连续流转，无非青春之进程。而此无初无终、无限无极、无方无体之机轴，亦即无尽之青春也。青年锐进之子，尘尘刹刹，立于旋转簸扬循环无端之大洪流中，宜有江流不转之精神，屹然独立之气魄，冲荡其潮流，抵拒其势力，以其不变应其变，以其同操其异，以其周执其易，以其无持其有，以其绝对统其相对，以其空驭其色，以其平等律其差别，故能以宇宙之生涯为自我之生涯，以宇宙之青春为自我之青春。宇宙无尽，即青春无尽，即自我无尽。此之精神，即生死肉骨、回天再造之精神也。此之气魄，即慷慨悲壮、拔山盖世之气魄也。惟真知爱青春者，乃能识宇宙有无尽之青春。惟真能识宇宙有无尽之青春者，乃能具此种精神与气魄。惟真有此种精神与气魄者，乃能永享宇宙无尽之青春。

一成一毁者，天之道也。一阴一阳者，易之道也。唐生维廉与铁特二家，遽研物理，知天地必有终极，盖天之行也以其动，其动也以不均，犹水之有高下而后流也。今太阳本热常耗，以彗星来往度之递差，知地外有最轻之冈气，为能阻物，既能阻物，斯能耗热耗力。故大宇积热力，每散趋均平，及其均平，天地乃毁。天地且有时而毁，况其间所包蕴之万物乎？漫云天地，究何所指，殊嫌茫漠，征实言之，有若地球。地球之有生命，已为地质学家所明证，惟今日之地球，为儿童地球乎？青年地球乎？丁壮地球乎？抑白首地球乎？此实未答之问也。苟犹在儿童或青年之期，前途自足乐观，游优乐土，来日方长，人生趣味益以浓厚，神志益以飞舞；即在丁壮之年，亦属元神盛涌，血气畅发之期，奋志前行，亦当勿懈；独至地球之寿，已臻白发之颓龄，则栖息其上之吾人，夜夜仰见死气沉沉之月球，徒借曜灵之末光，以示伤心之颜色于人寰，若以警告地球之终有死期也者，言念及此，能勿愀然。虽然，地球即成白首，吾人尚在青春，以吾人之青春，柔化地球之白首，虽老犹未老也。是则地球一日存在，即吾人之青春一日存在。吾人之青春一日存在，即地球之青春一日存在。吾人有现在一刹那之地球，即有现在一刹那之青春，即当尽现在一刹那对于地球之责任。虽明知未来一刹那之地球必毁，当知未来一刹那之青春不毁，未来一刹那之地球，虽非现在一刹那之地球，而未来一刹那之青春，犹是现在一刹那之青春。未来一刹那之我，仍有对于未来一刹那之地球之责任。庸得以虞地球形体之幻灭，而猥为沮丧哉！

复次，生于地球上之人类，其犹在青春乎，抑已臻白首乎？将来衰亡之顷，究与地球同时自然死灭乎，抑因地球温度激变，突与动植物共死灭乎？其或先兹事变，如个人若民族之死灭乎？斯亦难决之题也。生物学者之言曰：人类之生活，反乎自然之生活也。自妇人畏蕙，抱子而奔，始学立行，胸部暴露，必须被物以求遮卫，而人类遂有衣裳；又以播迁转徙，所携食物，易于腐败，而人类遂有火食。有衣裳而人类失其毛发矣，有火食而人类失其胃肠矣。其趋文明也日进，其背自然也日遝，浸假有舟车电汽，而人类丧其手足矣。有望远镜德律风等，而人类丧其耳目矣。他如有书报传译之速，文明利器之普，而人类亡其脑力。有机关枪四十二珊之炮，而人类弱其战能。有分工合作之都市生活，歌舞楼台之繁华景象，而人类增其新病。凡此种种，人类所以日向灭种之途者，若决江河，奔流莫遏，长此不已，劫焉可逃？此辈学者所由大声疾呼，布兹骇世听闻之噩耗，而冀以谋挽救之方也。宗教信士则从而反之，谓宇宙一切皆为神造，维护之任神自当之，吾人智能薄弱，惟托庇于神而能免于罪恶灾厄也。如生物家言，是为蔑夷神之功德，影响所及，将驱人类入于悲观之途，圣智且尚无灵，人工又胡能阏，惟有瞑心自放，居于下流，荒亡日久，将为人心世道之忧矣。末俗浇漓，未始非为此说者阶之厉也。吾人宜坚信上帝有全知全能，虔心奉祷，罪患如山，亦能免矣。由前之说，固易流于悲观，而其足以警觉世人，俾知谋矫正背乎自然之生活，此其所长也。由后之说，虽足以坚人信仰之力，俾其灵魂得优游于永生之天国，而其过崇神力，轻蔑本能，并以讳蔽科学之实际，乃其所短也。吾人于此，宜如宗教信士之信仰上帝者信人类有无尽之青春，更宜悚然于生物学者之旨，以深自警惕，力图于背逆自然生活之中，而能依人为之工夫，致其背逆自然之生活，无异于顺适自然之生活。斯则人类之寿，虽在耄耋之年，而吾人苟奋自我之欲能，又何不可返于无尽青春之域，而奏起死回生之功也？

人类之成一民族一国家者，亦各有其生命焉。有青春之民族，斯有白首之民族，有青春之国家，斯有白首之国家。吾之民族若国家，果为青春之民族、青春之国家欤，抑为白首之民族、白首之国家欤？苟已成白首之民族、白首之国家焉，吾辈青年之谋所以致之回春为之再造者，又应以何等信力与愿力从事，而克以著效。此则系乎青年之自觉何如耳！异族之觇吾国者，辄曰：支那者老大之邦也。支那之民族，濒灭之民族也。支那之国家，待亡之国家也。洪荒而后，民族若国家之递兴递亡者，踔然其不可纪矣。粤稽西史，罗马、巴比伦之盛时，丰功伟烈，彪著寰宇，曾几何时，一代声华，都成尘土矣。只今屈指，欧土名邦，若意大利，若法兰西，若西班牙，若葡萄牙，若和兰，若比利时，若丹马，若瑞典，若那威，乃至若英吉利，罔不有积尘之历史，以重累其国家若民族之生命。回溯往祀，是等国族，固皆尝有其青春之期，以其畅盛之生命，展其特殊之天才。而今已矣，声华渐落，躯壳空存，纷纷者皆成文明史上之过客矣。其较新者，惟德意志与勃牙利，此次战血洪涛中，又为其生命力之所注，勃然暴发，以挥展其天才矣。由历史考之，新兴之国族与陈腐之国族遇，陈腐者必败；朝气横溢之生命力与死灰沉滞之生命力遇，死灰沉滞者必败；青春之国民与白首之国民遇，白首者必败，此殆天演公例，莫或能逃者也。

支那自黄帝以降，赫赫然树独立之帜于亚东大陆者，四千八百余年于兹矣。历世久远，纵观横览，罕有其伦。稽其民族青春之期，远在有周之世，典章文物，灿然大备，过此以往，渐向衰歇之运，然犹浸衰浸微，扬其余辉，以至于今日者，得不谓为其民族之光欤？夫人寿之永，不过百年，民族之命，垂五千载，斯亦寿之至也。印度为生释迦而兴，故自释迦生而印度死；犹太为生耶稣而立，故自耶稣生而犹太亡；支那为生孔子而建，故自孔子生而支那衰，陵夷至于今日，残骸枯骨，满目黯然，民族之精英，渐灭尽矣，而欲不亡，庸可得乎？吾青年之骤闻斯言者，未有不变色裂眦，怒其侮我之甚也。虽然，勿怒也。吾之国族，已阅长久之历史，而此长久之历史，积尘重压，以桎梏其生命而臻于衰敝者，又宁容讳？然而吾族青年所当信誓旦旦，以昭示于世者，不在龂龂辩证白首中国之不死，乃在汲汲孕育青春中国之再生。吾族今后之能否立足于世界，不在白首中国之苟延残喘，而在青春中国之投胎复活。盖尝闻之，生命者，死与再生之连续也。今后人类之问题，民族之问题，非苟生残存之问题，乃复活更生、回春再造之问题也。与吾并称为老大帝国之土耳其，则青年之政治运动，屡试不一试焉。巴尔干诸邦，则各谋离土自立，而为民族之运动，兵连祸结，干戈频兴，卒以酿今兹世界之大变焉。遥望喜马拉亚山之巅，恍见印度革命之烽烟一缕，引而弥长，是亦欲回其民族之青春也。吾华自辛亥首义，癸丑之役继之，喘息未安，风尘蜩洞，又复倾动九服，是亦欲再造其神州也。而在是等国族，凡以冲决历史之桎梏，涤荡历史之积秽，新造民族之生命，挽回民族之青春者，固莫不惟其青年是望矣。建国伊始，肇锡嘉名，实维中华。中华之义，果何居乎？中者，宅中位正之谓也。吾辈青年之大任，不仅以于空间能致中华为天下之中而遂足，并当于时间而谛时中之旨也。旷观世界之历史，古往今来，变迁何极！吾人当于今岁之青春，画为中点，中以前之历史，不过如进化论仅于考究太阳地球动植各物乃至人类之如何发生、如何进化者，以纪人类民族国家之如何发生、如何进化也。中以后之历史，则以是为古代史之职，而别以纪人类民族国家之更生回春为其中心之的也。中以前之历史，封闭之历史，焚毁之历史，葬诸坟墓之历史也。中以后之历史，洁白之历史，新装之历史，待施绚绘之历史也。中以前之历史，白首之历史，陈死人之历史也。中以后之历史，青春之历史，活青年之历史也。青年乎！其以中立不倚之精神，肩兹砥柱中流之责任，即由今年今春之今日今刹那为时中之起点，取世界一切白首之历史，一火而摧焚之，而专以发挥青春中华之中，缀其一生之美于中以后历史之首页，为其职志，而勿逡巡不前。华者，文明开敷之谓也，华与实相为轮回，即开敷与废落相为嬗代。白首中华者，青春中华本以胚孕之实也。青春中华者，白首中华托以再生之华也。白首中华者，渐即废落之中华也。青春中华者，方复开敷之中华也。有渐即废落之中华，所以有方复开敷之中华。有前之废落以供今之开敷，斯有后之开敷以续今之废落，即废落，即开敷，即开敷，即废落，终竟如是废落，终竟如是开敷。宇宙有无尽之青春，斯宇宙有不落之华，而栽之、培之、灌之、溉之、赏玩之、享爱之者，舍青春中华之青年，更谁与归矣？青年乎，勿徒发愿，愿春常在华常好也，愿华常得青春，青春常在于华也。宜有即华不得青春，青春不在于华，亦必奋其回春再造之努力，使废落者复为开敷，开敷者终不废落，使华不能不得青春，青春不能不在于华之决心也。抑吾闻之化学家焉，土质虽腴，肥料虽多，耕种数载，地力必耗，砂土硬化，无能免也，将欲柔融之，俾再反于丰壤，惟有一种草木为能致之，为其能由空中吸收窒素肥料，注入土中而沃润之也。神州赤县，古称天府，胡以至今徒有万木秋声、萧萧落叶之悲，昔时繁华之盛，荒凉废落至于此极也！毋亦无此种草木为之文柔和润之耳。青年之于社会，殆犹此种草木之于田亩也。从此广植根蒂，深固不可复拔，不数年间，将见青春中华之参天翁郁，错节盘根，树于世界，而神州之域，还其丰壤，复其膏腴矣。则谓此菁菁苗苗之青年，即此方复开敷之青春中华可也。

顾人之生也，苟不能窥见宇宙有无尽之青春，则自呱呱堕地，迄于老死，觉其间之春光，迅于电波石火，不可淹留，浮生若梦，直菌鹤马蜩之过乎前耳。是以川上尼父，有逝者如斯之嗟；湘水灵均，兴春秋代序之感。其他风骚雅士，或秉烛夜游；勤事劳人，或重惜分寸。而一代帝王，一时豪富，当其垂暮之年，绝诀之际，贪恋幸福，不忍离舍，每为咨嗟太息，尽其权力黄金之用，无能永一瞬之天年，而重留遗憾于长生之无术焉。秦政并吞八荒，统制四海，固一世之雄也，晚年畏死，遍遣羽客，搜觅神仙，求不老之药，卒未能获，一旦魂断，宫车晚出。汉武穷兵，蛮荒慑伏，汉代之英主也，暮年永叹，空有"欢乐极兮哀情多，少壮几时兮奈老何"之慨。最近美国富豪某，以毕生之奋斗，博得 $ 式之王冠，衰病相催，濒于老死，则抚枕而叹曰："苟能延一月之命，报以千万金弗惜也。"然是又安可得哉？夫人之生也有限，其欲也无穷，以无穷之欲，逐有限之生，坐令似水年华，滔滔东去，红颜难再，白发空悲，其殆人之无奈天何者欤！涉念及此，灰肠断气，厌世之思，油然而生。贤者仁智俱穷，不肖者流连忘返，而人生之蕲向荒矣，是又岂青年之所宜出哉？人生兹世，更无一刹那不在青春，为其居无尽青春之一部，为无尽青春之过程也。顾青年之人，或不得常享青春之乐者，以其有黄金权力一切烦忧苦恼机械生活，为青春之累耳。谚云："百金买骏马，千金买美人，万金买爵禄，何处买青春？"岂惟无处购买，邓氏铜山，郭家金穴，愈有以障翳青春之路俾无由达于其境也。罗马亚布达尔曼帝，位在皇极，富有四海，不可谓不尊矣，临终语其近侍，谓四十年间，真感愉快者，仅有三日。权力之不足福人，以视黄金，又无差等。而以四十年之青春，娱心不过三日，悼心悔憾，宁有穷耶？夫青年安心立命之所，乃在循今日主义以进，以吾人之生，洵如卡莱尔所云，特为时间所执之无限而已。无限现而为我，乃为现在，非为过去与将来也。苟了现在，即了无限矣。昔者圣叹作诗，有"何处谁人玉笛声"之句。释弓年小，窃以玉字为未安，而质之圣叹。圣叹则曰："彼若说'我所吹本是铁笛，汝何得用作玉笛？'我便云：'我已用作玉笛，汝何得更吹铁笛？'天生我才，岂为汝铁笛作奴儿婢子来耶？"夫铁字与玉字，有何不可通融更易之处。圣叹顾与之争一字之短长而不惮烦者，亦欲与之争我之现在耳。诗人拜轮，放浪不羁，时人低之，谓于来世必当酷受地狱之苦。拜轮答曰："基督教徒自苦于现世，而欲祈福于来世。非基督教徒，则于现世旷逸自遣，来世之苦，非所辞也。"二者相校，但有先后之别，安有分量之差。拜轮此言，固甚矫激，且寓风刺之旨。以余观之，现世有现世之乐，来世有来世之乐。现世有现世之青春，来世有来世之青春。为贪来世之乐与青春，而迟吾现世之乐与青春，固所不许。而为贪现世之乐与青春，遽弃吾来世之乐与青春，亦所弗应也。人生求乐，何所不可，亦何必妄分先后，区异今来也？耶曼孙曰："尔若爱千古，当利用现在。昨日不能呼还，明日尚未确实。尔能确有把握者，惟有今日。今日之一日，适当明晨之二日。"斯言足发吾人之深省矣。盖现在者吾人青春中之青春也。青春作伴以还于大漠之乡，无如而不自得，更何烦忧之有焉。烦忧既解，恐怖奚为？耶比古达士曰："贫不足恐，流窜不足恐，囹圄不足恐，最可恐者，恐怖其物也。"美之政雄罗斯福氏，解政之后，游猎荒山，奋其铁腕，以与虎豹熊罴相搏战。一日猎白熊，险遭吞噬，自传其事，谓为不以恐怖误其稍纵即逝之机之效，始获免焉。于以知恐怖为物，决不能拯人于危。苟其明日将有大祸临于吾躬，无论如何恐怖，明日之祸万不能因是而减其毫末。而今日之我，则因是而大损其气力，俾不足以御明日之祸而与之抗也。艰虞万难之境，横于吾前，吾惟有我、有我之现在而足恃。堂堂七尺之躯，徘徊回顾，前不见古人，后不见来者，惟有昂头阔步，独往独来，何待他人之援手，始以遂其生者，更胡为乎"念天地之悠悠，独怆然而涕下"哉？惟足为累于我之现在及现在之我者，机械生活之重荷，与过去历史之积尘，殆有同一之力焉。今人之赴利禄之途也，如蚁之就膻，蛾之投火，究其所企，克致志得意满之果，而营营扰扰，已逾半生，以孑然之身，强负黄金与权势之重荷以趋，几何不为所重压而僵毙耶？盖其优于权富即其短于青春者也。耶经有云："富人之欲入天国，犹之骆驼欲潜身于针孔。"此以喻重荷之与青春不并存也。总之，青年之自觉，一在冲决过去历史之网罗，破坏陈腐学说之囹圄，勿令僵尸枯骨，束缚现在活泼泼地之我，进而纵现在青春之我，扑杀过去青春之我，促今日青春之我，禅让明日青春之我。一在脱绝浮世虚伪之机械生活，以特立独行之我，立于行健不息之大机轴。袒裼裸裎，去来无罣，全其优美高尚之天，不仅以今日青春之我，追杀今日白首之我，并宜以今日青春之我，预杀来日白首之我，此固人生唯一之蕲向，青年唯一之责任也矣。拉凯尔曰："长保青春，为人生无上之幸福，尔欲享兹幸福，当死于少年之中。"吾愿吾亲爱之青年，生于青春死于青春，生于少年死于少年也。德国史家孟孙氏，评骘锡札曰："彼由青春之杯，饮人生之水，并泡沫而干之。"吾愿吾亲爱之青年，擎此夜光之杯，举人生之醍醐浆液，一饮而干也。人能如是，方为不役于物，物莫之伤。大浸稽天而不溺，大旱金石流土山焦而不热，是其尘垢粃糠，将犹陶铸尧、舜。自我之青春，何能以外界之变动而改易，历史上残骸枯骨之灰，又何能塞蔽青年之聪明也哉？市南宜僚见鲁侯，鲁侯有忧色，市南子乃示以去累除忧之道，有曰："吾愿君去国捐俗，与道相辅而行。"君曰："彼其道远而险，又有江山，我无舟车，奈何？"市南子曰："君无形倨，无留居，以为舟车。"君曰："彼其道幽远而无人，吾谁与为邻？吾无粮，我无食，安得而至焉？"市南子曰："少君之费，寡君之欲，虽无粮而乃足，君其涉于江而浮于海，望之而不见其崖，愈往而不知其所穷，送君者皆自崖而反，君自此远矣。"此其谓道，殆即达于青春之大道。青年循蹈乎此，本其理性，加以努力，进前而勿顾后，背黑暗而向光明，为世界进文明，为人类造幸福，以青春之我，创建青春之家庭，青春之国家，青春之民族，青春之人类，青春之地球，青春之宇宙，资以乐其无涯之生。乘风破浪，迢迢乎远矣，复何无计留春望尘莫及之忧哉？吾文至此，已嫌冗赘，请诵漆园之语，以终斯篇。

《新青年》第 2 卷第 1 号，1916 年 9 月 1 日

"今"

　　我以为世间最可宝贵的就是"今"，最易丧失的也是"今"。因为他最容易丧失，所以更觉得他可以宝贵。

　　为甚么"今"最可宝贵呢？最好借哲人耶曼孙所说的话答这个疑问："尔若爱千古，尔当爱现在。昨日不能唤回来，明天还不确实，尔能确有把握的就是今日。今日一天，当明日两天。"

　　为甚么"今"最易丧失呢？因为宇宙大化，刻刻流转，绝不停留。时间这个东西，也不因为吾人贵他爱他稍稍在人间留恋。试问吾人说"今"说"现在"，茫茫百千万劫，究竟那一刹那是吾人的"今"，是吾人的"现在"呢？刚刚说他是"今"是"现在"，他早已风驰电掣的一般，已成"过去"了。吾人若要糊糊涂涂把他丢掉，岂不可惜？

　　有的哲学家说，时间但有"过去"与"未来"，并无"现在"。有的又说，"过去"、"未来"皆是"现在"。我以为"过去未来皆是现在"的话倒有些道理。因为"现在"就是所有"过去"流入的世界，换句话说，所有"过去"都埋没于"现在"的里边。故一时代的思潮，不是单纯在这个时代所能凭空成立的。不晓得有几多"过去"时代的思潮，差不多可以说是由所有"过去"时代的思潮一（起）凑合而成的。吾人投一石子于时代潮流里面，所激起的波澜声响，都向永远流动传播，不能消灭。屈原的《离骚》，永远使人人感泣。打击林肯头颅的枪声，呼应于永远的时间与空间。一时代的变动，绝不消失，仍遗留于次一时代，这样传演，至于无穷，在世界中有一贯相联的永远性。昨日的事件与今日的事件，合构成数个复杂事件。此数个复杂事件与明日的数个复杂事件，更合构成数个复杂事件。势力结合势力，问题牵起问题。无限的"过去"都以"现在"为归宿，无限的"未来"都以"现在"为渊源。"过去"、"未来"的中间全仗有"现在"以成其连续，以成其永远，以成其无始无终的大实在。一掣现在的铃，无限的过去未来皆遥相呼应。这就是过去未来皆是现在的道理。这就是"今"最可宝贵的道理。

现时有两种不知爱"今"的人：一种是厌"今"的人，一种是乐"今"的人。

厌"今"的人也有两派：一派是对于"现在"一切现象都不满足，因起一种回顾"过去"的感想。他们觉得"今"的总是不好，古的都是好。政治、法律、道德、风俗全是"今"不如古。此派人惟一的希望在复古。他们的心力全施于复古的运动。一派是对于"现在"一切现象都不满足，与复古的厌"今"派全同，但是他们不想"过去"，但盼"将来"。盼"将来"的结果，往往流于梦想，把许多"现在"可以努力的事业都放弃不做，单是耽溺于虚无缥渺的空玄境界。这两派人都是不能助益进化，并且很足阻滞进化的。

乐"今"的人大概是些无志趣无意识的人，是些对于"现在"一切满足的人，觉得所处境遇可以安乐优游，不必再商进取，再为创造。这种人丧失"今"的好处，阻滞进化的流，同厌"今"派毫无区别。

原来厌"今"为人类的通性。大凡一境尚未实现以前，觉得此境有无限的佳趣，有无疆的福利，一旦身陷其境，却觉不过尔尔，随即起一种失望的念，厌"今"的心。又如吾人方处一境，觉得无甚可乐，而一旦其境变易，却又觉得其境可恋，其情可思。前者为企望"将来"的动机，后者为反顾"过去"的动机。但是回想"过去"，毫无效用，且空耗努力的时间。若以企望"将来"的动机，而尽"现在"的努力，则厌"今"思想却大足为进化的原动。乐"今"是一种惰性（Inertia），须再进一步，了解"今"所以可爱的道理，全在凭他可以为创造"将来"的努力，决不在得他可以安乐无为。

热心复古的人，开口闭口都是说"现在"的境象若何黑暗，若何卑污，罪恶若何深重，祸患若何剧烈。要晓得"现在"的境象倘若真是这样黑暗，这样卑污，罪恶这样深重，祸患这样剧烈，也都是"过去"所遗留的宿孽，断断不是"现在"造的。全归咎于"现在"是断断不能受的。要想改变他，但当努力以创造将来，不当努力以回复"过去"。

照这个道理讲起来，大实在的瀑流永远由无始的实在向无终的实在奔流。吾人的"我"，吾人的生命，也永远合所有生活上的潮流，随着大实在的奔流，以为扩大，以为继续，以为进转，以为发展。故实在即动力，生命即流转。

忆独秀先生曾于《一九一六年》文中说过，青年欲达民族更新的希望，"必自杀其一九一五年之青年，而自重其一九一六年之青年。"我尝推广其意，也说过人生惟一的蕲向，青年惟一的责任，在"从现在青春之我，扑杀过去青春之我，促今日青春之我，禅让明日青春之我。""不仅以今日青春之我，追杀今日白首之我，并宜以今日青春之我，豫杀来日白首之我。"实则历史的现象，时时流转，时时变易，同时还遗留永远不灭的现象和生命于宇宙之间，如何能杀得？所谓杀者，不过使今日的"我"不仍旧沉滞于昨天的"我"。而在今日之"我"中，固明明有昨天的"我"存在。不止有昨天的"我"，昨天以前的"我"，乃至十年二十年百千万亿年的"我"都俨然存在于"今我"的身上。然则"今"之"我"，"我"之"今"，岂可不珍重自将，为世间造些功德？稍一失脚，必致遗留层层罪恶种子于"未来"无量的人，即未来无量的"我"，永不能消除，永不能忏悔。

我请以最简明的一句话写出这篇的意思来：

吾人在世，不可厌"今"而徒回思"过去"，梦想"将来"，以耗误"现在"的努力。又不可以"今"境自足，毫不拿出"现在"的努力，谋"将来"的发展。宜善用"今"，以努力为"将来"之创造。由"今"所造的功德罪孽，永久不灭。故人生本务，在随实在之进行，为后人造大功德，供永远的"我"享受，扩张，传袭，至无穷极，以达"宇宙即我，我即宇宙"之究竟。

《新青年》第 4 卷第 4 号，1918 年 4 月 15 日

新的！旧的！

宇宙进化的机轴，全由两种精神运之以行，正如车有两轮，鸟有两翼，一个是新的，一个是旧的。但这两种精神活动的方向，必须是代谢的，不是固定的；是合体的，是分立的，才能于进化有益。

中国人今日的生活全是矛盾生活，中国今日的现象全是矛盾现象。举国的人都在矛盾现象中讨生活，当然觉得不安，当然觉得不快，既是觉得不安不快，当然要打破此矛盾生活的阶，另外创造一种新生活，以寄顿吾人的身心，慰安吾人的灵性。

矛盾生活，就是新旧不调和的生活，就是一个新的，一个旧的，其间相去不知几千万里的东西，偏偏凑在一处，分立对抗的生活。这种生活，最是苦痛，最无趣味，最容易起冲突。这一段国民的生活史，最是可怖。

欲研究一国家或一都会中某一时期人民的生活，任取其生活现象中的一粒微尘而分析之，也能知道其生活全部的特质。一个都会里一个人所穿的衣服，就是此都会里最美的市场中所陈设的；一个人的指爪上的一粒炭灰，就是由此都会里最大机械场的烟突中所飞落的。既同在一个生活之中，刹刹尘尘都含有全体的质性，都着有全体的颜色。

我前岁在北京过年，刚过新年，又过旧年。看见贺年的人，有的鞠躬，有的拜跪，有的脱帽，有的作揖，有的在门首悬挂国旗，有的张贴春联，因而起了种种联想。

想起黄昏时候走在街头，听见的是更夫的梆子丁丁的响，看见的是站岗巡警的枪刺耀耀的亮。更夫是旧的，巡警是新的。要用更夫，何用巡警？既用巡警，何用更夫？

又想起我国现已成了民国，仍然还有甚么清室。吾侪小民，一面要负担议会及公府的经费，一面又要负担优待清室的经费。民国是新的，清室是旧的，既有民国，那有清室？若有清室，何来民国？

又想起制定宪法。一面规定信仰自由，一面规定"以孔道为修身大本"。信仰自由是新的，孔道修身是旧的。既重自由，何又迫人来尊孔？既要迫人尊孔，何谓信仰自由？

又想起谈论政治的。一面主张自我实现，一面鼓吹贤人政治。自我实现是新的，贤人政治是旧的。既要自我实现，怎行贤人政治？若行贤人政治，怎能自我实现？

又想起法制习俗。一面立禁止重婚的刑律，一面许纳妾的习俗。禁止重婚的刑律是新的，纳妾的习俗是旧的。既施刑律，必禁习俗；若存习俗，必废刑律。

以上所说不过一时的杂感，其余类此者尚多。最近又在本志上看见独秀先生与南海圣人争论，半农先生向投书某君棒喝。以新的为本位论，南海圣人及投书某君最少应生在百年以前。以旧的为本位论，独秀、半农最少应生在百年以后。此等"风马牛不相及"的人物思想，竟不能不凑在一处，立在同一水平线上来讲话，岂不是绝大憾事？中国今日生活现象矛盾的原因，全在新旧的性质相差太远，活动又相邻太近。换句话说，就是新旧之间，纵的距离太远，横的距离太近；时间的性质差的太多，空间的接触逼的太紧。同时同地不容并存的人物、事实、思想、议论，走来走去，竟不能不走在一路来碰头，呈出两两配映、两两对立的奇观。这就是新的气力太薄，不能努力创造新生活，以征服旧的过处了。

我常走在前门一带通衢，觉得那样狭隘的一条道路，其间竟能容纳数多时代的器物：也有骆驼轿，也有上贴"借光二哥"的一轮车，也有骡车、马车、人力车、自转车、汽车等，把念世纪的东西同十五世纪以前的汇在一处。轮蹄轧轧，汽笛呜呜，车声马声，人力车夫互相唾骂声，纷纭错综，复杂万状，稍不加意，即遭冲轧，一般走路的人，精神很觉不安。推一轮车的讨厌人力车、马车、汽车，拉人力车的讨厌马车、汽车，赶马车的又讨厌汽车。反说回来，也是一样。新的嫌旧的妨阻，旧的嫌新的危险。照这样层级论，生活的内容不止是一种单纯的矛盾，简直是重重叠叠的矛盾。人生的径路，若是为重重叠叠的矛盾现象所塞，怎能急起直追，逐宇宙的大化前进呢？仔细想来，全是我们创造的能力缺乏的原故。若能在北京创造一条四通八达的电车轨路，我想那时乘坐驼轿、骡车、人力车等等的人，必都舍却这些笨拙迂腐的器具，来坐迅速捷便的电车，马路上自然绰有余裕，不像那样拥挤了。即有寥寥的汽车、马车、自转车等依旧通行，因为与电车纵的距离不甚相远，横的距离又不像从前那样逼近，也就都有容头过身的道路了，也就没有互相嫌恶的感情了，也就没有那样容易冲突的机会了。

因此我很盼望我们新青年打起精神，于政治、社会、文学、思想种种方面开辟一条新径路，创造一种新生活，以包容覆载那些残废颓败的老人，不但使他们不妨害文明的进步，且使他们也享享新文明的幸福，尝尝新生活的趣味，就像在北京建造电车轨道，输运从前那些乘驼轿、骡车、人力车的人一般。打破矛盾生活，脱去二重负担，这全是我们新青年的责任，看我们新青年的创造能力如何？

进！进！进！新青年！

《新青年》第 4 卷第 5 号，1918 年 5 月 15 日

新纪元

新纪元来！新纪元来！

人生最有趣味的事情，就是送旧迎新，因为人类最高的欲求，是在时时创造新生活。

今日是一九一九年的新纪元，现在的时代又是人类生活中的新纪元，所以我们要欢欣庆祝。

我们今日欢祝这新纪元，不是像那小儿女们喜欢过年，喜欢那灯光照旧明，爆竹照旧响，鱼肉照旧吃，春联照旧贴，恭喜的套话照旧说，新衣新裳照旧穿戴。那样陈陈相因的生活，就过了百千万亿年，也是毫无意义，毫无趣味，毫无祝贺的价值。人类的生活，必须时时刻刻拿最大的努力，向最高的理想扩张传衍，流转无穷，把那陈旧的组织、腐滞的机能一一的扫荡摧清，别开一种新局面。这样进行的发轫，才能配称新纪元。这样的新纪元，才有祝贺的价值。一个人的一生，包舍〔含〕无数的新纪元，才算能完成他的崇高的生活。人类全体的历史，联结无数的新纪元，才算能贯达这人类伟大的使命。

一九一四年以来世界大战的血、一九一七年俄国革命的血、一九一八年德、奥革命的血，好比作一场大洪水——诺阿以后最大的洪水——洗来洗去，洗出一个新纪元来。这个新纪元带来新生活、新文明、新世界，和一九一四年以前的生活、文明、世界，大不相同，仿佛隔几世纪一样。

看啊，从前讲天演进化的，都说是优胜劣败，弱肉强食，你们应该牺牲弱者的生存幸福，造成你们优胜的地位，你们应该当强者去食人，不要当狗〔弱〕者，当人家的肉。从今以后都晓得这话大错。知道生物的进化，不是靠着竞争，乃是靠着互助。人类若是想求生存，想享幸福，应该互相友爱，不该仗着强力互相残杀。从前研究解决人口问题的，都是说马尔查士说过，人口的增加是几何的，食物的增加是算术的，人日〔口〕的增加没有限制，地球的面积只有这一定的大小，若不能自节生殖，不是酿成疾疫，就是惹起战争。这也是无可如何的事情。所以强大的国家都要靠着兵力，扩张领土；自尊的民族，也多执着人种的偏见，限制异种的工人入境。种种不公平背人道的事情，都起于这个学说。从今以后，大家都晓得生产制度如能改良，国家界线如能打破，人类都得一个机会同去作工，那些种种的悲情、穷困、疾疫、争夺，自然都可以消灭。人类的衣食，没有少数强盗的侵夺暴掠，自然也可以足用了。从前的战争靠着单纯腕力，所以皇家、贵族、军阀、地主、资本家，可以拿他们的不正势力，驱使几个好身手的武士，作他们的爪牙，造出一个特别阶级，压服那些庶民，庶民也没法子可以制裁他们，只有受他们的蹂躏。从今以后，因为现代的战争要靠着工业知识，所以那些皇家、贵族等等，一旦争斗起来，非仰赖劳工阶级不可。从前欺凌他们侮辱他们，现在都来谄媚他们。夺去他们的工具，把武器授与他们。他们有了武器在手，就要掉过头来，拥护劳工的权利，攻击他们的公敌。劳工阶级有了自卫的方法，那些少数掠夺的〔劳〕工剩余的强盗，都该匿迹销声了。从前在资本主义的生产制度之下，一国若想扩充他那一国中资本阶级的势力，都仗着战争把国界打破，合全世界作一个经济组织，拿他一国的资本家的政府去支配全世界。从今以后，生产制度起一种绝大的变动，劳工阶级要联合他们全世界的同胞，作一个合理的生产者的结合，去打破国界，打倒全世界资本的阶级。总同盟罢工，就是他们的武器。从前尚有几个皇帝、军阀残存在世界上，偷着作□鬼祟的事情。秘密外交是他们作鬼的契约，常备兵是他们作鬼的保障。他们总是戴着一副鬼脸，你猜我忌的阴谋怎么吞并、虐待那些小的民族。虽然也曾组织过什么平和会议，什么仲裁裁判，但在那里边，仍旧去规定些杀人灭国的事情。从今以后，人心渐渐觉醒。欧洲几个先觉，在那里大声疾呼，要求人民的平和，不要皇帝，不要常备兵，不要秘密外交，要民族自决，要欧洲联邦，做世界联邦的基础。美国威总统，也主张国际大同盟。这都是差（强）人意的消息。这些消息，都是这新纪元的曙光。在这曙光中，多少个性的屈枉、人生的悲惨、人类的罪恶，都可望像春冰遇着烈日一般，消灭渐净。多少历史上遗留的偶像，如那皇帝、军阀、贵族、资本主义、军国主义，也都像枯叶经了秋风一样，飞落在地。这个新纪元是世界革命的新纪元，是人类觉醒的新纪元。我们在这黑暗的中国，死寂的北京，也仿佛分得那曙光的一线，好比在沉沉深夜中得一个小小的明星，照见新人生的道路。我们应该趁着这一线的光明，努力前去为人类活动，作出一点有益人类（的）工作。这点工作，就是贺新纪元的纪念。

一九一九年元旦

《每周评论》第 3 号，1919 年 1 月 5 日

青年与农村

要想把现代的新文明，从根底输入到社会里面，非把知识阶级与劳工阶级打成一气不可。我甚望我们中国的青年，认清这个道理。

俄国今日的情形，纵然纷乱到什么地步，他们这回革命，总算是一个彻底的改革，总算是为新世纪开一新纪元。我们要晓得，这种新机的酝酿，不是一时半刻的功夫，也不是一手一足的力量。他们有许多文人志士，把自己家庭的幸福全抛弃了，不惮跋涉艰难的辛苦，都跑到乡下的农村里去，宣传人道主义、社会主义的道理。有时乘着他们休息的时间和他们谈话，有时和他们在一处工作，一滴血一滴汗的作他们同情的伴侣。有时在农村里聚集老幼妇孺，和他们灯前话语，说出他们的苦痛，增进他们的知识。一经政府侦知他们，或者逃走天涯，或者陷入罗网。在那阴霾障天的俄罗斯，居然有他们青年志士活动的新天地，那是什么？就是俄罗斯的农村。

我们中国今日的情况，虽然与当年的俄罗斯大不相同，可是我们青年应该到农村里去，拿出当年俄罗斯青年在俄罗农村宣传运动的精神，来作些开发农村的事，是万不容缓的。我们中国是一个农国，大多数的劳工阶级就是那些农民。他们若是不解放，就是我们国民全体不解放；他们的苦痛，就是我们国民全体的苦痛；他们的愚暗，就是我们国民全体的愚暗；他们生活的利病，就是我们政治全体的利病。去开发他们，使他们知道要求解放、陈说苦痛、脱去愚暗、自己打算自己生活的利病的人，除去我们几个青年，举国昏昏，还有那个？

中国农村的黑暗，算是达于极点。那些赃官、污吏、恶绅、劣董，专靠差役、土棍作他们的爪牙，去鱼肉那些老百姓。那些老百姓，都是愚暗的人，不知道谋自卫的方法，结互助的团体。他们里边，有的是刚能自给的有土农夫，有的是厚拥田畴的地主，有的是专作农工的佃户，有的是专待雇佣的工人。他们不但不知道结合起来，抗那些官绅，拒那些役棍，他们自己中间也是按着等级互相凌虐，去结那些官绅棍役的欢心。地主总是苛待佃户与工人，佃户与工人不但不知互助、没有同情，有时也作自己同行的奸细，去结那地主的欢心。农村的教育机关，不完不备，虽有成立一二初等小学的地方，也不过刚有一个形式。小学教师的知识，不晓得去现代延迟到几世纪呢！至于那阅书报的机关，更是绝无仅有。他们一天到晚，只是到田园里去，像牛马一般作他们的工；就是在吹风落雨、灯前月下的时候，有点闲暇，也没有他们开展知识修养精神的机会。从前的村落都有个寺院庙堂，他们也不会利用这些东西，作他们大家聚合的会堂，白白的看着他颓零在荒烟蔓草的里面。村落中也有比较开明一点，大家立个青苗会，在庙堂中觅个会所，也不过听那些会头们、绅董们一手处理，有了费用，就向老百姓们要，用去以后，全没什么报销。世界潮流已竟到了这般地步，他们在那里，还只是向人家要什么真主，还只是听官绅们宰割蹂躏，作人家的良民，你说可怜不可怜呢？推究这个缘故，都是因为一般知识阶级的青年，跑在都市上，求得一知半解，就专想在都市上活动，却不愿回到田园；专想在官僚中讨生活，却不愿再去工作。久而久之，青年常在都市中混的，都成了鬼蜮；农村中绝不见知识阶级的足迹，也就成了地狱。把那清新雅洁的田园生活，都埋没在黑暗的地狱里面，这不是我们这些怠惰青年的责任，那个的责任？

民主政治的精神进展的结果，扩张选举的声音逐渐增高起来，战后各立宪国，苟想把民主主义做到比从前更加充实的地步，至少也要施行普通选举。我们中国将来的选举法，也不能漠视这种趋势，无论所行的是限制选举，抑是普通选举，那选民的生活本据，大多数都在农村。若想扩〔廓〕清选举，使这种新制度不作高等流氓们藏污纳垢的巢穴、发财作官的捷径，非开发农村不可，非使一般农民有自由判别的知能不可。入民国，名义上也算行过几次选举，可是弄得污七八糟，几乎把这个制度糟蹋的没有一点本来面目了。根本的原因，就在农村中没有真是农民伴侣的青年，告知他们那选举的道理，备他们选出的人物。那些运动选举的人都是来自都市，不是在都市中当过几天流氓，就是在都市中作过几天强盗，练习了许多的诡诈手段，积下了许多的罪孽金钱，却来骗他乡里的父老。这些人都靠着选举入了议院，立宪政治、民主政治，那有丝毫的希望？那些老百姓的生活上的疾苦，那能改善？生活上的幸福，那能获享？立宪的青年呵！你们若想得个立宪的政治，你们先要有个立宪的民间；你们若想有个立宪的民间，你们先要把黑暗的农村变成光明的农村，把那专制的农村变成立宪的农村。只要农村里有了现代青年的足迹，作现代文明的导线，那些农民们自然不会放弃他们的选举权，不会滥用他们的选举权，不会受那都市中流氓的欺、地方上绅董的骗，每人投的清清楚楚的一票，必能集中到一个勤苦工作、满腹和劳工阶级表同情的人身上。他来到议院，才能替老百姓说话，也就是老百姓说话，他的话才能有无限的权威，万一有种非礼的压迫无端相加，老百姓才能作他们的后援。这样的民主主义，才算有了根柢，有了泉源。这样的农村，才算是培养民主，主义的沃土。在这一方面活动的青年，才算是栽植民主主义的工人。

现在有许多青年，天天在都市上漂泊，总是希望那位大人先生替他觅一个劳少报多的地位。那晓得官僚的地位有限，预备作官僚的源源而来，皇皇数年，弄不到一个饭碗。这时把他的青年气质，早已消磨净尽，穷愁嗟叹，都成了失路的人。都市上塞满了青年，却没有青年活动的道路。农村中很有青年活动的余地，并且有青年活动的需要，却不见有青年的踪影。到底是都市误了青年，还是青年自误？到底是青年辜负了农村，还是农村辜负了青年？只〔这〕要我们青年自己去想！

在都市里漂泊的青年朋友们呵！你们要晓得：都市上有许多罪恶，乡村里有许多幸福；都市的生活黑暗一方面多，乡村的生活光明一方面多；都市上的生活几乎是鬼的生活，乡村中的活动全是人的活动；都市的空气污浊，乡村的空气清洁。你们为何不赶紧收拾行装，清结旅债，还归你们的乡土？你们在都市上天天向那虚伪凉薄的社会求点恩惠，万一那点恩惠天幸到手，究竟是幸福，还是苦痛，尚是一个疑问。曾何如早早回到乡里，把自己的生活弄简单些，劳心也好，劳力也好，种菜也好，耕田也好，当小学教师也好，一日把八小时作些与人有益、与己有益的工活，那其余的工夫，都去作开发农村、改善农民生活的事业，一面劳作，一面和劳作的伴侣在笑语间商量人生向上的道理。只要知识阶级加入了劳工团体，那劳工团体就有了光明；只要青年多多的还了农村，那农村的生活就有改进的希望；只要农村生活有了改进的效果，那社会组织就有进步了，那些掠夺农工、欺骗农民的强盗，就该销声匿迹了。

青年呵！速向农村去吧！日出而作，日入而息，耕田而食，凿井而饮。那些终年在田野工作的父老妇孺，都是你们的同心伴侣，那炊烟锄影、鸡犬相闻的境界，才是你们安身立命的地方呵！

《晨报》，1919 年 2 月 20—23 日

新旧思潮之激战

宇宙的进化，全仗新旧二种思潮，互相挽进，互相推演，仿佛像两个轮子运着一辆车一样；又像一个鸟仗着两翼，向天空飞翔一般。我确信这两种思潮，都是人群进化必要的，缺一不可。我确信这两种思潮，都应该知道须和他反对的一方面并存同进，不可妄想灭尽反对的势力，以求独自横行的道理。我确信万一有一方面若存这种妄想，断断乎不能如愿，徒得一个与人无伤、适以自败的结果。我又确信这二种思潮，一面要有容人并存的雅量，一面更要有自信独守的坚操。

我们且看今日的日本，新的方面，有"黎明会"一班人士种种的结合，大张民主主义、社会主义的旗帜，大声疾呼，和那一切顽迷思想宣战。什么军阀、贵族，什么军国主义、资本主义，都是他们的仇敌，都在他们攻击之列。他们天天宣传，天天游说，这儿一个演说会，那儿一个讨论会，这里立一个杂志，那里创一所日刊。公共结合以外，他们还有自己本着他专究的学理择选的问题，今天一个小册子，明天一个小册子，散布传播，飞如蝴蝶。他们虽然定了一个公同进行的方向，都向着黎明的曙光走去，可是各人取那条路，还是各人的自由，不必从同，且不能从同，不可从同。那反对一方面，也是堂堂鼓、正正旗来相对应。"桐花会""黑龙会"这一班人的思想虽旧，他们也知道走正路，也知道本着自己所信的道理、思想，在社会上造成一种正当势力，和新的对抗。就是那个"浪人会"的行动，在日本社会已为舆论所不直，他们对于新派的激战，也不过开一个演说会，请反对党的魁领莅会辩论而已。

我们再回过头来看看我们中国，新的旧的，都是死气沈沈。偶有一二稍稍激昂的议论、稍稍新颖的道理，因为靡有旗鼓相当的对立，也是单调靡有精采，比人家那如火如荼的新潮，那风起潮涌的新人运动，尚不知相差几千万里？那些旧人见了，尚且鬼鬼祟祟的，想用道理以外的势力，来铲除这刚一萌动的新机。他们总不会堂皇正大的立在道理上来和新的对抗。在政治上相见，就想引政治以外的势力；在学术上相遇，就想引学术以外的势力。我尝追究这个原因，知道病全在惰性太深、奴性太深，总是不肯用自己的理性，维持自己的生存，总想用个巧法，走个捷径，靠他人的势力，摧除对面的存立。这种靠人不靠己，信力不信理的民族性，真正可耻！真正可羞！

我今正告那些顽旧鬼祟、抱着腐败思想的人：你们应该本着你们所信的道理，光明磊落的出来同这新派思想家辩驳、讨论。公众比一个人的聪明质量广、方面多，总可以判断出来谁是谁非。你们若是对于公众失败，那就当真要有个自觉才是。若是公众袒右你们，那个能够推倒你们？你们若是不知道这个道理，总是隐在人家的背后，想抱着那位伟丈夫的大腿，拿强暴的势力压倒你们所反对的人，替你们出出气，或是作篇鬼话妄想的小说快快口，造段谣言宽宽心，那真是极无聊的举动。须知中国今日如果有真正觉醒的青年，断不怕你们那伟丈夫的摧残；你们的伟丈夫，也断不能摧残这些青年的精神。当年俄罗斯的暴虐政府，也不知用尽多少残忍的心性，杀戮多少青年的志士，那知道这些青年牺牲的血，都是培植革命自由花的肥料；那些暗沈沈的监狱，都是这些青年运动奔劳的休息所；那暴横政府的压制，却为他们增加一层革命的新趣味。直到今日，这样滔滔滚滚的新潮，一决不可复遏，不知道那些当年摧残青年、压制思想的伟丈夫那里去了！我很盼望我们中国真正的新思想家或旧思想家，对于这种事实，都有一种觉悟。

《晨报》，1919 年 3 月 4—5 日

现代青年活动的方向

新世纪的曙光现了！新世纪的晨钟响了！我们有热情的青年呵！快快起来！努力去作人的活动！努力去作人的活动！

青年呵！你们临开始活动以前，应该定定方向。譬如航海远行的人，必先定个目的地，中途的指针，总是指着这个方向走，才能有达到那目的地的一天。若是方向不定，随风飘转，恐怕永无达到的日子。万一能够达到，也是偶然的机会。靠着偶然机会所得的成功，究竟没有很大的价值。

我今就现代青年活动的方向，稍有陈说，望我亲爱的青年垂听！

第一，现代的青年，应该在寂寞的方面活动，不要在热闹的方面活动。近来常听人说："我们青年要耐得过这寂寞日子。"我想这"寂寞日子"，并不是苦境，实在是一种乐境。我觉得世间一切光明，都从寂寞中发见出来。譬如天时，一年有一个冬季，是一年的寂寞日子。在此时间，万木枯黄，气象凋落，死寂，冷静，都是他的特色。可是那一年中最华美的春天，不是就从这个寂寞的冬天发见出来的么？一天有一个暗夜，也是一天的寂寞日子。在此时间，万种的尘嚣嘈杂，都有个一时片刻的安息。可是一日中最光耀的曙色，不是从这寂寞的暗夜发见出来的么？热闹中所含的，都是消沉，都是散灭；黑暗寂寞中所含的，都是发生，都是创造，都是光明。这样讲来，这寂寞日子，实在是有滋味、有趣意的日子，不是忍苦受罪的日子，我们实在乐得过，不是耐得过。况且耐得过的日子，必不长久。一个人若对于一种日子总觉得是耐得过，他的心中，是认这寂寞日子，是一种苦境，是一种烦恼，那就很容易把他抛弃，去寻快乐日子过。因为避苦求乐，是人性的自然，勉强矜持的心，必是靠不住的。譬如孀妇不再嫁，若是本着他自由的意思，那便是他的乐境，那种寂寞日子，他必乐得过到底。若是全因为受传说偶像的拘束，风俗名教的迫胁，才不去嫁，那真是人间莫大的苦境，那种寂寞日子，他虽天天耐得过，天天总有耐不得跟着。乐得过的是一种趣味，耐得过的是一种矜持。青年呵！我们在寂寞的方面活动，不可带着丝毫勉强矜持的意思，必须知道那里有一种真趣味，一种真光明，甘心情愿乐得过这寂寞日子，才能有（从）这寂寞日子中寻出真趣味，获得真光明的一日。

第二，现代的青年，应该在痛苦的方面活动，不要在欢乐的方面活动。本来苦乐两境，是比较的，不是绝对的。那个苦？那个乐？全靠各人的主观去判定他，本靡有一定标准的。我从前曾发过一种谬想，以为人生的趣味就在苦中求乐，受苦是人生本分，我们青年应该练忍苦的本领。后来觉得大错。避苦求乐，是人性的自然，背着自然去做，不是勉强，就是虚伪。这忍苦的人生观，是勉强的人生观，虚伪的人生观。那求乐的人生观，才是自然的人生观，真实的人生观。我们应该顺应自然，立在真实上，求得人生的光明，不可陷入勉强、虚伪的境界，把真正人生都归幻灭。但是，求乐虽是人性的自然，苦境总缘着这乐境发生，总来缠绕，这又当怎样摆脱呢？关于此点，我却有一个新见解，可是妥当与否，我自己还未敢自信。我觉得人生求乐的方法，最好莫过于尊重劳动。一切乐境，都可由劳动得来，一切苦境，都可由劳动解脱。劳动的人，自然没有苦境跟着他。这个道理，可以由精神的物质的两方面说。劳动为一切物质的富源，一切物品，都是劳动的结果。我们凭的几、坐的椅，写字用的纸笔墨砚，乃至吃的米，饮的水，穿的衣，靡有一样不是从劳动中得来。这是很容易晓得的。至于精神的方面，一切苦恼，也可以拿劳动去排除他，解脱他。这一点一般人却是多不注意。一个人一天到晚，无所事事，这个境界的本身，已竟是大苦；而在无事的时间，一切不正当的欲望，靡趣味的思索，都乘隙而生。疲敝陈惰的血分，周满于身心，一切悲苦烦恼，相因而至，于是要想个消遣的法子。这消遣的法子，除去劳动，便靡有正当的法则。吃喝嫖赌，真是苦中苦的魔窟，把宝贵的人生，都消磨在这个中间，岂不可惜！岂不可痛！堕落在这里的人，都是不知道尊重劳动，不知道劳动中有无限的快乐，所以才误入迷途了。青年呵！你们要晓得劳动的人，实在不知道苦是什么东西。譬如身子疲乏，若去劳动一时半刻，顿得非常的爽快。隆冬的时候，若是坐着洋车出门，把浑身冻得战栗，若是步行走个十里五里，顿觉周身温暖。免苦的好法子，就是劳动。这叫作尊劳主义。这样讲来，社会上的人，若都本着这尊劳主义去达他们人生的目的，世间不就靡有什么苦痛了吗？你为何又说要我们青年在苦痛方面活动呢？此问甚是。但是现在的社会，持尊劳主义的人很少，而且社会的组织不良，少数劳动的人，所得的结果，都被大多数不劳动的人掠夺一空。劳动的人，仍不免有苦痛，仍不免有悲惨，而且最苦痛最悲惨的人，恐怕就是这些劳动的人。所以我们要打起精神来，寻着那苦痛悲惨的声音走。我们要晓得痛苦的人，是些什么人？痛苦的事，是些什么事？痛苦的原因，在什么地方？要想解脱他们的苦痛，应该用什么方法？我们不能从苦痛里救出他们，还有谁何能救出他们，肯救出他们？常听假慈悲的人说，这个苦痛悲惨的地方，我们真是不忍去，不忍看。但是我们青年朋友们，却是不忍不去，不忍不看，不忍不援手，把他们提醒，大家一齐消灭这苦痛的原因呵！

第三，现代的青年，也应在黑暗的方面活动，不要专在光明的方面活动。人生的努力，总向光明的方面走，这是人类向上的自然动机，但是世间果然到了光明的机运，无一处不是光明，我们在这光明中享尽人生之乐，岂不是一大幸事？无如世间的黑暗，仍旧遍在，许多的同胞，都陷溺到黑暗中间，我们焉能独自享受光明呢？同胞都在黑暗里面，我们不去援救他们，却自找一点不沾泥土的地方，偷去安乐，偷去清洁，那种光明，究竟能算得光明么？那种幸福，究竟能算得幸福么？旧时代的青年讲修养的，犹且有"先忧后乐"的话，新时代的青年，单单做到"独善其身"、"洁身自好"的地步，能算尽了责任的人么？俄国某诗人训告他们青年说："毁了你的巢居，离开你的父母，你要独立自营，保住你心的清白与自然。那里有悲惨愁苦的声音，你到那里去活动。"这话真是现代青年的宝训，真是现代青年的警钟。我们睁开眼看！那些残杀同胞的兵士们，果真都是他们自己愿做这样残暴的事情么？杀人果真是他们的幸福么？他们就没有一段苦情不平，为一般人所不知道的么？他们的背后，果真没有什么东西逼他们去作杀人野兽么？那些倚门卖笑的娼妓们，果真都是他们自己愿做这样丑贱的事情么？卖笑果真是他们的幸福么？他们就没有一段苦情不平，为一般人所不知道的么？他们的背后，果真没有什么东西迫他们去作辱身的贱业么？那些监狱里的囚犯们，果真都是他们自己愿作罪恶的事么？他们做的犯法的事，果真是罪恶么？他们所受的刑罚，果真适当他们的罪恶么？他们就没有一段苦情不平，为一般人所不知道的么？他们的背后，果真没有什么东西逼他们陷于罪恶或是受了冤枉么？再看巷里街头老幼男女的乞丐们，冻馁的战抖在一堆，一种求爷叫奶的声音，最是可怜，一种秽垢惰丧的神气，最是伤心，他们果真愿作这可耻的态度丝毫不觉羞耻么？他们堕落到这个样子，果真都因为他们是天生的废材么？他们就没有一段苦情不平，为一般人所不知道的么？他们的背后，果真没有什么东西逼他们不得不如此么？由此类推，社会上一切陷于罪恶、堕落、秽污、黑暗的人，都不必全是他们本身的罪过。谁都是爹娘生的，谁都有不灭的人性，我们不可把他们看作洪水猛兽，远远的躲避他们。固然在黑暗的里面，潜藏着许多恶魔毒菌，但是防疫的医生，虽有被传染的危险，也是不能不在恶疫中奋斗。青年呵！只要把你的心放在坦白清明的境界，尽管拿你的光明去照澈大千的黑暗，就是有时困于魔境，或竟作了牺牲，也必有良好的效果发生出来。只要你的光明永不灭绝，世间的黑暗，终有灭绝的一天。

努力呵！猛进呵！我们亲爱的青年！

《晨报》，1919 年 3 月 14-16 日

现在与将来

近来常听人说："中国人所以堕落到这步田地，都是因为他们只有'现在主义'，靡有'将来观念'"。因此，就拿"时间只有过去与将来，绝靡有现在"的话，来劝告他们，也是希望他们抛了"现在主义"，存点"将来观念"的意思。但是我对于这话，却有几个疑问：（一）堕落的生活中的现在，在人生观果然算得现在么？（二）就他们的生活而论，果然靡有他们的将来观念么？（三）时间果然靡有现在么？我要就这几点说几句话。

现今一般堕落的人，大概都不知道人生是什么东西。所以从人生上讲，他们不但靡有将来，并且靡有现在。他们的现在，不是他们的人生，是他们发舒兽欲的机会。他们有了工夫，就去嫖，去赌，去拨弄是非，奔走权要，想出神法鬼法，去弄几个丧良心的金钱，拿来满足他们的兽欲。像这样的活动，在宇宙自然的大生命中，在人类全体的大生命中，在他自己一个人的全生命中，有丝毫算得是人生的现在么？依我看来，这种的生活，简直是把人生的活动，完全灭尽。他们的知能躯体，全听兽欲的冲动的支配。若说他们有现在，也是兽欲的现在，不是人生的现在。这种的生活，不配叫什么主义。

这种堕落的生活，固然在真正人生上，不但靡有将来，并靡有现在；而在他们的兽欲生活中，却是不但有他们的现在，并且有他们的将来。试看那强盗军阀，那个不是忙着搜括地皮，扣侵军饷，拿到他家，盖上些比城墙还坚的房子，预备他那子孙下辈万世之业？那卖国官吏，那个不是忙着和外国人勾结，做点合办事业，吃点借款回扣，好去填他的私囊，至少也可以做下半世的过活？就是那最时髦的政客，成日价营营苟苟，忙个不了，今天靠着某军阀，明天靠着某元老，也是总想作回大官，发回大财，又那个不是为他将来的物质生活作预备呢？这样看来，他们虽然靡有真正人生的将来，他们却有他们那种生活的将来；他们固然有他们那种生活的现在，却靡有真正人生的现在。

至于时间是否有现在？是哲学上一大问题。有人说只有过去与未来，靡有现在；有人说过去与未来都是现在。如今我们且不去判断他们的是非，但是我却确信过去与将来，都是在那无始无终、永远流转的大自在、大生命中比较出来的程序，其实中间都有一个连续不断的生命力，一线相贯，不可分析，不可断灭。我们不能画清过去与将来，截然为二。完成表现这中间不断的关系，就是我们人生的现在。我们要想完成这自然的大生命，应该先实现自己的人生。我们要想实现自己的人生，应该把我们生命中过去与将来间的关系、时间全用在人生方面的活动，不用在兽欲方面的冲动。

《晨报》，1919 年 3 月 28 日

危险思想与言论自由

思想本身没有丝毫危险的性质，只有愚暗与虚伪是顶危险的东西，只有禁止思想是顶危险的行为。

近来——自古已然——有许多人听见几个未曾听过、未能了解的名辞，便大惊小怪起来，说是危险思想。问他们这些思想有什么危险，为什么危险，他们认为危险思想的到底是些什么东西，他们都不能说出。像这种的人，我们和他共同生活，真是危险万分。

我且举一个近例，前些年科学的应用刚刚传入中国，一般愚暗的人都说是异端邪教。看待那些应用科学的发明的人，如同洪水猛兽一样。不晓得他们也是和我们同在一个世界上一样生存而且比我们进化的人类同胞，却说他们是"鬼子"，是"夷狄"。这种愚暗无知的结果，竟造出来一场义和拳的大祸。由此看来，到底是知识、思想危险呢？还是愚暗无知危险呢？

听说日本有位议长，说俄国的布尔扎维克是实行托尔斯泰的学说，彼邦有识的人已经惊为奇谈。现在又出了一位明白公使，说我国人鼓吹爱国是无政府主义。他自己果然是这样愚暗无知，这更是可怜可笑的话。有人说他这话不过是利用我们政府的愚暗无知和恐怖的心理，故意来开玩笑。嗳呀！那更是我们莫大的耻辱！

原来恐怖和愚暗有密切的关系。青天白日，有眼的人在深池旁边走路，是一点也没有危险的。深池和走路的行为都不含着危险的性质。若是"盲人瞎马，夜半深池"，那就危险万分，那就是最可恐怖的事情。可见危险和恐怖，都是愚昧造出来的，都是黑暗造出来的。

人生第一要求，就是光明与真实。只要得了光明与真实，什么东西、什么境界都不危险。知识是引导人生到光明与真实境界的灯烛，愚暗是达到光明与真实境界的障碍，也就是人生发展的障碍。

思想自由与言论自由，都是为保障人生达于光明与真实的境界而设的。无论什么思想言论，只要能够容他的真实没有矫操〔揉〕造作的尽量发露出来，都是于人生有益，绝无一点害处。

说某种主义、学说是异端邪说的人，第一要知道他自己所排斥的主义、学说是什么东西，然后把这种主义、学说的真象，尽量传播，使人人都能认识他是异端邪说，大家自然不去信他，不至受他的害。若是自己未曾认清，只是强行禁止，就犯了泯没真实的罪恶。假使一种学说确与情理相合，我们硬要禁止他，不许公然传布，那是绝对无效。因为他的原素仍然在情理之中，情理不灭，这种学说也终不灭。假使一种学说确与情理相背，我以为不可禁止，不必禁止。因为大背情理的学说，正应该让大家知道，大家才不去信。若是把他隐蔽起来，很有容易被人误信的危险。

禁止人研究一种学说的，犯了使人愚暗的罪恶。禁止人信仰一种学说的，犯了教人虚伪的罪恶。世间本来没有"天经地义"与"异端邪说"这样东西，就说是有，也要听人去自由知识，自由信仰。就是错知识了、错信仰了所谓邪说异端，只要他的知识与信仰，是本于他思想的自由、知念的真实，一则得了自信，二则免了欺人，都是有益于人生的，都比那无知的排斥、自欺的顺从远好得多。

禁止思想是绝对不可能的，因为思想有超越一切的力量。监狱、刑罚、苦痛、穷困，乃至死杀，思想都能自由去思想他们，超越他们。这些东西，都不能钳制思想，束缚思想，禁止思想。这些东西，在思想中全没有一点价值，没有一点权威。

思想是绝对的自由，是不能禁止的自由，禁止思想自由的，断断没有一点的效果。你要禁止他，他的力量便跟着你的禁止越发强大。你怎样禁止他、制抑他、绝灭他、摧残他，他便怎样生存、发展、传播、滋荣，因为思想的性质力量，本来如此。我奉劝禁遏言论、思想自由的注意，要利用言论自由来破坏危险思想，不要借口危险思想来禁止言论自由。

《每周评论》第 24 号，1919 年 6 月 1 日

五峰游记

我向来惯过"山中无历日，寒尽不知年"的日子，一切日常生活的经过，都记不住时日。

我们那晚八时顷，由京奉线出发，次日早晨曙光刚发的时候，到滦州车站。此地是辛亥年，张绍曾将军督率第二十镇停军不发，拿十九信条要胁清廷的地方。后来到底有一标在此起义，以众寡不敌失败，营长施从云、王金铭、参谋长白亚雨等殉难。这是历史上的纪念地。

车站在滦州城北五里许，紧靠着横山。横山东北下临滦河的地方，有一个行宫，地势很险，风景却佳。而今作了我们老百姓旅行游览的地方。

由横山往北，四十里可达卢龙。山路崎岖，水路两岸万山重叠，暗崖很多，行舟最要留神，而景致绝美。由横山往南，滦河曲折南流入海，以陆路计约有百数十里。

我们在此雇了一只小舟，顺流而南。两岸都是平原，遍地的禾苗，都很茂盛，但已觉受旱。禾苗的种类，以高粱为多，因为滦河一带，主要的食粮，就是高粱。谷黍豆类也有。滦水每年泛滥，河身移徙无定，居民都以为苦。其实滦河经过的地方，虽有时受害，而大体看来，却很富厚，因为他的破坏中，却带来了很多的新生活种子、原料。房屋老了，经他一番破坏，新的便可产生。土质乏了，经他一回滩淤，肥的就会出现。这条滦河，简直是这一方的旧生活破坏者，新生活创造者。可惜人都是苟安，但看见他的破坏，看不见他的建设，却很冤枉了他。

河里小舟飘着。一片斜阳射在水面，一种金色的浅光，衬着那岸上的绿野。景色真是好看。

天到黄昏，我们还未上岸。从舟人摇橹的声中，隐约透出了远村的犬吠，知道要到我们上岸的村落了。

到了家乡，才知道境内很不安静。正有"绑票"⁽¹⁾的土匪，在各村骚扰。还有"花会"⁽²⁾照旧开设。

过了两三日，我便带一个小孩，来到昌黎的五峰。是由陆路来的，约有八十里。从前昌黎的铁路警察，因在车站干涉日本驻屯军的无礼的行动，曾有五警士为日兵惨毙。这也算是一个纪念地。

五峰是碣石山的一部，离车站十余里，在昌黎城北。我们清早雇骡车运行李到山下，车不能行了，只好步行上山。一路石径崎岖，曲折的很，两旁松林密布，间或有一两人家很清妙的几间屋，筑在山上，大概窗前都有果园。泉水从石上流着，潺潺作响。当日恰遇着微雨，山景格外的新鲜。走了约四里许，才到五峰的韩公祠。

五峰有个胜境，就在山腹。望海、锦绣、平斗、飞来、挂月五个山峰环抱如椅。好事的人，在此建了一座韩文公祠。下临深涧，涧中树木丛森。东南可望渤海，碧波万顷，一览无尽。我们就在此借居了。

看守祠宇的，是一双老夫妇，年事都在六十岁以上，却很健康。此外一狗、一猫、两只母鸡，构成他们那山居的生活。我们在此，老夫妇很替我们操作。

祠内有两个山泉可饮。煮饭烹茶，都从那里取水，用松枝作柴，颇有一种趣味。

山中松树最多，果树有苹果、桃、杏、梨、葡萄、黑枣、胡桃等。今年果收都不佳。

来游的人却也常有，但是来到山中，不是吃喝，便是赌博，真是大杀风景。

山中没有野兽，没有盗贼，我们可以夜不闭户，高枕而眠。

久旱乡间多求雨的，都很热闹。这是中国人的群众运动。

昨日山中落雨，云气把全山包围。树里风声雨声，有波涛澎湃的样子。水自山间流下，却成了瀑布。雨后大有秋意。

作者注

（1）"绑票"就是把人绑了去向他家里要钱，钱到可以把他赎回，如不来赎或是钱不足额，就把被绑的人杀了，叫作"撕票"。

（2）乐亭有"花会"的恶风，系一种赌局，有三十六门，每日两次，由三十六门中圈出一门叫做"出会"，中者一文可得三十文。各村都有叫做"跑封"的人，把押会人的封和钱送到会局，中了的封也由他把钱从会局带来交给押会的人。收封时会局给他抽头，押中了时会人给他抽头。各村男女小孩都如疯似狂的押会，荒废正业，败坏风俗，倾家荡产的常有，妇女因输钱过多，迫而卖淫、自尽的也有。

《新生活》第 2、3 期，1919 年 8 月 31 日、9 月 7 日

"少年中国"的"少年运动"

我们的理想，是在创造一个"少年中国"。

"少年中国"能不能创造成立，全看我们的"少年运动"如何。

我们"少年中国"的理想，不是死板的模型，是自由的创造；不是铸定的偶像，是活动的生活。我想我们"少年中国"的少年，人人理想中必定都有一个他自己所欲创造而且正在创造的"少年中国"。你理想中的"少年中国"和我理想中的"少年中国"不必相同；我理想中的"少年中国"，又和他理想中的"少年中国"未必一致。可是我们的同志，我们的朋友，毕竟都在携手同行，沿着那一线清新的曙光，向光明方面走。那光明里一定有我们的"少年中国"在。我们各个不同的"少年中国"的理想，一定都集中在那光明里成一个结晶，那就是我们共同创造的"少年中国"。仿佛像一部洁白未曾写过的历史空页，我们大家你写一页，我写一页，才完成了这一部"少年中国"史。

我现在只说我自己理想中的"少年中国"。

我所理想的"少年中国"，是由物质和精神两面改造而成的"少年中国"，是灵肉一致的"少年中国"。

为创造我们理想的"少年中国"，我很希望这一班与我们理想相同的少年好友，大家都把自己的少年精神拿出来，努力去作我们的"少年运动"。我们"少年运动"的第一步，就是要作两种的文化运动：一个是精神改造的运动，一个是物质改造的运动。

精神改造的运动，就是本着人道主义的精神，宣传"互助"、"博爱"的道理，改造现代堕落的人心，使人人都把"人"的面目拿出来对他的同胞；把那占据的冲动，变为创造的冲动；把那残杀的生活，变为友爱的生活；把那侵夺的习惯，变为同劳的习惯；把那私营的心理，变为公善的心理。这个精神的改造，实在是要与物质的改造一致进行，而在物质的改造开始的时期，更是要紧。因为人类在马克思所谓"前史"的期间，习染恶性很深，物质的改造虽然成功，人心内部的恶，若不划除净尽，他在新社会新生活里依然还要复萌，这改造的社会组织，终于受他的害，保持不住。

物质改造的运动，就是本着勤工主义的精神，创造一种"劳工神圣"的组织，改造现代游惰本位、掠夺主义的经济制度，把那劳工的生活，从这种制度下解放出来，使人人都须作工，作工的人都能吃饭。因为经济组织没有改变，精神的改造很难成功。在从前的经济组织里，何尝没有人讲过"博爱"、"互助"的道理，不过这表面构造（就是一切文化的构造）的力量，到底比不上基础构造（就是经济构造）的力量大。你只管讲你的道理，他时时从根本上破坏你的道理，使他永远不能实现。

"少年中国"的少年好友呵！我们的一（生）生涯，是向"少年中国"进行的一条长路程。我们为达到这条路程的终点，应该把这两种文化运动，当作车的两轮，鸟的双翼，用全生涯的努力鼓舞着向前进行！向前飞跃！

"少年中国"的少年好友呵！我们要作这两种文化运动，不该常常漂泊在这都市上，在工作社会以外作一种文化的游民；应该投身到山林里村落里去，在那绿野烟雨中，一锄一犁的作那些辛苦劳农的伴侣。吸烟休息的时间，田间篱下的场所，都有我们开发他们，慰安他们的机会。须知"劳工神圣"的话，断断不配那一点不作手足劳动的人讲的；那不劳而食的智识阶级，应该与那些资本家一样受排斥的。中国今日的情形，都市和村落完全打成两橛，几乎是两个世界一样。都市上所发生的问题，所传播的文化，村落里的人，毫不发生一点关系；村落里的生活，都市上的人，大概也是漠不关心，或者全不知道他是什么状况。这全是交通阻塞的缘故。交通阻塞的意义，有两个解释：一是物质的交通阻塞，用邮电、舟车可以救济的；一是文化的交通阻塞，非用一种文化的交通机关不能救济的。在文化较高的国家，一般劳农容受文化的质量多，只要物质的交通没有阻塞，出版物可以传递，文化的传播，就能达到这个地方，而在文化较低的国家，全仗自觉少年的宣传运动，在这个地方，文化的交通机关，就是在山林里村落里与那些劳农共同劳动自觉的少年。只要山林里村落里有了我们的足迹，那精神改造的种子，因为得了洁美的自然，深厚的土壤，自然可以发育起来。那些天天和自然界相接的农民，自然都成了人道主义的信徒。不但在共同劳作的生活里可以感化传播于无形，就是在都市上产生的文化利器——出版物类——也必随着少年的足迹，尽量输入到山林里村落里去。我们应该学那闲暇的时候就来都市里著书，农忙的时候就在田间工作的陶士泰先生，文化的空气才能与山林里村落里的树影炊烟联成一气，那些静沉沉的老村落才能变成活泼泼的新村落。新村落的大联合，就是我们的"少年中国"。

我们"少年中国"的少年好友啊！我们既然是二十世纪的少年，就该把眼光放的远些，不要受腐败家庭的束缚，不要受狭隘爱国心的拘牵。我们的新生活，小到完成我的个性，大到企图世界的幸福。我们的家庭范围，已经扩充到全世界了，其余都是进化轨道上的遗迹，都该打破。我们应该拿世界的生活作家庭的生活，我们应该承认爱人的运动比爱国的运动更重。我们的"少年中国"观，决不是要把中国这个国家，作少年的舞台，去在列国竞争场里争个胜负，乃是要把中国这个地域，当作世界的一部分，由我们居住这个地域的少年朋友们下手改造，以尽我们对于世界改造一部分的责任。我们"少年运动"的范围，决不止于中国：有时与其他亚细亚的少年握手，作亚细亚少年的共同运动；有时与世界的少年握手，作世界少年的共同运动，也都是我们"少年中国主义"分内的事。

总结几句话，就是：

我所希望的"少年中国"的"少年运动"，是物心两面改造的运动，是灵肉一致改造的运动，是打破智识阶级的运动，是加入劳工团体的运动，是以村落为基础建立小组织的运动，是以世界为家庭扩充大联合的运动。

少年中国的少年呵！少年中国的运动，就是世界改造的运动，少年中国的少年，都应该是世界的少年。

《少年中国》第 1 卷第 3 期，1919 年 9 月 15 日

自然与人生

一

有一天早晨，天刚破晓，我的小女在窗外放出一群她所最爱的小鸡小鸭来。她便对他们说、笑，表示一种不知怎样爱怜他们的样子。

一个天真的小孩子，对着些无知的小动物，说些没有意味的话，倒觉得很有趣味！

她进房来，我便问她为什么那样爱那些小动物？她答道："什么东西都是小的好。小的时候，才讨人欢喜，一到大了，就不讨人欢喜了。"

不讨人欢喜的东西，自己也没有欢喜，没有趣味，只剩下悲哀和苦痛。

一切生命，都是由幼小向老大、死亡里走。

中央公园里带着枯枝的老柏对着几株含蕊欲放的花，显出他那生的悲哀，孤独的悲哀，衰老的悲哀。

二

迟迟的春日，占领了静寂的农村。篱下雄鸡，一声长鸣，活绘出那懒睡的春的姿容。

街头院内，更听不着别的声音，只有那算命的瞽者吹的笛子，一阵一阵的响。

"打春的瞎子，开河的鸭子。"这是我们乡土的谚语。

鸭出现了，知春江的水暖了；瞽者的笛响了，知道乡村的春来了。

"黯然销魂者，惟别而已！"家家都有在外的人，或者在关外营商，或者在边城作客。一到春天，思人的感更深，诸姑姊妹们坐在一团，都要问起在外的人有没有信来。母亲思念儿子，妻子思念丈夫，更是恳切；倘若几个月没有书信，不知道怎样的忧虑。

那街头的笛韵，吹动了她们思人的感怀，不由的不向那吹笛的人问卜。

也有那命薄的女子，受尽了家庭痛苦，尝尽了孤零况味。满怀的哀怨，没有诉处，没有人能替她说出，只有那算命的瞽者，却能了解那些乡村女子的普遍心理，却能把她们的哀怨，随着他的歌词弦调，一一弹奏出来，一一弹入她们的心曲，令她们得个片刻的慰安。那么，乡村里吹笛游街的瞽者，不只是妇女们的运命占卜者，实在是她们的痛苦同情者，悲哀弹奏者了。

三

我在乡里住了几日，有一天在一邻人家里，遇见一位和蔼的少年，他已竟有二十岁左右了。

我不认识他，他倒认识我。向我叫一声"叔"，并且自己说出他的乳名。

沉了一会儿，我才想起他是谁了。他是一个孤苦零丁的孩子，他是一个可怜的孤儿。

他的父亲早已去世了，那时他是一个不知世事的孩子。

他父亲死的时候，除去欠人家的零星债务，只抛下一个可怜的寡妇，和一个可怜的孤儿。

他的母亲耐了三年的困苦，才带着他改嫁了。因为不改嫁，就要饿死。

他的母亲照养他成人以后，他又归他本家的叔父母，不久便随他叔父到关外学习生理〔意〕，如今他是第一次回家了。我问他道："你去看你的母亲了吗？"

他说："没有。"

我说："你的母亲照养你一回，听说你回家了，一定盼望你去看她，你怎么不去看看她呢？"

他说："怕我叔婶知道了不大好。"

唉！亲爱的母子别了多年，如今近在咫尺，却又不能相见！是人情的凉薄呢？还是风俗习惯的残酷呢？

四

死！死！死！

自从稍知人事的时候，提起这个字来，就起一种恐怖心。

去年夏天在五峰避暑，下山的时候，瘟疫正在猖獗。路经四五十里，村里尽是哭声，村边都是新冢，死的现象，几乎把我包围了。

我当时在这种悲哀恐怖的境界里走，对于"死"的本质，发生很深刻的思索。

死是怎么一回事？死真是可恐怖的么？死了的人，还有什么悲哀痛苦么？这些问题，都从我脑海的底下翻浮上来。

我当时的感想是：

"死与生同是全生命的一部，生死相间，才成无始无终的大生命，大生命就是大自然，死同生一样是大自然中的自然的现象"

"对于自然的现象的'生'，既不感什么可以恐怖，那么，对于自然的现象的'死'，也不应该感什么可以恐怖。我们直可以断定死是没有什么可以恐怖的。"

"死既与生同是自然的现象，那么，死如果是可悲哀的，生也是可悲哀的；死如果是有苦痛的，生也是有苦痛的。生死相较，没有多大的区别。"

人为什么都乐生怕死呢？这都是依恋的缘故。

物理上有一种"惰性"，人性亦然。由天津往上海迁居，对于故居，总不免有些依恋，其实上海的新居，未必比天津旧居有什么苦痛。冬天早起，临行冷水浴，望见冷水总觉得有些战栗。跳入其中，沐浴顷刻，也还有一种的佳境。出浴后，更觉得严寒的空气与春风一样和暖。人对着死依恋生，也是一样的心理。

赤裸裸的人生，总不要有所依恋，总不要穿上惰性的衣裳。

我们行了海水浴，行了春风浴，还要时时行自然浴。

死的池，死的岭，都是联络人生与自然的途径。

匆匆又是一年了。我再过昌黎的时候，去年的新冢，已经丛了一层荒草，遥看那荒草里，仿佛又现了青青的颜色了。

东坟一个老妪，西坟一个少妇，都跪在地下哭。那种悲声和烧纸的飞灰，似乎一样的高低上下。

啊！今日是寒食节了！

我细听他们的哭声，里边都有怨诉的话。大概都是说死者抛了生者去了，死者无知，而生者苦了。

这样看来，在死人前的哭，不是哭死者，乃是哭生者；不是吊坟里的人，乃是吊坟外的人；那山前山后的野哭，不是死亡的悲声，乃是生活的哀调。

《新生活》第 38 期，1920 年 6 月 20 日

艰难的国运与雄健的国民

历史的道路，不全是坦平的，有时走到艰难险阻的境界，这是全靠雄健的精神才能冲过去的。

一条浩浩荡荡的长江大河，有时流到很宽阔的境界，平原无际，一泻万里。有时流到很逼狭的境界，两岸丛山叠岭，绝壁断崖，江河流于其间，曲折回环，极其险峻。民族生命的进展，其经历亦复如是。

人类在历史上的生活，正如旅行一样。旅途上的征人所经过的地方，有时是坦荡平原，有时是崎岖险路。老于旅途的人，走到平坦的地方，固是高高兴兴的向前走，走到崎岖的境界，愈是奇趣横生，觉得在此奇绝壮绝的境界，愈能感得一种冒险的美趣。

中华民族现在所逢的史路，是一段崎岖险阻的道路。在这一段道路上，实在亦有一种奇绝壮绝的景致，使我们经过此段道路的人，感得一种壮美的趣味。但这种壮美的趣味，是非有雄健的精神的不能够感觉到的。

我们的扬子江、黄河，可以代表我们的民族精神。扬子江及黄河遇见沙漠、遇见山峡都是浩浩荡荡的往前流过去，以成其浊流滚滚，一泻万里的魄势。目前的艰难境界，那能阻抑我们民族生命的前进。我们应该拿出雄健的精神，高唱着进行的曲调，在这悲壮歌声中，走过这崎岖险阻的道路。要知在艰难的国运中建造国家，亦是人生最有趣味的事……

《新民国》第 1 卷第 2 期，1923 年 12 月 20 日

苏俄民众对于中国革命的同情

——赤都通讯

记者足下：

入俄以来，忽已数月，以道途修阻未尝通讯于足下，而国中朋辈亦多以未接音书为念者，兹特借与足下通问之便，述我漫游中所得的印象，能假大报余白为之披露，获以间接告其近状于朋辈，幸何如之。

曩昔披读地理，一说到西伯利亚，辄联想及于遐荒万里绝无人烟的景象，以为其地必终岁封于冰雪，荒凉枯寂，无复生气，乃今一履其境，却有大不然者。自满洲里以迄莫斯科，森林矗立，高接云霄，火车行于长林丰树间，入眼均有郁苍伟大之感。景致之最佳处，为贝加尔湖畔山巅的白雪，平野的青松，与湖里的碧波相与掩映，间有红黄的野花点缀于青青无垠的草原，把春、夏、秋、冬四季的景物都平列于一时一处，真令悬想西伯利亚为黄沙白草终岁恒寒之域者，不能不讶为绝景也。

自满洲里来莫斯科，约经七昼夜可达。在此漫漫长途中，只有手一卷以为消遣，偶或探窗以观此幽深伟大绵延万里的长林，故亦不觉旅中的倦苦。抵莫京时，正值全世界五十余个民族的共产党代表集于此赤色的都城，参与第三国际第五次大会。他们与弟相值，辄询及中山先生的健康如何，广东革命政府的近情如何，颇有一种诚敬的钦感及浓厚的同情自然的流露出来。俄人卫林士基，现执笔于真理报，近著"孙逸仙及其主义"一书，曾以一册赠我，属为批评，我以不谙俄文，未能览读，故至今犹无以应。据留俄青年告我，当路透电告中山先生噩耗的谣言时，消息传来，俄都各大报自"真理报"以下，均著论哀悼，把中山先生的肖像刊于论首。这可以看出中国革命的老祖孙中山先生在世界上的位置了。

暑中无事，曾到莫京近郊的马拉霍英卡一游。此地从前为莫京贵族及资产阶级避暑的处所，故有多数别邸建立于丛深的松林间，今皆为政府所没收，多为工人及儿童避暑之用了。东方大学于此处亦领有房屋数所，有学生百余人和儿童数十人来此避暑，中国留学生之在东大读书者亦与焉。我因中国朋友之介绍得在此小住数月，一观童子军及少年团的生活。其时正值世界帝国主义大战十周年纪念，我曾随同童子军及少年团到一农村看他们的宣传工作。当他们报告大战惨状的时候，环立而听的妇女有涔涔下泪者，盖有不堪回首之感矣！报告毕，有一双已逾中年的工人夫妇，抱出一个刚刚弥月的小孩，亲手授之于一少年共产党员，说他们愿将此子送给党中入"红十月"的队伍，稍长即入少年共产党的队伍。当日即为此事举行庆祝礼也。礼成，有童子军表演大战的故事，描写前次大战完全是因帝国主义争夺殖民地而起的。演完，已夕阳西下，他们便整队出了农村，一幅华美的赤帜临风飘扬，引着 International 的歌声，他们归去了。苏联的少年组织分为三部：九岁以下者为"红十月"，以苏联的劳农国家诞生于十月革命故云，九岁至十五岁者为"先驱"，十五岁至二十三岁者为"少年共产党"。这一班小孩子，都是在革命的风土中开起来的鲜红的花，其精神气度完全与旧社会里产生的人划一新时代。他们的宣传力特别伟大，听说有许多资产阶级的儿童，看见他们的队伍，听见他们的歌声，便想跑进队伍跟着他们去，他们的父母关不住了。这些小孩的小手，不但可以打破他们的旧家庭，实在可以打破全世界束缚人类的一切锁链。

九月初，我和一位同志陪同一位海员代表到列宁堡（旧名圣彼得堡）去参观，我们沾海员的光，住在一个"国际海员之家"里。这是一个海员俱乐部，其中设有图书馆及种种娱乐的设备，每日由下午五点到十一点开门，凡停泊列宁堡的船上的海员，都可到此读书玩赏。管图书馆者为一五十岁左右的女子，能操英语，曾到过中国上海等处。其中欧文书籍不少，日文书籍仅有一本，至中文书籍则绝无。据此女子云，两个月前，曾有中国海员二人到过此地，很希望我们送点中国书来。我们在此住了一周。兹将列宁堡所与我的印象略述一二。

列宁堡街路宽阔，建筑的规模宏大，不知道怎样，他可以使游人起一种历史的感情诗的兴味。最大的街为"十月街"，我甚爱此街的建筑。此地的人情生计，似均有超越莫斯科的点，往来街市的男男女女，大都衣履朴素而大方，不似莫斯科街上新经济政策下的暴发户的女子千奇百怪的样子。以莫斯科与列宁堡相较，我爱列宁堡。

我们承"海员之家"的办事人介绍，我们到列宁堡的劳动宫和主席团的一位见面，具述前来参观之意。此君首先示我们以一通列宁堡职工苏维埃打给英国职工大会的电稿，大意系唤起英伦的职工起来反对马克丹诺政府干涉广东革命政府，电中并声明系代表列宁堡四十万工人的意思。某君告我们说，此电已用无线电打过去了。某君派人陪我们在劳动宫里略一游览，时正在修缮各建筑物，预备图书馆博物院等等设置，因时间已晚，未能观毕，即在宫中匆匆午餐毕，即由劳动宫备一汽车送我们往红三角橡皮制造工厂去参观。这工厂有八千工人，是列宁堡第一个大工厂。在厂中略一参观，即参与他们的工人代表大会，为报告英、美帝国主义者干涉中国革命政府的近情，举座皆为愤慨，随即通过一反对帝国主义干涉中国的议决案。

列宁堡的近郊有一儿童村。此地原为皇家村，俄皇的夏宫在此，其附近皆为贵族的别邸故名。今皆没收为国有矣。此地有十七处儿童及少年的住所，我们为要参观儿童的生活，所以特往一游。我们只参观了一所，中有儿童六、七十人，由一位管理儿童的女子导领参观毕，伊殷殷的嘱我们努力于改造世界的运动，伊在那里为我们训育后备军，并告我们以赴皇家花园的去路。我们便遵路往花园去。在花园中遇见赤军兵士三人，很恳切的询问中国革命的状况，并云"去年此际我们望眼欲穿的盼望德国的革命，惜竟未实现，今又盼望中国的革命了。中国何时为革命而需要吾人者，吾人当立往，吾人执戈待命也久矣"。我们握手谢谢他们革命的同情而去。

我们在列宁堡的时候正值少年国际的纪念日。是日有十数万的工人并少年男女，整队作游街的示威运动，冬宫前有一高台，示威行列都经行其下。台上每遇一队经行其下，即高呼"世界少年革命万岁！"等口号，该队亦高呼万岁以应之。我们因为去参观海口来冬宫稍晚，已经行过半矣，至则多人拥我等到台上的中央，群众便狂呼"中国革命万岁！"

是晚复在五一公园开一盛大的晚会，俄、德的少年演说中，均道及同情于中国革命及反对英、美干涉中国的话。待我们回到莫斯科的时候，知道英国共产党执行委员马克曼努斯，法国共产党执行委员特润及美国共产党代表亚门特儿合电中山先生，攻击英、美、法三国的帝国主义。全俄职工联合会对于英国职工会大会关于此事有所建议。此种运动在莫斯科及其他诸大城均是一样的热烈，"从中国收回手去"的呼声，全俄皆是，到处组织此等团体，天天都有集会，报告中国的事，同声一致的赞助孙逸仙的革命政府，反对国际帝国主义干涉中国。最近东方大学特为此问题开一示威运动大会，英国少年共产党代表杨君演说，攻击英国政府甚力。前晚在大剧院又有数千人的集合，英国共产党领袖马克曼努斯及中国、法国、美国、日本的共产党代表均出席演说。马克曼努斯演说中，说到他曾记得当中国辛亥革命的消息传到英伦的时候，在满切士特有一示威运动，庆祝中国孙逸仙所领导的革命成功。马克丹诺曾有演说祝贺孙逸仙的革命成功，此种声音尚在人耳。曾几何时，而马克丹诺的所谓劳动政府竟自干涉孙逸仙所领导的革命政府了云云（演说详稿容觅得寄去）。当全世界革命的青年为反对帝国主义干涉中国狂呼奋斗的时候，中国的青年应该怎样的激昂，在悲愤中跃起，奔赴于我们中国的革命老祖孙中山先生旗帜之下，去和那帝国主义者及军阀战斗，我们远在莫京引领以盼此消息。余容续白。

九月念四日守常在莫斯科

《民国日报》副刊《觉悟》，1924 年 11 月 10 日

狱中自述

　　李大钊，字守常，直隶乐亭人，现年三十九岁。在襁褓中即失怙恃，既无兄弟，又鲜姊妹，为一垂老之祖父教养成人。幼时在乡村私校，曾读四书经史，年十六，应科举试，试未竟，而停办科举令下，遂入永平府中学校肄业，在永读书二载。其时祖父年逾八旬，只赖内人李赵氏在家服侍。不久，祖父弃世。

　　钊感于国势之危迫，急思深研政理，求得挽救民族、振奋国群之良策，乃赴天津投考北洋法政专门学校。是校为袁世凯氏所创立，收录全国人士。钊既入校，习法政诸学及英、日语学，随政治知识之日进，而再建中国之志趣亦日益腾高。钊在该校肄业六年，均系自费。我家贫，只有薄田数十亩，学费所需，皆赖内人辛苦经营，典当挪借，始得勉强卒业。

　　卒业后我仍感学识之不足，乃承友朋之助，赴日本东京留学，入早稻田大学政治本科。留东三年，益感再造中国之不可缓，值洪宪之变而归国，暂留上海。后应北京大学之聘，任图书馆主任。历在北京大学、朝阳大学、女子师范大学、师范大学、中国大学教授史学思想史、社会学等科。数年研究之结果，深知中国今日扰乱之本原，全由于欧洲现代工业勃兴，形成帝国主义，而以其经济势力压迫吾产业落后之国家，用种种不平等条约束制吾法权、税权之独立与自主，而吾之国民经济，遂以江河日下之势而趋于破产。今欲挽此危局，非将束制吾民族生机之不平等条约废止不可。从前英、法联军有事于中国之日，正欧、美强迫日本以与之缔结不平等条约之时，日本之税权、法权，亦一时丧失其独立自主之位置。厥后，日本忧国之志士，不忍见其国运之沉沦，乃冒种种困难，完成其维新之大业，尊王覆幕，废止不平等条约，日本遂以回复其民族之独立，今亦列于帝国主义国家之林。惟吾中国，自鸦片战役而后，继之以英、法联军之役，太平天国之变，甲午之战，庚子之变，乃至辛亥革命之变，直到于今，中国民族尚困轭于列强不平等条约之下，而未能解脱。此等不平等条约如不废除，则中国将永不能恢复其在国际上自由平等之位置，而长此以往，吾之国计民生，将必陷于绝无挽救之境界矣！然在今日谋中国民族之解放，已不能再用日本维新时代之政策，因在当时之世界，正是资本主义勃兴之时期，故日本能亦采用资本主义之制度，而成其民族解放之伟业。今日之世界，乃为资本主义渐次崩颓之时期，故必须采用一种新政策。对外联合以平等待我之民族及被压迫之弱小民族，并列强本国内之多数民众；对内唤起国内之多数民众，共同团结于一个挽救全民族之政治纲领之下，以抵制列强之压迫，而达到建立一恢复民族自主、保护民众利益、发达国家产业之国家之目的。因此，我乃决心加入中国国民党。

大约在四五年前，其时孙中山先生因陈炯明之叛变，避居上海。钊曾亲赴上海与孙先生晤面，讨论振兴国民党以振兴中国之问题。曾忆有一次孙先生与我畅论其建国方略，亘数时间，即由先生亲自主盟，介绍我入国民党。是为钊献身于中国国民党之始。翌年夏，先生又召我赴粤一次，讨论外交政策。又翌年一月，国民党在广州召集第一次全国代表大会，钊曾被孙先生指派而出席，被选为中央执行委员。前岁先生北来，于临入医院施行手术时，又任钊为政治委员。其时同被指任者，有：汪精卫、吴稚晖、李石曾、于右任、陈友仁诸人。后来精卫回广州，政治委员会中央仍设在广州，其留在北京、上海之政治委员，又略加补充，称分会。留于北京之政治委员，则为吴稚晖、李石曾、陈友仁、于右任、徐谦、顾孟余及钊等。去年国民党在广州开第二次全国代表大会，钊又被选为中央执行委员。北京执行部系从前之组织，自第二次全国代表大会后已议决取消。中央执行委员会为全国代表大会闭会中之全党最高中央机关，现设于武汉，内分组织、宣传、工人、农民、商人、青年、妇女、海外等部。政治委员会委员长系汪精卫，从前只在上海、北京设分会，今则中央已迁往武汉，广州遂又设立一分会。北京分会自吴稚晖、于右任等相继出京后，只余李石曾及钊，久已不能成会。近自石曾出京，只钊一人，更无从开会起矣。钊所以仍留居北京者，实因不得稳妥出京之道路，否则久已南行。此时南方建设多端，在在需人。目下在北方并无重要工作，亦只设法使北方民众了解国民党之主义，并以增收党员而已。

此外，则中外各方有须与党接洽者，吾等亦只任介绍与传达之劳。至于如何寄居于庚款委员会内，其原委亦甚简单。盖因徐谦、李石曾、顾孟余等，皆先后任庚款委员，徐谦即寄居于其中，一切管理权皆在徐、顾，故当徐、顾离京时，钊即与徐、顾二君商，因得寄居于此。嗣后市党部中人，亦有偶然寄居于此者，并将名册等簿，寄存其中，钊均径自允许，并未与任何俄人商议。盖彼等似已默认此一隅之地，为中国人住居之所，一切归钊自行管理。至于钊与李石曾诸人在委员会会谈时，俄人向未参加。我等如有事须与俄使接洽时，即派代表往晤俄使。至如零星小事，则随时与使馆庶务接洽。

中山先生之外交政策，向主联俄联德，因其对于中国已取消不平等条约也。北上时路过日本，曾对其朝野人士，为极沉痛之演说，劝其毅然改变对华政策，赞助中国之民族解放运动。其联俄政策之实行，实始于在上海与俄代表越飞氏之会见。当时曾与共同签名发表一简短之宣言，谓中国今日尚不适宜于施行社会主义。以后中山先生返粤，即约聘俄顾问，赞助中山先生建立党军，改组党政。最近蒋介石先生刊行一种中山先生墨迹，关于其联俄计画之进行，颇有纪述，可参考之。至于国民政府与苏俄之外交关系，皆归外交部与驻粤苏俄代表在广州办理，故钊不知其详。惟据我所知，则确无何等密约。中山先生曾于其遗嘱中明白言之，与"以平等待我之民族，共同奋斗！"如其联俄政策之维持而有待于密约者，则俄已不是以平等待我之民族，尚何友谊之可言？而且国民党之对内对外诸大政策，向系公开与国人以共见，与世界民众以共见，因亦不许与任何国家结立密约。

政治委员会北京分会之用款，向系由广州汇寄，近则由武汉汇寄。当徐谦、顾孟余离京之时，顾孟余曾以万余元交付我手，此款本为设立印刷局而储存者。后因党员纷纷出京，多需旅费及安置家属费，并维持庚款委员会一切杂费及借给市党部之维持费。数月间，即行用尽。此后又汇来数万元，系令钊转交柏文蔚、王法勤等者，已陆续转交过去。去岁军兴以来，国民政府之经费亦不甚充裕，故数月以来，未曾有款寄到。必需之费，全赖托由李石曾债维持。阳历及阴历年关，几乎无法过去。庚款委员会夫役人等之月薪，以及应交使馆之电灯、自来水等费，亦多积欠未付。委员会夫役阎振，已经拘押在案，可以质证。最近才由广州寄来两千元，由武汉寄来三千元，除陆续还付前托李石曾经借之债，已所余无几，大约不过千元，存在远东银行。历次汇款，无论由何银行汇来，钊皆用李鼎丞名义汇存之于远东银行，以为提取之便。

党中之左、右派向即存在，不过遇有政治问题主张不一致时，始更明显。其实，在主义之原则上原无不同，不过政策上有缓进急进之差耳。在北京之党员，皆入市党部，凡入市党部者，当然皆为，国民党员。市、区党员之任务，乃在训练党员以政治的常识。区隶属于市，积若干区而成市，此为党员之初级组织，并无他项作用。北京为学术中心，非工业中心，故只有党之组织，而无工会之组织。在国民军时代，工人虽略有组织，而今则早已无复存在。党籍中之工人党员，亦甚罕见。近来传言党人在北京将有如何之计画，如何之举动，皆属杯弓市虎之谣，望当局勿致轻信，社会之纷扰，泰半由于谣传与误会。当局能从此番之逮捕，判明谣诼之无根，则对于吾党之政治主张，亦可有相当之谅解。苟能因此谅解而知吾党之所求，乃在谋国计民生之安康与进步，彼此间之误会，因以逐渐消除，则更幸矣！

钊自束发受书，即矢志努力于民族解放之事业，实践其所信，励行其所知，为功为罪，所不暇计。今既被逮，惟有直言。倘因此而重获罪戾，则钊实当负其全责。惟望当局对于此等爱国青年宽大处理，不事株连，则钊感且不尽矣！

又有陈者：钊夙研史学，平生搜集东西书籍颇不少，如已没收，尚希保存，以利文化。

谨呈。

李大钊

时　评

元宵痛史

洪宪时代，禁人说"元宵"二字，恶其发音与"袁消"相同也。此段痛史，都人士当尚忆之。

日前为元宵佳节，偶与朋俦散步街衢，仰见明月，人影在地，而烟花爆竹，灯火万家，欢欣之声，达于户巷。风景依稀似去年，而人民之心理迥异矣。

使洪宪帝业竟成者，则此庆祝元宵之乐，亦遭剥夺。曾几何时，元宵二字昔曾禁人偶语，今则都成谶言。吾人可以自由享用于谈笑间，无复曩者之禁令矣。噫！是皆共和复活之所赐也。

永叔词云："去年元夜时，花市灯如昼；今年元夜时，月和灯依旧。"从兹岁岁年年，吾人之春宵永在，而此禁说元宵之去年人，新华一梦，久已雾散烟消，不复知人间尚有今年元宵之盛。洪宪劫后，吾人尚有此新纪元。抚今思昔，感慨何如矣！

《甲寅》日刊，1917 年 2 月 8 日

可怜之人力车夫

北京之生活，以人力车夫为最可怜。终日穷手足之力，以供社会之牺牲，始赢得数十枚之铜圆，一家老弱之生命尽在是矣。

夫以理言之，则以人类为牺牲，乃最背乎人道主义；以利言之，则驱尔许之劳力，掷于不生产之职业，乃见讥于经济原理。然以工厂不兴，市民坐困，迫之不得不归于此途，宁为牛马于通衢，犹胜转死于沟洫。京中人力车夫之所由日多者，乃概为救死问题，其他人道、经济之说，皆救死以后之事也。

吾人既一时无善策，以拯此惨苦社会于风沙牛马之中，则不能不望以警察之力干涉车主（指出赁人力车者）之设备。俾奔走劳瘁之车夫，稍受涓埃之保护，或足以聊慰其不平之情乎？

北京浊尘漫天，马渤〔勃〕牛溲都含其中，车马杂踏之通衢，飞腾四起，车夫哮喘以行其间，最易吸入肺中。苟有精确之观查，年中车夫之殟〔殭〕卧而死者，必以患肺病者居多。应令车主每车备一避尘口囊，警察告以理由，令车夫于行路时使着之，一也；冬时备一双手囊，二也；夏时备雨衣雨帽各一具，置车箱中备用，三也。此等事，若由警察督饬车主为之，所费不多，而车夫之受其惠者厚矣。惟关心社会者图之！

《甲寅》日刊，1917 年 2 月 10 日

庶民的胜利

我们这几天庆祝战胜，实在是热闹的很。可是战胜的，究竟是那一个？我们庆祝，究竟是为那个庆祝？我老老实实讲一句话，这回战胜的，不是联合国的武力，是世界人类的新精神。不是那一国的军阀或资本家的政府，是全世界的庶民。我们庆祝，不是为那一国或那一国的一部分人庆祝，是为全世界的庶民庆祝。不是为打败德国人庆祝，是为打败世界的军国主义庆祝。

这回大战，有两个结果：一个是政治的，一个是社会的。

政治的结果，是"大……主义"失败，民主主义战胜。我们记得这回战争的起因，全在"大……主义"的冲突。当时我们所听见的，有什么"大日尔曼主义"唎，"大斯拉夫主义"唎，"大塞尔维主义"唎，"大……主义"唎。我们东方，也有"大亚细亚主义"、"大日本主义"等等名词出现。我们中国也有"大北方主义"、"大西南主义"等等名词出现。"大北方主义"、"大西南主义"的范围以内，又都有"大……主义"等等名词出现。这样推演下去，人之欲大，谁不如我？于是两大的中间有了冲突，于是一大与众小的中间有了冲突，所以境内境外战争迭起，连年不休。

"大……主义"就是专制的隐语，就是仗着自己的强力蹂躏他人欺压他人的主义。有了这种主义，人类社会就不安宁了。大家为抵抗这种强暴势力的横行，乃靠着互助的精神，提倡一种平等自由的道理。这等道理，表现在政治上，叫作民主主义，恰恰与"大……主义"相反。欧洲的战争，是"大……主义"与民主主义的战争。我们国内的战争，也是"大……主义"与民主主义的战争。结果都是民主主义战胜，"大……主义"失败。民主主义战胜，就是庶民的胜利。

社会的结果，是资本主义失败，劳工主义战胜。原来这战争的真因，乃在资本主义的发展。国家的界限以内，不能涵容他的生产力，所以资本家的政府想靠着大战，把国家界限打破，拿自己的国家作中心，建一世界的大帝国，成一个经济组织，为自己国内资本家一阶级谋利益。俄、德等国的劳工社会，首先看破他们的野心，不惜在大战的时候，起了社会革命，防遏这资本家政府的战争。联合国的劳工社会，也都要求平和，渐有和他们的异国的同胞取同一行动的趋势。这亘古未有的大战，就是这样告终。这新纪元的世界改造，就是这样开始。资本主义就是这样失败，劳工主义就是这样战胜。世间资本家占最少数，从事劳工的人占最多数。因为资本家的资产，不是靠着家族制度的继袭，就是靠着资本主义经济组织的垄断，才能据有。这劳工的能力，是人人都有的，劳工的事情，是人人都可以作的，所以劳工主义的战胜，也是庶民的胜利。

民主主义、劳工主义既然占了胜利，今后世界的人人都成了庶民，也就都成了工人。我们对于这等世界的新潮流，应该有几个觉悟：第一，须知一个新命的诞生，必经一番苦痛，必冒许多危险。有了母亲诞孕的劳苦痛楚，才能有儿子的生命。这新纪元的创造，也是一样的艰难。这等艰难，是进化途中所必须经过的，不要恐怕，不要逃避的。第二，须知这种潮流，是只能迎，不可拒的。我们应该准备怎么能适应这个潮流，不可抵抗这个潮流。人类的历史，是共同心理表现的记录。一个人心的变动，是全世界人心变动的征几。一个事件的发生，是世界风云发生的先兆。一七八九年的法国革命，是十九世纪中各国革命的先声。一九一七年的俄国革命，是二十世纪中世界革命的先声。第三，须知此次平和会议中，断不许持"大……主义"的阴谋政治家在那里发言，断不许有带"大……主义"臭味，或伏"大……主义"根蒂的条件成立。即或有之，那种人的提议和那种条件，断归无效。这场会议，恐怕必须有主张公道破除国界的人士占列席的多数，才开得成。第四，须知今后的世界，变成劳工的世界，我们应该用此潮流为使一切人人变成工人的机会，不该用此潮流为使一切人人变成强盗的机会。凡是不作工吃干饭的人，都是强盗。强盗和强盗夺不正的资产，也是一种的强盗，没有什么差异。我们中国人贪惰性成，不是强盗，便是乞丐，总是希图自己不作工，抢人家的饭吃，讨人家的饭吃。到了世界成一大工厂，有工大家作，有饭大家吃的时候，如何能有我们这样贪惰的民族立足之地呢？照此说来，我们要想在世界上当一个庶民，应该在世界上当一个工人。诸位呀！快去作工呵！

《新青年》第 5 卷第 5 号，1919 年 1 月

Bolshevism 的胜利

"胜利了！胜利了！联军胜利了！降服了！降服了！德国降服了！"家家门上插的国旗，人人口里喊的万岁，似乎都有这几句话在那颜色上音调里隐隐约约的透出来。联合国的士女，都在街上跑来跑去的庆祝战胜。联合国的军人，都在市内大吹大擂的高唱凯歌。忽而有打碎德人商店窗子上玻璃的声音，忽而有拆毁"克林德碑"砖瓦的声音，和那些祝贺欢欣的声音遥相应对。在留我国的联合国人那一种高兴，自不消说。我们这些和世界变局没有很大关系似的国民，也得强颜取媚：拿人家的欢笑当自己的欢笑；把人家的光荣做自己的光荣。学界举行提灯。政界举行祝典。参战年余未出一兵的将军，也去阅兵，威风凛凛的耀武。著《欧洲战役史论》主张德国必胜后来又主张对德宣战的政客，也来登报，替自己作政治活动的广告，一面归咎于人，一面自己掠功。像我们这种世界上的小百姓，也只得跟着人家凑一凑热闹，祝一祝胜利，喊一喊万岁。这就是几日来北京城内庆祝联军战胜的光景。

但是我辈立在世界人类中一员的地位，仔细想想：这回胜利，究竟是谁的胜利？这回降服，究竟是那个降服？这回功业，究竟是谁的功业？我们庆祝，究竟是为谁庆祝？想到这些问题，不但我们不出兵的将军、不要脸的政客，耀武夸功，没有一点趣味；就是联合国人论这次战争终结是联合国的武力把德国武力打倒的，发狂祝贺，也是全没意义。不但他们的庆祝夸耀，是全无意味，就是他们的政治运命，也怕不久和德国的军国主义同归消亡！

　　原来这次战局终结的真因，不是联合国的兵力战胜德国的兵力，乃是德国的社会主义战胜德国的军国主义。不是德国的国民降服在联合国武力的面前，乃是德国的皇帝、军阀、军国主义降服在世界新潮流的面前。战胜德国军国主义的，不是联合国，是德国觉醒的人心。德国军国主义的失败，是 Hohenzollern 家（德国皇家）的失败，不是德意志民族的失贩〔败〕。对于德国军国主义的胜利，不是联合国的胜利，更不是我国徒事内争托名参战的军人和那投机取巧卖乖弄俏的政客的胜利，是人道主义的胜利，是平和思想的胜利，是公理的胜利，是自由的胜利，是民主主义的胜利，是社会主义的胜利，是 Bolshevism 的胜利，是赤旗的胜利，是世界劳工阶级的胜利，是二十世纪新潮流的胜利。这件功业，与其说是威尔逊（Wilson）等的功业，毋宁说是列宁（Lenin）、陀罗慈基（Trotsky）、郭冷苔（Collontay）的功业；是列卜涅西（Liebknecht）、夏蝶曼（Scheidemann）的功业；是马客士（Marx）的功业。我们对于这桩世界大变局的庆祝，不该为那一国那些国里一部分人庆祝，应该为世界人类全体的新曙光庆祝；不该为那一边的武力把那一边的武力打倒而庆祝，应该为民主主义把帝制打倒，社会主义把军国主义打倒而庆祝。

　　Bolshevism 就是俄国 Bolsheviki 所抱的主义。这个主义，是怎样的主义？很难用一句话解释明白。寻他的语源，却有"多数"的意思。郭冷苔（Collontay）是那党中的女杰，曾遇见过一位英国新闻记者问他〔她〕Bolsheviki 是何意义？女杰答言："问 Bolsheviki 是何意义，实在没用，因为但看他们所做的事，便知这字的意思。"据这位女杰的解释，"Bolsheviki 的意思，只是指他们所做的事。"但从这位女杰自称他在西欧是 Revolutionary Socialist，在东欧是 Bolshevika 的话和 Bolsheviki 所做的事看起来，他们的主义，就是革命的社会主义；他们的党，就是革命的社会党；他们是奉德国社会主义经济学家马客士（Marx）为宗主的；他们的目的，在把现在为社会主义的障碍的国家界限打破，把资本家独占利益的生产制度打破。此次战争的真因，原来也是为把国家界限打破而起的。因为资本主义所扩张的生产力，非现在国家的界限内所能包容；因为国家的界限内范围太狭，不足供他的生产力的发展，所以大家才要靠着战争，打破这种界限，要想合全球水陆各地成一经济组织，使各部分互相联结。关于打破国家界限这一点，社会党人也与他们意见相同。但是资本家的政府企望此事，为使他们国内的中级社会获得利益，依靠战胜国资本家一阶级的世界经济发展，不依靠全世界合于人道的生产者合理的组织的协力互助。这种战胜国，将因此次战争，由一个强国的地位进而为世界大帝国。Bolsheviki 看破这一点，所以大声疾呼，宣告：此次战争是 Czar 的战争，是 Kaiser 的战争，是 Kings 的战争，是 Emperors 的战争，是资本家政府的战争，不是他们的战争。他们的战争，是阶级战争，是合世界无产庶民对于世界资本家的战争。战争固为他们所反对，但是他们也不恐怕战争。他们主张一切男女都应该工作，工作的男女都应该组入一个联合，每个联合都应该有的〔个〕中央统治会议，这等会议，应该组织世界所有的政府，没有康格雷，没有巴力门，没有大总统，没有总理，没有内阁，没有立法部，没有统治者，但有劳工联合的会议，什么事都归他们决定。一切产业都归在那产业里作工的人所有，此外不许更有所有权。他们将要联合世界的无产庶民，拿他们最大、最强的抵抗力，创造一自由乡土，先造欧洲联邦民主国，做世界联邦的基础。这是 Bolsheviki 的主义。这是二十世纪世界革命的新信条。

伦敦《泰晤士报》曾载过威廉氏（Harold Williams）的通讯，他把

Bolshevism 看做一种群众运动，和前代的基督教比较，寻出二个相似的点：一个是狂热的党派心，一个是默示的倾向。他说："Bolshevism 实是一种群众运动，带些宗教的气质。我曾记得遇见过一个铁路工人，他虽然对于至高的究竟抱着怀疑的意思，犹且用'耶典'的话，向我极口称道 Bolshevism 可以慰安灵魂。凡是晓得俄国非国教历史的人，没有不知道那些极端的党派将要联成一大势力，从事于一种新运动的。有了 Bolshevism，于贫苦的人是一好消息，于地上的天堂是一捷径的观念，他的传染的性质和权威，潜藏在他那小孩似的不合理的主义中的，可就变成明显了。就是他们党中的著作家、演说家所说极不纯正的话，足使俄国语言损失体面的，对于群众，也仿佛有一种教堂里不可思议的仪式的语言一般的效力。"这话可以证明 Bolshevism 在今日的俄国，有一种宗教的权威，成为一种群众的运动。岂但今日的俄国，二十世纪的世界，恐怕也不免为这种宗教的权威所支配，为这种群众的运动所风靡。

哈利逊氏（Frederic Harrison）也曾在《隔周评论》上说过："猛厉，不可能，反社会的，像 Bolshevism 的样子，须知那也是很坚、很广、很深的感情的发狂。——这种感情的发狂，有很多的形式。有些形式，是将来必不能避免的。"哈氏又说："一七八九年的革命，唤起恐怖，唤起过激革命党的骚动，但见有鲜血在扫荡世界的革命潮中发泡，一种新天地，就由此造成。Bolshevism 的下边，潜藏着一个极大的社会的进化，也与一七八九年的革命同是一样，意大利、法兰西、葡萄牙、爱尔兰、不列颠都怵然于革命变动的暗中激奋。这种革命的暗潮，将殃及于兰巴地和威尼斯，法兰西也难幸免。过一危机，危机又至。爱尔兰独立运动，涌出很多的国事犯。就是英国的社会党，也只想和他们的斯堪的那维亚、日耳曼、俄罗斯的同胞握手。"

陀罗慈基在他著的《Bolsheviki 与世界平和》书中，也曾说过："这革命的新纪元，将由无产庶民社会主义无尽的方法，造成新组织体。这种新体，与新事业一样伟大。在这枪炮的狂吼、寺堂的破裂、豺狼性成的资本家爱国的怒号声中，我们应先自〈而〉进（而）从事于此新事业。在这地狱的死亡音乐声中，我们应保持我们清明的心神，明了的视觉。我们自觉我们将为未来惟一无二创造的势力。我们的同志现在已有很多，将来似可更多。明日的同志，多于今日。后日更不知有几千万人跃起，隶于我们旗帜的下边有数千万人。就是现在，去共产党人发布檄文已经六十七年，他们只须丢了他们的绊锁。"从这一段话，可知陀罗慈基的主张，是拿俄国的：革命做一个世界革命的导火线。俄国的革命，不过是世界革命中的一个，尚有无数国民的革命将连续而起。陀罗慈基既以欧洲各国政府为敌，一时遂有亲德的嫌疑。其实他既不是亲德，又不是亲联合国，甚且不爱俄国。他所亲爱的，是世界无产阶级的庶民，是世界的劳工社会。他这本书，是在瑞士作的。着笔在大战开始以后，主要部分，完结在俄国革命勃发以前。书中的主义，是在陈述他对于战争因果的意见。关于国际社会主义与世界革命，尤特加注意。通体通篇，总有两事放在心头，就是世界革命与世界民主。对于德、奥的社会党，不惮厚加责言，说他们不应该牺牲自己本来的主张，协助资本家的战争，不应该背弃世界革命的信约。

　　以上所举，都是战争终结以前的话，德、奥社会的革命未发以前的话。到了今日，陀氏的责言，已经有了反响。威、哈二氏的评论，也算有了验证。匈、奥革命，德国革命，勃牙利革命，最近荷兰、瑞典、西班牙也有革命社会党奋起的风谣。革命的情形，和俄国大抵相同。赤色旗到处翻飞，劳工会纷纷成立，可以说完全是俄罗斯式的革命，可以说是二十世纪式的革命。像这般滔滔滚滚的潮流，实非现在资本家的政府所能防遏得住的。因为二十世纪的群众运动，是合世界人类全体为一大群众。这大群众里边的每一个人、一部分人的暗示模仿，集中而成一种伟大不可抗的社会力。这种世界的社会力，在人间一有动荡，世界各处都有风靡云涌、山鸣谷应的样子。在这世界的群众运动的中间，历史上残余的东西——什么皇帝咧，贵族咧，军阀咧，官僚咧，军国主义咧，资本主义咧——凡可以障阻这新运动的进路的，必挟雷霆万钧的力量摧拉他们。他们遇见这种不可当的潮流，都像枯黄的树叶遇见凛冽的秋风一般，一个一个的飞落在地。由今而后，到处所见的，都是 Bolshevism 战胜的旗。到处所闻的，都是 Bolshevism 的凯歌的声。人道的警钟响了！自由的曙光现了！试看将来的环球，必是赤旗的世界！

我尝说过：历史是人间普遍心理表现的记录。人间的生活，都在这大机轴中息息相关，脉脉相通。一个人的未来，和人间全体的未来相照应。一件事的朕兆，和世界全局的朕兆有关联。一七八九年法兰西的革命，不独是法兰西人心变动的表征，实是十九世纪全世界人类普遍心理变动的表征。一九一七年俄罗斯的革命，不独是俄罗斯人心变动的显兆，实是二十世纪全世界人类普遍心理变动的显兆。俄国的革命，不过是使天下惊秋的一片桐叶罢了。Bolshevism 这个字，虽为俄人所创造，但是他的精神，可是二十世纪全世界人类人人心中共同觉悟的精神。所以 Bolshevism 的胜利，就是二十世纪世界人类人人心中共同觉悟的新精神的胜利！

《新青年》第 5 卷第 5 号，1919 年 1 月

大亚细亚主义与新亚细亚主义

日本近来有一班人，倡大亚细亚主义。我们亚细亚人听见这个名辞，却很担心。倡这个主义的人，有建部遁吾、大光谷瑞、德富苏峰、小寺谦吉等。我们须要把他们所倡的大亚细亚主义，认识得清清楚楚，然后再下判断，再加批评。

第一，须知"大亚细亚主义"是并吞中国主义的隐语。中国的运命，全靠着列强均势，才能维持，这也不必讳言。日本若想独吞，非先排去这些均等的势力不可。想来想去，想出这个名辞。表面上只是同文同种的亲热语，实际上却有一种独吞独咽的意思在话里包藏。

第二，须知"大亚细亚主义"是大日本主义的变名。就是日本人要借亚细亚孟罗主义一句话，挡欧、美人的驾，不令他们在东方扩张势力。在亚细亚的民族，都听日本人指挥，亚细亚的问题，都由日本人解决，日本作亚细亚的盟主，亚细亚是日本人的舞台。到那时亚细亚不是欧、美人的亚细亚，也不是亚细亚人的亚细亚，简直就是日本人的亚细亚。这样看来，这"大亚细亚主义"不是平和的主义，是侵略的主义；不是民族自决主义，是吞并弱小民族的帝国主义；不是亚细亚的民主主义，是日本的军国主义；不是适应世界组织的组织，乃是破坏世界组织的一个种子。

我们实在念同种同文的关系，不能不说几句话，奉劝邻邦的明达。此次欧洲战争，牵动了全世界，杀人杀了好几年，不是就因为这个"大……主义"吗？你倡大斯拉夫主义，我就倡大日尔曼主义，你倡大亚细亚主义，我就倡大欧罗巴主义。人之欲大，谁不如我。这样倡起来，那还得了，结局必是战争纷起，来争这一个"大"字。到头来这个"大……主义"不是死于两大之俱伤，就是败在众小的互助，那德国就是一个绝好的教训了。试想日本人倡这个主义，亚洲境内的弱国、小国，那个甘心？那欧、美的列强，那个愿意？必至内启同洲的争，外召世界的忌，岂不是自杀政策吗？

　　若说这个主义，是欧、美人蔑视黄人的反响，那么何不再看一看这回平和会议的结果呢？如果欧、美人不说理，想拿我东方的民族作牺牲，我们再联合起抗拒他们不迟。如果那排斥亚细亚人的问题，还是没有正当的解决，还是不与平等的待遇，那真是亚细亚人的共同问题，应该合我们亚细亚人的全力来解决。为争公理起了战争，也在所不惜呢！不从此着想，妄倡"大亚细亚主义"，实在是危险的很。这个危险，不仅足以危害日本，并且可以危害亚细亚一切民族，危害全世界的平和。防制这种危险的责任，不仅在日本以外的东亚民族，凡世界上的人类，就连日本的真正善良的国民也都该负一份的。

　　看世界大势，美洲将来必成一个美洲联邦，欧洲必成一个欧洲联邦，我们亚洲也应该成一个相类的组织，这都是世界联邦的基础。亚细亚人应该共倡一种新亚细亚主义，以代日本一部分人所倡的"大亚细亚主义"。这种新亚细亚主义，与浮田和民氏所说的也不相同。浮田和民主张拿中、日联盟作基础，维持现状；我们主张拿民族解放作基础，根本改造。凡是亚细亚的民族，被人吞并的都该解放，实行民族自决主义，然后结成一个大联合，与欧、美的联合鼎足而三，共同完成世界的联邦，益进人类的幸福。

一九一九年元旦

《国民》杂志第 1 卷第 2 号，1919 年 2 月 1 日

战后之世界潮流——有血的
社会革命与无血的社会革命

在这回世界大战的烈焰中间，突然由俄国冲出了一派滚滚的潮流，把战焰的势子挫了一下。细查这派潮流的发源，并不在俄国，乃是在德国。果然，不久在他的渊源所在也澎澎湃湃的涌现出来。这烈火一般的世界战祸，可就从此消灭了！这是什么？这是什么？这就是社会革命的潮流！

这回德国的失败，不是败于外部的强敌，乃是败于内部的国民。这回民主主义的胜利，不是从前英、美式民主主义的胜利，乃是新发生的德、俄式社会民主主义的胜利。若是单讲武力，德国纵然稍稍退却，决不至一败涂地若此。这都是经济学者、军事家所证明的。

这种社会革命的潮流，虽然发轫于德、俄，蔓延于中欧，将来必至弥漫于世界。德国革命未发以前，就有一位哈利孙（Harrison）氏，曾在《隔周评论》上说过："一七八九年的革命，引起了恐怖，引起了过激革命党的骚动，但见有鲜血在那扫荡世界的革命潮中发泡，一种新世界就在那里边造成。Bolshevism 的下边，也潜藏着一个极大的社会进化，与一七八九年的革命同是一样，意大利、法兰西、葡萄牙、爱尔兰、不列颠都怵然于革命变动的暗中激奋。这种革命的暗潮，将与一种灾殃于兰巴地和威尼斯，法兰西也难幸免，过一危机，又一危机。爱尔兰的独立运动，涌出了很多的国事犯。就是英国的社会党，也只想和他们的斯堪的那威亚、日尔曼、俄罗斯的同胞握手。"日本有一位陆军中将佐藤钢次郎，是一个宣传军国主义的人，人称他为日本的伯伦哈的，他最近也有一篇《皇室中心的社会主义》的论文在《日本评论》上发表。其中有一段说："这回德国的革命，是过激派的势力在德国愈益扩张的结果。德国在俄国扩张过激派的势力，也曾尽过很大的力量。这回他的本国，也陷于同一的运命了。这过激派的势力，今后益将弥漫于世界。意大利非常危险，因为他的国民性很容易感染这种思想。我想英国也是不大稳当，从雷德乔治的演说可以看出他们严加警戒的口气来。美国虽然原来是个民主国，由过激派的立场看起来，也有令人可以想得到他有惹起什么社会的大变革的理由。因为美国有叫做黄金阀的一阶级，非常跋扈，近来渐有失却 Democracy 实质的样子。实在讲起来，最近的美国和把最大幸福给多数国民 Democ-racy 的本旨一点儿也不相合。多数国民苦于金权的压迫，想把他打破，过激派是最所必要的。那么，过激派的思想，也怕自然要弥漫于美国。"这些话，都可以证明今日的世界，大有 Bolsheviki 化的趋势。就是我们近邻的日本，也难保没有这种的危机。彼邦评论家茅原华山氏，最近也在《日本评论》上说过："世界的平和来，日本的不平和来，经济上、政治上的台风，都要一涌而至。若问给日本国民生活怎么样的影响变化，不能不把劳工阶级与中流阶级分开想一想。劳工阶级将出许多失业的，无论何人都已首肯，到处失业的人，已经层见迭出了。这些失业的人，并不求何职业，求也是没有，也不定规。政府仿佛也不作像英、美、法、意诸国关于怎么使那些还乡的军人就职的研究，倒有一种乐观的样子。若问这些失业的人，不求职求什么呢？简直的说，他们正在想怎么暴动，正在感染上一种 Bolshevism 了。将来骚动、暴动、烧打的事情，我们预知是不能免的。或者比'米暴动'不同，有更深刻的举动，也难计算。'米暴动'从一种意思讲起来，也可以说是有了成功，在一般的民心上造了一种印象，仿佛一有暴动，米和金钱就可从天降下似的。失业的人一旦穷了，就要拿从前成过功的东西再来求一回成功，也是自然的势子。若想得一个大成功，必须起一回更大的暴动，这种的感想，也难保不发生。"他又说："俄、德的革命，决不限于二国。英、法、意及其他欧洲诸国，固然也不能免，或者也不刚是欧洲与亚洲大陆的事情，这易受暗示习于模仿的日本，突然起了这种变动，也未可知。我所以说日本有土崩瓦解之势，就是这个原故。"

现在社会革命的潮流，已经遍布于中央欧罗巴一带，由乌拉山至亚尔布士山，其间的城市，大半成了社会主义的根据。虽然有些反过激军崛起，但是反过激军不必定是反社会主义军，就像捷克斯拉瓦克军，他们虽然反对过激派，其中却有什之四是社会党员呢。现在不过开始活动，将来的结果难以预测。但是这种革命，决不止于中欧一隅，可以断言，久而久之，必将袭入西欧，或者渡过大西洋到美国去观观光，或者渡过印度海、中国海访问访问日本。我们中国也许从西北的陆地，东南的海岸，望见他的颜色。

我从前侨居日本的时候，正逢着樱岛爆发那一线的喷火。虽然出自小小的一个樱岛，日本全境火山几乎都有山鸣谷应的样子，飞出来的灰几乎落遍了三岛。今日社会革命的潮流，也同那火山爆发一样。中欧好比作樱岛，世界上都与这种潮流有脉络相通的关系，仿佛各火山系与喷火的地方遥相呼应的样子，就是没有火山的地方，也要沾染点灰焰。

世界上有了这样大的变动，那有宪政经验的国家，没有不早作准备的。可是他们的准备，不是准备逆着这个潮流去抵抗他，乃是准备顺着这个潮流去迎合他。像英国那样素以"无血革命"自夸的国民，又想拿出他们宪政的天才来顺应这种世变，求得一个无血的社会革命，就是他们说的那由上起的革命（Revolution from habitue）。英国近来设了一个"改造部"（Miministry of Reconstruction），专去调查怎么可以成就这无血的革命，这改造部大臣任命的委员长调查的结果，曾印成小册子公之当世。《伦敦夕刊》曾选录过那小册子中的一文，题目是《关于成年者教育的产业及社会状况》，对于改善劳工生活的方法特为注意，仿佛是一种温情主义的工党首领撰的一样。听说雷德乔治等要把这个方法加入政纲，这次选举既然大获胜利，第一着实行的必是这条政纲，因为他可以创造一个"新英国"，可以使这好几年英国国民直接间接在战场上的牺牲不至白白的没有意义。这就叫"沉默的革命"，"调和的革命"。英国国民若能在风平浪静的中间，完成了这一大使命，世界上有政治天才的国民，真算英人为第一了。

日本的朝野近来也都注意及此，"无血革命"、"第二维新"的声浪一天高似一天，什么"温情主义"咧，"三益主义"咧，也常常挂在研究社会问题的口上。这都是对着这世界潮流的未雨绸缪。

但是，我们要知道这样大的问题，都是因为分配而起的。我们要知道，有生产才有分配，有生产的劳工才有分配的问题。像我们这种大多数人只想分配不想生产的国民，只想了抢饭不愿作工的社会，对于这种世界潮流，应该怎么样呢？那些少数拿他们辛辛苦苦终年劳作的汗血，供给大多数闲人吮括的老百姓，应该怎么样呢？这大多数游手好闲不作工专抢干饭的流氓，应该怎么样呢？望大家各自拿出自己的良心来想一想！

《晨报》，1919 年 2 月 7、8、9 日

劳动教育问题

　　现代生活的种种方面，都带着 Democracy 的颜色，都沿着 Democracy 的轨辙。政治上有他，经济上也有他；社会上有他，伦理上也有他；教育上有他，宗教上也有他；乃至文学上、艺术上，凡在人类生活中占一部位的东西，靡有不受他支配的。简单一句话，Democracy 就是现代惟一的权威，现在的时代就是 Democracy 的时代。

　　战后世界上新起的那劳工问题，也是 Democracy 的表现。因为 Democracy 的意义，就是人类生活上一切福利的机会均等。劳工们辛辛苦苦生产的结果，都为少数资本家所垄断、所掠夺，以致合理工作的生产者，反不得均当的分配，断断非 Democracy 所许的。应该要求一种 Democracy 的产业组织，使这些劳苦工作的人，也得一种均等机会去分配那生产的结果。不但这个，人类的生活，衣食而外，尚须知识；物的欲望而外，尚有灵的要求。一个人汗血滴滴的终日劳作，靡有工夫去浚发他的知识，陶养他的性灵，他就同机械一样，牛马一般，久而久之，必把他的人性完全消失，同物品没有甚么区别。人但知道那些资本家夺去劳工社会物质的结果，是资本家莫大的暴虐，莫大的罪恶，那知道那些资本家夺去劳工社会精神上修养的工夫，这种暴虐，这种罪恶，却比掠夺他们的资财更是可怕，更是可恶！现代的劳工社会，已经渐渐觉醒。我们常常听见他们有"一日工作八时"、"一周工作四十时"、"假期休工不停（给）"种种的要求。这种要求，在我们游惰性成的社会，必要是更表同情，可是他们的同情，未必和人家这种要求的本意一致。我们这些游惰性成的工人，必以为少做点工，挪出工夫来可以去嫖去赌，去作些与人生无益有害的举动，岂不快乐。那晓得这省出来的一点时间，在人家正是工人的神圣时间，要拿他去读书，去看报，去补习技能，慰安灵性，非常的宝贵，那忍轻轻的把他抛弃呢？

凡是一个人，靡有不愿脱去黑暗向光明里走的。人生必须的知识，就是引人向光明方面的明灯。不幸生在组织不良社会制度之下，眼看人家一天天安宁清静去求知识，自己却为衣食所迫，终岁勤动，蠢蠢的跟牛马一样，不知道人间何世。这种侮辱个性、束缚个性的事，也断断非现在 Democracy 的时代所许的。因为 Democracy 的精神，不但在政治上要求普通选举，在经济上要求分配平均，在教育上、文学上也要求一个人人均等的机会，去应一般人知识的要求。现代的著作，不许拿古典的文学专门去满足那一部分人的欲望，必须用开〔通〕俗的文学，使一般苦工社会也可以了解许多的道理。现代的教育，不许专立几个专门学校，拿印板的程序去造一班知识阶级就算了事，必须多设补助教育机关，使一般劳作的人，有了休息的工夫，也要能就近得个适当的机会，去满足他们知识的要求。战后劳工生活改善的第一步，就是这种补助教育机关的设备。我们预知战后欧美的书报机关，必将愈益扩张，愈益发达。劳工聚集的地方，必须有适当的图书馆、书报社，专供人休息时间的阅览。英国这次社会改革的方案中，也有改革村落生活的一条，打算各村均设一所大会堂，多设书报社，这真是应时的设施了。从前李石曾先生说过，欧洲有益人类的学术文艺，都从工作中得来；倘不尊重工作，有甚么学说文艺，都不过供政治上的牺牲罢了。仔细想来，此话甚有道理。欧洲工人生活改善而后，必有新文明萌发于其中。像我们这教育不昌、知识贫弱的国民，劳工补助教育机关，尤是必要之必要。望关心社会教育、劳动问题的人注意！

《晨报》，1919 年 2 月 14、15 日

战后之妇人问题

现代民主主义的精神，就是令凡在一个共同生活组织中的人，无论他是什么种族、什么属性、什么阶级、什么地域，都能在政治上、社会上、经济上、教育上得一个均等的机会，去发展他们的个性，享有他们的权利。妇人参政的运动，也是本着这种精神起的。因为妇人与男子虽然属性不同，而在社会上也同男子一样，有他们的地位，在生活上有他们的要求，在法律上有他们的权利，他们岂能久甘在男子的脚下受践踏呢？妇人参政的运动，在这次大战之前，久已有他们奋斗的历史。美国有许多州，已经实行了。可是当时有很多人反对这种运动，他们大都说，女子的判断力薄弱，很容易动感情，不宜为政治家。也有对于女子的能力怀疑的。我们东方人对于这个问题的观念，更是奇怪，不是说"礼教大防"、"男女授受不亲"，就是说女子应该做男子的"内助"，专管"阃以内"的事。到了战争起来的时候，那些男子一个一个的都上了战场，女子才得了机会去作出一个榜样来，让那些男子看看，到底女子有没有能力。于是当警察的也有，作各种劳动的也有，在赤十字救护队中活动的也有，在军队中作后方勤动的也有，做了种种的成绩，都可以杜从前轻视女子的口实。所以在战事未了的时候，美、英、德诸国已经都有认许妇人参政权的表示。俄国 Bolsheviki 政府里边有一个救济部总长，名叫郭冷苔，就是一位女子，这就是妇人参政的一个新纪元。

妇人参政的运动，到了今日，总算是告一段落。这过去半世纪的悬案，总算有了解决的希望。但在战时有一段事，还引起了许多人怀疑。就是美国对德宣战的时候，孟塔拿州有位女议员，名叫兰金，是美国最初的女议员，一时世间对他，很有不满意的批评。因为决议宣战案的时候，第一次唤他，他并不答，第二次仍是无语，第三次问他，他才哭着，颤声答了一个"NO"字。后来有一位新闻记者去访问他，他说："惩膺德国的横暴，他也认为必要，但不赞成战争。"于是有人说，妇人决一件事，往往不靠理性，单靠感情，所以让他们去做政治家，很不相宜。但是我们对于这种话，实在是有些疑问。那些政治家的理性，都是背着人类感情的么？那些背着人类感情的理性，都是好的么？都是对的么？这个不忍的感情，都是错的么？都是坏的么？这几点，我们都应该拿出纯真的心想一想，然后再下断语的。就美国而论，妇人中有很多比获享选举权的男子们还有独立的判断与知识的。美国西部各州，有很多实行妇人参政著有成效的地方。数年前，考劳拉豆州有夫妇二人，各有各的投票权，他们所欲选的人，却正是反对党，结果，其妻所选举的人归于失败，选举后家庭的感情，并不以是生何影响。这个例，不可以证明妇人也有独立的判断力，妇人参政也不致与社会及家庭以恶影响么？就说关于社会一般的文教制度、法律习惯，妇人的判断知识实视男子为贫弱，而关于妇人切身的问题，与其父兄夫友全不相干的问题，令他们自己也有发表意见的机会，难道不比由男子一手代办，把妇人当作一阶级排出政治以外妥当的多么？又有人说，妇人的大多数，对于政治并不发生兴趣。这也不可一概而论。像美国的考劳拉豆和优达二州，各阶级的妇女对于选举投票，均很踊跃，很可以证明他们承认妇人选举权是正当的。又像最近英国的总选举，那些妇人行使选举权踊跃的样子，令人惊愕。一个社会生活上有了必须的要求，就应该立一种制度，适应他的情况，才是正当的道理。

预想这回战后，欧、美妇人社会发生许多难解决的问题：

第一，就是妇女过庶问题

据人口统计，从前欧、美男女的比例，就是女多男少。经这回战争，壮丁男子在战场上死的很多，已嫁的女子添了许多新寡，未嫁的女子也天天想着结婚难，妇女过庶的倾向愈益显著。这时的社会，必起许多悲惨的现象，生活一天难似一天，结婚也不容易，离婚却更增多，卖淫、堕胎、私生子，一天多似一天。妇女一个阶级有了这样悲惨的现象，社会全体必也受莫大的影响。

第二，就是女工对男工的问题

欧战既起，作工的男子都上了战场，一时非用女工填他们的缺，各工厂就得停工。英国政府拿战后必恢复旧状作条件，违背战时劳动组合的规定，许工厂得以女工代男工用。其他各国，也大都如此。欧洲妇女界骤得了工作的机会，如同开辟了新领土一样。那些资本家也很愿意雇用这工价低廉的女工。到了战后，从前赴战场的男子都还乡土，看见他们作工的地盘都被价廉的女工们占领，自然要同这些女工们起一场争斗。那些女工因为生活难的结果，也断断不肯把已经取得的新领土拱手让还男子。那些资本家也不愿辞退这价廉的女工。从前妇女劳动最大的缺点，就是不熟练，经这次战争中的训练，与职工教育的发达，这种缺点已经消灭。既没有不熟练的缺点，又有工价低廉的便宜，资本家正可以利用女工操纵男工。为防止男工女工间的竞争与资本阶级的操纵，必须谋一个对于同一工作给与同额报酬的方法。可是这个方法，很不容易定规。因为妇人劳动的团体结合不坚，他的势力也很微弱，不能独立抗资本家，要求得与男子同额的报酬，恐怕做不到。解决这个问题，有的希望政府定出一个公定工银法来，有的主张设法奖励男女劳动组合的一致提携。总而言之，男女工人间有了争执，必为资本家所乘，结局都是不利。男女工人间有了结合，定能于阶级战争添一层力量。将来出于那条道路，虽难预定，若从俄、德革命的潮流滔滔滚滚的及于全欧的大势看起来，英、法的动摇也是迟早的问题。男女工人大约不至长相争执，他们或者可以互相提携，于阶级战争加一层力量。

第三，就是劳动阶级的母亲问题

战时丁男骤去出征，剩下家中的老弱没人照管，甚为可怜。因此有的国家就规定一律〔种〕办法，对于出征兵士的家族，发一项扶助费，这个费额，不是拿那为家长的男子出征前的工银作标准的，乃是按那家族人数的多寡发给他们。从前因为收入不足，且不确定，天天在苦痛的生活中鬼混的劳动阶级的母亲们，这才有了确实生活的保障。他们在这战争期间，算是享了一点子的幸福。一旦战争停止，这种幸福也就跟着消灭，又要回复他们那暂时忘下的苦痛生活。他们怎样抛弃这暂时的幸福，去迎受那旧日不要的生活，实在是一个问题。这次战争，丧失壮丁不少，为补充战后的人口计，对于母性的保护，应该特别注意。像那育儿扶助费，及种种母性保护的方法，也是不能不研究的。还有一样，开战后英国所设的儿童保护所约有二百处，收容的儿童约六万人，这种机关，战后必愈见发达，因为有些作工同时而为母亲的妇人，若去作工，就不能照管小孩，这种机关，实在是必要的。儿童的养育，由家庭移到社会的共同育儿机关，这也是社会进化的一个新现象。

这些问题，若是单靠着女权运动去解决他们，固然也不能说全没有一点效果。但是女权运动，仍是带着阶级的性质。英国的妇人自从得了选举权，那妇人参政联合又把以后英国妇人应该要求的事项罗列出来，大约不过是：

（一）妇人得为议员；

（二）派妇人到国际战后经济会议；

（三）使同外人结婚的英国妇人也得享有英国国籍；

（四）妇人得为审判官及陪审官；

（五）妇人得为律师；

（六）妇人得为政府高级官吏；

（七）妇人得为警察官；

（八）使女教师与男教师同等；

（九）以官费养育寡妇和他们的子女；

（十）父权及母权的均衡；

（十一）男女道德标准的一致。

这几项都是与中产阶级的妇人最有直接紧要关系的问题，与那些靡有财产、没受教育的劳动阶级的妇人全不相干。那中产阶级的妇人们是想在绅士阀的社会内部有和男子同等的权力。无产阶级的妇人们天高地阔，只有一身，他们除要求改善生活以外，别无希望。一个是想管治他人，一个是想把自己的生活由穷苦中释放出来，两种阶级的利害，根本不同；两种阶级的要求，全然相异，所以女权运动和劳动运动纯是两事。假定有一无产阶级的妇人，因为卖淫被拘于法庭，只是捉他的是女警官，讯他的是女审判官，为他辩护的是女律师，这妇人问题就算解决了么？这卖淫的女子受女官吏的拘讯，和受男官吏的拘讯，有什么两样的地方么？就是科刑的轻重有点不同，也是枝叶的问题。根本的问题，不问直接间接，还是因为有一个强制妇人不得不卖淫的社会组织在那里存在。在那种组织的机关的一部安放一两个妇人，怎能算是妇人的利益呢？中产阶级妇人的利害，不能说是妇人全体的利害；中产阶级妇人的权力伸张，不能说是妇人全体的解放。我以为妇人问题彻底解决的方法，一方面要合妇人全体的力量，去打破那男子专断的社会制度；一方面还要合世界无产阶级妇人的力量，去打破那有产阶级（包有男女）专断的社会制度。

我们中国的女界，对于这世界的妇人问题，有点兴趣没有，我可不敢武断，但是我很盼望我们中国不要长有这"半身不遂"的社会；我很盼望不要因为世界上有我们中国，就让这新世纪的世界文明仍然是"半身不遂"的文明。

《新青年》第 6 卷第 2 号，1919 年 4 月

废娼问题

废娼运动，是现代社会运动的一种。最近上海有一部分外人提起这个问题，某报因此特辟一栏，征求社会上对于妇人问题的意见。登了好久，并没有一个应声的人。可见中国人一般的心理，都不认妇女有个人格。这真是可怜的现象！

我们主张废娼，有五大理由：

第一，为尊重人道不可不废娼

凡是侮辱人权背反人道的制度风俗，我们都认作仇敌，要尽最大的努力去攻讨他，征伐他，非至扑灭他不止。到了今日，人类社会上还有娼妓存在，国家法律上仍然认许公娼，真是可痛可耻的事情！你想好端端的一个人，硬把他放在娼门里，让他冒种种耻辱，受种种辛苦，在青天白日之下，去营那人间最卑贱的生活，卖自己的肉体、精神、完全人格，博那些拥有金钱的人的欢心，那一种愁苦、羞愤、卑屈、冤枉，真是人所不能忍受的境遇。我从前在上海的时候，看见许多青年女子，不管风雨昼夜，一群一群的站在街头，招拉行路的人，那一种可怜、凄惨的光景，恐怕是稍有人心的人，都要动点同情的。至于娼察〔寮〕中的黑暗，和他们在那里所受的虐待，真是人间的活地狱一般了。像这样侮辱人权，背反人道的事，若不绝对禁止，还讲什么人道自由，不是自欺欺人么？

第二，为尊重恋爱生活不可不废娼

两性相爱，是人生最重要的部分。应该保持他的自由、神圣、纯洁、崇高，不可强制他、侮辱他、污蔑他、屈抑他，使他在人间社会丧失了优美的价值。社会上若许公娼存在，男女间恋爱生活的价值必然低落，恋爱的自由必为不正不当的势力所侵犯，令一般人对于恋爱起一种苟且轻蔑的心，不在人生上求他，却向兽欲里求他，不但是侮辱了人权，而且是侮（辱）了人生。

第三，为尊重公共卫生不可不废娼

认许公娼的惟一理由，就是因为娼妓既然不能废止，对于花柳病的传染，就该有一种防范的办法，那么与其听他们暗自流行，不如公然认许他们，把他们放在国家监视的底下，比较的还可以行检查身体的制度和相当的卫生设施。可是人类的生活，不只是肉欲一面，肉欲以外，还有灵性。娼妓不能废止的话，实在是毫无根据。且据东、西的医生考证起来，这种检霉法实是没有效果。因为检霉的人，每多草率不周，检霉的方法又不完备，并且不行于和娼妓相接的男子，结果仍是传染流行，不能制止。不但流毒同时的社会，而且流毒到后人身上。又据医家说，久于为娼的女子，往往发生变性的征候，这个问题，尤与人种的存亡，有很大的关系。

第四，为保障法律上的人身自由不可不废娼

公娼制度，与人身卖买制度全是一样。娼寮中的妓女，大半是由卖买来的。从前各国因为废奴问题起过战争、革命的都有，如今国家反来认许公娼。须知认许公娼即是认许人身卖买，也就是认许破坏法律上的人身自由。实行民治的国家，绝不许有这种恶制存在。

因此联想到买妾、买婢的风俗，也算是一种娼妓，也应该和娼妓一齐废止。

第五，为保持社会上妇女的地位不可不废娼

社会上有了娼妓，大失妇女在社会上人格的尊严，启男子轻侮妇女、玩弄妇女的心。中国妇女解放的运动，第一应该把这妇女界最大的耻辱革除，不使他再留一点痕迹。我很盼望中国正〔主〕持正义的男子和那自觉的妇女联合起来，发起一个大运动，不令社会上再有娼妓、妾、婢这等名辞存在，不令社会上再有为人作娼、作妾、作婢的妇女，不令社会上再有拿人作娼、作妾、作婢的男子。

我的废娼的办法：第一，禁止人身卖买；第二，把现在的娼妓户口调查清楚，不许再行增添；第三，拿公款建立极大的感化院，专收退出娼寮的妓女，在院经一定的时期教他们点工艺和人生必需的知识，然后为他择配；第四，实行女子强迫教育，入公立学校概不收费。其实这都还是些治标的办法。根本解决的办法，还是非把这个社会现象背后逼着一部分妇女不去卖淫不能生活的社会组织根本改造不可。

《每周评论》第 19 号，1919 年 4 月 27 日

秘密外交与强盗世界

凡是世界上的土地，只要是世界上知道人的道理的人在那里过人的生活，我们决不把他认作私有物，拒绝他人。但是强盗政府们要根据着秘密外交拿人类正当生活的地方，当作他们私相授受的礼物，或送给那一个强盗国家、强盗政府，作扩张他那强盗势力的根据，无论是山东，是山北，是世界上的什么地方，我们都不承认，都要抗拒的。我们反对欧洲分赃会议所规定对于山东的办法，并不是本着狭隘的爱国心，乃是反抗侵略主义，反抗强盗世界的强盗行为。

这回欧战完了，我们可曾作梦，说什么人道、平和得了胜利，以后的世界或者不是强盗世界了，或者有点人的世界的彩色了。谁知道这些名辞，都只是强盗政府的假招牌。我们且看巴黎会议所议决的事，那一件有一丝一毫人道、正义、平和、光明的影子！那一件不是拿着弱小民族的自由、权利，作几大强盗国家的牺牲！

威尔逊这位书生，天天在那里对那些强盗说"正义"、"人道"的话，组织"国际联盟"哪，希望"永久平和"哪，这真是对牛弹琴。只落得那些强盗们对他瞪眼，他自己也是对他们呕气，希望他的人灰心。

威尔逊君！你不是反对秘密外交吗？为什么他们解决山东问题，还是根据某年月日的伦敦密约，还是根据某年月日的某某军阀间的秘密协定？须知这些东西都是将来扰乱世界平和的种子。像这样的平和会议，那有丝毫价值！人家为保障一国的强盗权利，还有退出和会的决心勇气，你为保障世界平和，贯彻自己的主张，竟没有退出和会的决心勇气。你自己的主张计画如今全是大炮空声，全是昙花幻梦了。我实为你惭愧！我实为你悲伤！

常向我们说和我们有同种同文的情谊的日本人啊！你们把这块山东土地拼命拿在手中究竟于你们民族的生活上有什么好处？添什么幸福？依我看来，也不过多养活几个丑业妇、无赖汉、吗啡客，在人类社会上多造些罪恶，作些冤孽，给日本民族多留些耻辱的痕迹罢了。这话并不是我太刻薄，试一翻日本人的移民史，那一处不是这几色人先到？除去这几色人还有什么人？——那背包卖药的还是第一等的——在这等地方的商人、绅士、官吏、军人，也都渐渐丢失了他们的人性，只增长他那残暴、狡诈、嫉妒、贪淫的性质。结果更要巩固国内军阀、财阀的势力，来压制一般人民，永远不能翻身。这又何苦呢！

我们历来对外的信条，总是"以夷制夷"；对内的信条，总是"依重特殊势力"。这都是根本的大错。不知道有几多耻辱、哀痛、失败、伤心的陈迹，在这两句话里包藏。而从他一方面，又把民族的弱点、惰性、狡诈、卑鄙，都从这两句话里暴露出来。这回青岛问题，发生在群"夷"相争，一"夷"得手的时候。当时我们若是不甘屈辱，和他反抗，就作了比利时，也不过一时受些苦痛有些牺牲，到了今日，或者能得点正义人道的援助。那时既低声下气，今日却希望旁人援手，要知这种没骨头没志气的人〈民〉，就是正义人道昌明的时代，不能自助的人，也不能受人的帮助，况在强盗世界的里面，更应该受点罪孽。我们还在这里天天做梦，希望他人帮助。这种丧失自立性的耻辱，比丧失土地山河的耻辱，更要沉痛万倍！

大家都骂曹、章、陆这一班人为卖国贼，恨他们入骨髓，都说政府送掉山东，是我们莫大的耻辱，这抱侵略主义的日本人，是我们莫大的仇敌。我却以为世界上的事，不是那样简单的。这作恶的人，不仅是曹、章、陆一班人，现在的世界仍然是强盗世界啊！日本人要我们的山东，政府答应送给他，都还不算我们顶大的耻辱。我们还是没有自立性，没有自决的胆子，仍然希望共同管理，在那"以夷制夷"四个大字下讨一种偷安苟且的生活，这真是民族的莫大耻辱啊！日本所以还能拿他那侵略主义在世界上横行的原故，全因为现在的世界，还是强盗世界。那么不止夺取山东的是我们的仇敌，这强盗世界中的一切强盗团体，秘密外交这一类的一切强盗行为，都是我们的仇敌啊！我们若是没有民族自决、世界改造的精神，把这强盗世界推翻，单是打死几个人，开几个公民大会，也还是没有效果。我们的三大信誓是：

改造强盗世界，

不认秘密外交，

实行民族自决。

《每周评论》第 22 号，1919 年 5 月 18 日

妇女解放与 Democracy

妇女解放与 Democracy 很有关系。有了妇女解放，真正的 Democracy 才能实现。没有妇女解放的 Democracy，断不是真正的 Democracy，我们若是要求真正的 Democracy，必须要求妇女解放。

这里我有两个理由：

第一，一个社会里如果只有男子活动的机会，把那一半的妇女关闭起来，不许他们在社会上活动，几于排出于社会生活以外，那个社会一定是个专制、刚愎、横暴、冷酷、干燥的社会，断没有 Democracy 的精神。因为男子的气质，包含着专制的分子很多，全赖那半数妇女的平和、优美、慈爱的气质相与调剂，才能保住人类气质的自然均等，才能显出 Democracy 的精神。我们中国人的一切社会的生活，都不许妇女加入，男女的界限很严，致成男子专制的社会。不独是男子对于妇女专制的社会，就在男子相互间也是一个专制的社会。生活的内容，冷酷无情，干燥无味，那些平和、优美、博爱的精神，都没有机会可以表现。我们若想真正的 Democracy 在中国的社会能够实现，必须先作妇女解放的运动，使那妇女的平和、美爱的精神，在一切生活里有可以感化男子专暴的机会，积久成习，必能变化于无形，必能变专制的社会为 Democracy 的社会。

第二，现代欧美的 Democracy，仍然不是真正的 Democracy。因为他们一切的运动、立法、言论、思想都还是以男子为本位，那一半妇女的利害关系，他们都漠不关心。就是关心，那人代为谋的利益，也决不是他们的利益，决不像他们自己为谋的恳切。"人民"这个名词，决不是男子所得独占的，那半数的妇女一定也包含在内。Brougham Villiers 说的好："The formula of democracy is not government of the people for the people by the man but by the people"。译他的大意，就是那真正的 Democracy 不是男子所行的民权民主的政治，乃是人民全体所行的民权民主的政治。这里所谓人民全体，就是包含男女两性在内。社会上一切阶级都可变动，富者可变为贫，贫者亦可变为富，地主、资主可变为工人，工人可转为地主、资主，社会若经适当的改造，这等阶级都可归于消泯，独有男女两性是一个永久的界限，不能改变，所以两性间的 Democracy 比什么都要紧。我们要是要求两性间的 Democracy，这妇女解放的运动，也比什么都要紧。

《少年中国》第 1 卷第 4 期 "妇女号"，1919 年 10 月 15 日

杂　感

北京的"华严"

　　北京有个净业湖，是梁巨川氏自杀的地方。不几天又有一位吴梓箴，也在那里自杀。我听得这般事情，就联想起那日本日光山上的"华严"泷。明治三十六年，有一位京都帝国大学生叫藤村操的，因为人生不可解，起了哲学上的怀疑，跑到瀑边，在树上题了"岩头之感"几个字，就投入那瀑的冷净的怀中了。从此日本青年，因为这件事的暗示模仿，你投入浅间山的喷火口，他死在富士山巅，他们的理由，都是厌世悲观，那投入"华严"的，更是不计其数了，把个"华严"做成一个惟一的死所，人都叫他为"死之瀑"。这净业湖中的自杀者，若是联续不绝，净业湖也要成了"死之湖"，就是北京的"华严"了。我们把两处的自杀者比较起来，有的是青年，有的是老人，有的是为人生问题而死的，有的是为古人传说而死的。其间虽大不同，我说这种人对于他自己的生命，都比那醉生梦死的青年、历仕五朝的元老还亲切的多呢！

《每周评论》第 5 号，1919 年 1 月 19 日

新自杀季节

据社会统计学家说，每年五、六、七、八月是自杀季节，自杀的现象，多发生在这四个月中。近来生活难的结果，年关也成了一种自杀季节。北京这个地方，到了冬天，那些因不耐冻饿自杀的人，每天不知道有多少，碰着一位新闻记者先生偶然大发慈悲，登出一二，大家也不加批评、不加注意的。有人说自杀是壮烈的行为，他们又有什么壮烈？有人说自杀是罪恶的行为，他们又有什么罪恶？以我看来，社会上发生了自杀的现象，总是社会制度有些缺陷。我们对于这自杀的事实，只应从社会制度上寻找他的原因，研究怎么可以补那缺陷。什么壮烈啦，罪恶啦，我们都不能拿来奖励或诽谤人家处决自己生命的举动。我们应该承认一个人为免自己或他人的迷惑麻烦，有处决自己生命的自由。

《每周评论》第 5 号，1919 年 1 月 19 日

过激乎？过惰乎？

　　人类所以总是这不长进的样子，实因社会上有一种力量作怪，就是惰性（Inertia）。他的力量，实在比进步的力量大的多。有了进步的举动，人就说是过激，因为他是在惰性空气包围的中间。其实世间只有过惰，那有过激！不说是自己过惰，却说人家过激，这是人类的劣根性。

《每周评论》第 6 号，1919 年 1 月 26 日

乡愿与大盗

中国一部历史，是乡愿与大盗结合的记录。大盗不结合乡愿，作不成皇帝；乡愿不结合大盗，做不成圣人。所以我说皇帝是大盗的代表，圣人是乡愿的代表。到了现在，那些皇帝与圣人的灵魂，捣复辟尊孔的鬼，自不用提，就是这些跋扈的武人，无聊的政客，那个不是大盗与乡愿的化身呢？

《每周评论》第 6 号，1919 年 1 月 26 日

秘密外交

俄人提倡世界革命，揭出三大纲领：一、不要皇帝；二、不要常备军；三、不要秘密外交。美国威总统提倡国际大同盟，也主张禁止秘密外交。因为世间一切罪恶，都包藏在秘密的中间，罪恶是秘密的内容，秘密是罪恶的渊薮。我们若想禁绝罪恶，必须揭破秘密。现在战局已终，军事关系已经消灭，中日两国的人民，应该要求两国政府立时将从前所立的密约在平和会议公布废止。不可听两国军阀在那秘密里作鬼，惹起世界的猜疑，留下扰乱和平的种子。

《每周评论》第 9 号，1919 年 2 月 16 日

罪恶之守护者

日本少壮学者永井柳太郎氏漫游中国，看见北京各机关门首警备森严军士林立的景象，起了一种感想。他说仿佛这些机关都包藏着许多罪恶，所以要武装来守护他。如今想起来，这话很是有理。世界上的武装，那个不是守护罪恶的呢？世界上的罪恶，那个不是要武装来守护的呢？岂独中国的政治机关！岂独北京的军警！

《每周评论》第 9 号，1919 年 2 月 16 日

死　动

日本的浪人会，专去逆着世界大势作那拥护国体的运动。彼邦酷评家说他们是"死动"，不是活动。我想这种"死动"，几乎遍中国都是。不是拜倒在偶像之前鬼混，就是倒行逆施往死路走。人家的社会，还有大部分"人的活动"，几个顽冥的"死动"，不至永远成了黑暗的鬼世界。像我们的社会，"人的活动"，很是稀少。起初还是"死动"，后来恐怕就剩下了一个"死"，连"动"也不会"动"了。

《每周评论》第 10 号，1919 年 2 月 23 日

普通选举

世界上未行普通选举的国，只有我们中国和日本、土尔其。日本现在普通选举的声音，几乎震动了三岛。上杉慎吉也不倡他那凯撒复辟论了，德富苏峰也不说他那贫国强兵论了，大石正已也暂且不提他那大陆膨胀主义了，却都来鼓吹普通选举。回头看看我们中国！你说武力统一，他说武力护法，那有人提到这个问题！那能够提到这个问题！可是我有一个疑问，到了今日，没有普通选举，还称得起是个共和国么？

《每周评论》第 10 号，1919 年 2 月 23 日

光明与黑暗

听说北京有位美术家，每日早晨，登城眺望，到了晌午以后，就闭户不出了。人问他什么缘故，他说早晨看见的，不是担菜进城的劳动者，便是携书入校的小学生。就是那推粪的工人，也有一种清白的趣味，可以掩住那粪溺的污秽。因为他们的活动，都是人的活动。他们的生活，都是人的生活。他们大概都是生产者，都能靠着工作发挥人生之美。到了午间，那些不生产只消费的恶魔们、强盗们，一个个都出现了。你驾着呜呜的汽车，他带着凶赳赳的侍卫，就把人世界变成鬼世界了。这也是光明与黑暗两界的区分。

《每周评论》第 11 号，1919 年 3 月 2 日

强国主义

　　大战终结，军国主义、帝国主义种种名辞，都随着德意志的军阀丧失了他的运命。我们东方的德意志军阀崇拜者，又来讲什么"强国主义"。这个东西，恐怕又是军国主义和帝国主义的变相，又是破坏世界平和的种子！

《每周评论》第 13 号，1919 年 3 月 16 日

小国主义

　　日本黎明会中，有人唱"小国主义"。他说：唱大国主义的国，内召平民阶级的反感，外惹各大国平民阶级和各弱小国人民全（体）的仇视；唱小国主义的国，内免阶级的争端，外得各大国平民阶级和各弱小国人民全体的同情。这话如果不错，到底是大国主义好呢？还是小国主义好呢？

《每周评论》第 13 号，1919 年 3 月 16 日

统一癖

　　中国人说到国家组织，最怕联邦妨害了统一。说到道德，最愿把孔子拿来定为国教，去统一人心。日本人也是常讲国民思想统一，教育划一。去年全国教育会议，又有人提出人心归向统一案，敬神、崇祖是他们统一人心的手段。统一！统一！真是东洋人的通癖了。可是中国人的威信统一，武力统一，已经把个国家弄得七乱八糟，不可收拾。日本人的神祖统一、文教统一，又得什么样的结果？

《每周评论》第 16 号，1919 年 4 月 6 日

混充牌号

世间有一种人物、主义、或是货品流行，就有混充他的牌号的纷纷四起。王麻子的刀剪好用，什么汪麻子、旺麻子、真王麻子、老王麻子，闹个不清。稻香村东西好吃，什么稻香春、新稻香村、老稻香村、真稻香村，闹个不清。茶庄有王正大、汪正大的混杂，也是这个道理。"民本主义"的话，在日本很流行，什么民本的军国主义、君主民本主义，闹个不清。卖药的广告，也说"民本主义"。"社会主义"流行，就有"皇室中心的社会主义"、"基督教的社会主义"出现。社会上有一二清流学者，很得大众的信仰，一班官僚帝孽，就想处处借他的名字作招牌。这都是"混充牌号"。

《每周评论》第 16 号，1919 年 4 月 6 日

解放后的人人

放过足的女子，再不愿缠足了。剪过辫的男子，再不愿留辫。享过自由幸福的人民，再不愿作专制皇帝的奴隶了。作惯活文学的人，再不愿作死文章了。

《每周评论》第 17 号，1919 年 4 月 13 日

宰猪场式的政治

日本人说他们的政治，是动物园式的政治，把人民用铁栅栏牢牢的关住，给他们一片肉吃，说是什么"温情主义"。我说我们的政治，是宰猪场式的政治，把我们人民当作猪宰，拿我们的血肉骨头，喂饱了那些文武豺狼。

《每周评论》第 18 号，1919 年 4 月 20 日

黑暗的东方

天明了，曙光现了，光明的境界，没有强盗恶魔们立足之地了，一个一个的都跑到黑暗的东方来。所以边疆上就有谢米诺夫、霍尔瓦特这一流人扰乱治安，内地就有一种外国的外交官替崇拜强权的国家政府捕拿国事犯，摧残出版和言论的自由。呵！好了！我只替你们祝福。祝你们永远不要回归你们那光明的故土，祝你们永远有个黑暗的东方作你们的逋逃薮。

《每周评论》第 23 号，1919 年 5 月 26 日

太上政府

呵！我如今才晓得东交民巷里有我们的太上政府。你居然拿出命令的、自尊的、傲慢的口吻来，说什么"怿"、"不怿"。你居然干涉我们的言论自由，说什么"警告"、"取缔"、"限期答复"。呵！你是用惯了那年五月七日的哀的美敦书。呵！我如今才晓得你是要作我们的太上政府。

《每周评论》第 23 号，1919 年 5 月 26 日

牢狱的生活

现代的生活，还都是牢狱的生活啊！像这样的世界、国家、社会、家庭，那一样不是我们的一层一层的牢狱，一扣一扣的铁锁！倒是为运动解放入了牢狱的人，还算得了一块自由的小天地！

《每周评论》第 28 号，1919 年 6 月 29 日

不要再说吉祥话

明明是相杀的世界，偏要说什么"互助"。明明是黑暗的世界，偏要说什么"光明"。明明是压缚的世界，偏要说什么"解放"。明明是兽行的世界，偏要说什么"人道"。明明是强权的世界，偏要说什么"正义"。这正是我们的大罪。

《每周评论》第 28 号，1919 年 6 月 29 日

改　造

　　交通部的大门，因为曹汝霖被学生们攻击去职，部员都说他的方向不利，请勘舆家为之改造。海军部的围墙，也因为有勘舆家说他不吉利，故近来各处舰队时起风波，听说也要改造。我说中国近年南北争哄，民生困苦到这步田地，也是因为一种大门——阀——建立的不好，也应该改造。可惜我又不是勘舆家，没有人信我的话！

《每周评论》第 28 号，1919 年 6 月 29 日

赤色的世界

今天一个消息，说某处创了一个劳农共和国。明天一个消息，说某国立了一个共产党的政府。他们的旗，都是"赤旗"。他们的兵，都是"赤军"。这种的革命，人都叫作"赤革命"。这样演下去，恐怕世界都要变成赤色。请问这个赤色，是什么东西染成的？

《每周评论》第 29 号，1919 年 7 月 6 日

最危险的东西

我常和友人在北京市里步行，每过那颓废墙下，很觉可怕。怕他倒了，把行路的人活活压死。请问世间最危险的东西，到底是新的，还是旧的？

《每周评论》第 29 号，1919 年 7 月 6 日

光明权

北京市民对于电灯公司颇不满意，说电光不足，很妨害市民的"光明权"。嗳！在这黑暗世界中任是生活的那一方面，一线的光明，都没有希望。我们当真要求光明权，应该不止对于电灯公司。

《每周评论》第 29 号，1919 年 7 月 6 日

我与世界

我们现在所要求的，是个解放自由的我，和一个人人相爱的世界。介在我与世界中间的家国、阶级、族界，都是进化的阻障、生活的烦累，应该逐渐废除。

《每周评论》第 29 号，1919 年 7 月 6 日

真正的解放

真正的解放，不是央求人家"网开三面"，把我们解放出来，是要靠自己的力量，抗拒冲决，使他们不得不任我们自己解放自己。不是仰赖那权威的恩典，给我们把头上的铁锁解开，是要靠自己的努力，把他打破，从那黑暗的牢狱中，打出一道光明来。

《每周评论》第 30 号，1919 年 7 月 13 日

万恶之原

中国现在的社会，万恶之原，都在家族制度。一个人要是有点知识聪明，一般的亲族戚属，总是希望他去做官僚式的强盗，牺牲了他一个人，供他们大家的荒淫作乐。这样子待人，分明是莫大的冤仇，那里有丝毫的亲义！

《每周评论》第 30 号，1919 年 7 月 13 日

灰色的中国

人说政治革命是白革命，社会革命是赤革命。我说无论是白是赤，总在本质稍有光明的国家，才能发见这样鲜明的颜色。像我们中国这样黑暗的国家，对于世界革命的潮流，不问他是白是赤，一味作盲目的抗拒。等到潮流逼进了门，大家仍是昏沈沈的在黑尘中乱滚，白革命会变成灰色，赤革命会变成黑色。辛亥以后的军阀政客，已竟把个中国弄成灰色了，盼望以后你们不要把中国再弄成黑色才好。

《每周评论》第 30 号，1919 年 7 月 13 日

是谁夺了我们的光明？

    有一位爱读本报的人来信说："我们对于世界的新生活，都是瞎子。亏了贵报的'只眼'，常常给我们点光明。我们实在感谢。现在好久不见'只眼'了。是谁夺了我们的光明？"

《每周评论》第 30 号，1919 年 7 月 13 日

难兄难弟

　　中国的元老，要亲到大成殿磕头，日本的元老，想在东三省建立一座伊势大神宫。中国政府忙办文法官考试，日本政府忙设国民文艺会。都是为防止他们眼里口里的过激思想。真是难兄难弟的国家。

《新生活》第 6 期，1919 年 9 月 28 日

秘密……杀人

中国政府什么事都秘密。现在近畿一带瘟疫流行，死亡很多，官吏都严守秘密，听其自然传染。唉！这秘密二字下，不知又添了多少冤魂！

瘟疫是自然的恶呢，还是人为的恶呢？很是一个疑问。要说是自然的恶，何以死的大半是无产阶级和妇女？

《新生活》第 6 期，1919 年 9 月 28 日

圣人与皇帝

我总觉得中国的圣人与皇帝有些关系。洪宪皇帝出现以前，先有尊孔祭天的事；南海圣人与辫子大帅同时来京，就发生皇帝回任的事。现在又有人拚命在圣人上作工夫，我很骇怕，我很替中华民国担忧！

《新生活》第 7 期，1919 年 10 月 5 日

在《国民》杂志社成立
周年纪念会上的演讲

此次"五四运动",系排斥"大亚细亚主义",即排斥侵略主义,非有深仇于日本人也。斯世有以强权压迫公理者,无论是日本人非日本人,吾人均应排斥之!故鄙意以为此番运动仅认为爱国运动,尚非恰当,实人类解放运动之一部分也。诸君本此进行,将来对于世界造福不浅,勉旃!

《国民》杂志第 2 卷第 1 号,1919 年 11 月 1 日

时代的落伍者

时代是最惨酷的东西，时代的落伍者是最可怜的人。时代的进行像电光一样的快，人间的思想总是在过去和现在上恋着。这个中间，就发生了许多的落伍者。他们的生活与时代不相应，就发生了许多的怨恨。怨恨时代，怨恨时代的思想、制度、文学、艺术及至人身。唉！他们实在是悲哀、苦痛、可怜呵！

《新生活》第 10 期，1919 年 10 月 26 日

应考的遗传性

中国人有一种遗传性，就是应考的遗传性。什么运动，什么文学，什么制度，什么事业，都带着些应考的性质，就是迎合当时主考的意旨，说些不是发自本心的话。甚至把时代思潮、文化运动、社会心理，都看作主考一样。所说的话、作的文，都是揣摩主考的一种墨卷，与他的实生活都不生关系。是甚么残酷的制度，把我（们）的民族性弄成这样的不自然！

《新生活》第 10 期，1919 年 10 月 26 日

东西村落生活的异点

有人从美国来说，美国的村落生活，有三个东西是不可少的，就是图书馆、邮局、礼拜堂。我们家乡的村落生活，也有三样东西是必不可少的，乃是子曰铺、鸦片馆、庙宇。

《新生活》第 10 期，1919 年 10 月 26 日

时间浪费者

中国人都是时间浪费者，都是生命牺牲者。若叫中国人牺牲他的生命，他是万万不肯的。可是他天天都在牺牲，终身都在牺牲，却一点也不爱惜。时间就是生命，浪费了时间就是牺牲了生命。我们每日生活的时间，平均总是自己浪费了一半，别人为我浪费了一半。在我自己浪费时间的时候，还要浪费些别人的时间。这样核算起来，全社会浪费的时间该有多少？全民族的生命牺牲的该有多少？唉！中国人的生命，真贱啊！

《新生活》第 11 期，1919 年 11 月 2 日

人与禽兽

　　人类的妄自尊大，真是讨厌，动不动拿禽兽来形容他的高超。这种非科学的态度、口吻，实在不对。以我所知，禽兽里比人类德性优良得很多，人类比不上这些优良禽兽的更多。现在我们作伪的黑幕，已竟揭穿了。不要再拿那些良善的生物，形容我们自己的优越，欺骗同类了！

《新生活》第 11 期，1919 年 11 月 2 日

牺　牲

　　人生的目的，在发展自己的生命，可是也有为发展生命必须牺牲生命的时候。因为平凡的发展，有时不如壮烈的牺牲足以延长生命的音响和光华。绝美的风景，多在奇险的山川。绝壮的音乐，多是悲凉的韵调。高尚的生活，常在壮烈的牺牲中。

《新生活》第 12 期，1919 年 11 月 9 日

妨害治安

"妨害治安！""妨害治安！"在这句话的声音里，常常有言论出版的自由被剥夺了，有自由公民被囚禁了。但我要问，这个"治安"，究竟是谁的"治安"？妨害大多数"治安"的，到底是谁？我们大多数人的"治安"，并不泰奢，并不过分，也只求个穿衣吃饭而已。

我们"治安"范围，减到穿衣吃饭，应该无可再减了。你们还不答应，还要把我们穿衣吃饭的"治安"都牺牲了，供你们少数人奢侈淫乐的"治安"。你们拍拍良心，到底是谁妨害谁的"治安"？

《新生活》第 12 期，1919 年 11 月 9 日

死

　　胆小的人总是怕死，卑劣无聊的人总是盼反对他的人死，咒反对他的人死，阴贼阴狠的人总是想法把反对他的人置于死地。死是什么东西？死是这样可怕的么？死是这样有用的么？罗素说过："你可以杀一个艺术家或思想家，但你不能得他的艺术或思想。你可以因为一个人爱他的同类把他置于死地，但你不能由这样的行为得到造成他的愉快的爱。"死不是那样可怕的啊！置人于死，于你不是那样有用啊！造谣咒人死，更是卑劣无聊之极啊！

　　　　　　　　　　《新生活》第 12 期，1919 年 11 月 9 日

"鼓吹共产主义"

近来有很多的印刷物，被政府用"鼓吹共产主义"的罪名禁止了。可是政府举行的文官考试，却出了"共产主义"的题目，给考试文官的人以大鼓吹而特鼓吹的权。我侪小民，真有"只准州官放火，不准百姓点灯"的感慨了！有人说那是官家的共产主义、孔子的共产主义，毫不带着危险的性质，与你们小百姓们所研究的不同。我想这话也不错！

《新生活》第 13 期，1919 年 11 月 16 日

那里还有自由

　　《约法》上明明有言论自由，可是记者可以随便被捕，报馆可以随便被封。《约法》上明明有出版自由，可是印刷局可以随便被干涉，背反《约法》的管理印刷法可以随便颁布，邮局收下的印刷物可以随便扣留。《约法》上明明有书信秘密的自由，可是邮电可以随时随意派人检查。可怜中国人呵！你那里还有《约法》！那里还有自由！

《新生活》第 13 期，1919 年 11 月 16 日

一个自杀的青年

听说北大有位学生，在万生园投水自沉。他的自杀的原因，是病苦，烦闷，救国运动的积劳，境遇的困迫种种。这些都是由社会制度的缺陷暴露出来的。一个活泼泼的青年，既然认识了生命的崇高，决不愿受这卑污苦恼的生活的束缚。哎！社会制度的缺陷，不知道逼死了多少有高尚志趣的青年啊！

《新生活》第 14 期，1919 年 11 月 23 日

"五星联珠" "文运大昌"

近日观象台有人报告说，"五星联珠"的天象，主"文运大昌"。我听了此话，联想到"五世其昌"、"文治派"两句话，就想这不分明是一幅活人造的新推背图么？他们并引据历史说，"汉高入关时，五星聚东井"，"宋艺祖开国，五星聚奎"的故事，来证明如今五星由东南方向西北方成一直线，长约二丈，"分明是南北统一的意思"，"分明是五族共和，不可涣散的意思"，"从明年起，文运大昌，国家富强，昇平约有六十年"。这些吉祥话、鬼话、梦话，我倒不愿批评他。但是我却担心着又要有"入关的汉高帝"，"开国的宋艺祖"啊！但是我的担心，却又不是从"天垂象"看出来的。前些日子，地上忽然铺了黄土，孔庙忽然开了大门，我就早有这个忧虑了！

《新生活》第 15 期，1919 年 11 月 30 日

"用民政治"

　　"用民政治"这个名词，是山西的产物。我看见了他，就很以为奇怪。因为在"民治"的国家，有人出来要行"用民政治"，这不但可以令人奇怪，并且觉着危险万分。可是"用民政治"这个名词，到底是怎么解释？用民的人是谁？用民要作什么？我还是不知。我只听他们说"用民政治"，就是"道德金钱主义的政治"，只知道这是山西阎锡山氏特别发明，得文治总统头奖的制品。

《新生活》第 15 期，1919 年 11 月 30 日

"中日亲善"

日本人的吗啡针，和中国人的肉皮亲善。日本人的商品，和中国人的金钱亲善。日本人的铁棍手枪，和中国人的头颅血肉亲善。日本的侵略主义，和中国的土地亲善。日本的军舰，和中国的福建亲善。这就叫"中日亲善"。

《新生活》第 16 期，1919 年 12 月 7 日

什么是歪史

前几天看见文治总统出了一道命令，说某人作的《元史》，是"名山盛业"，"应列入正史"。我想出版自由，载在"约法"，判断一切史传文书良否，自有社会上公允的批评在。不但不劳政府当局，用法令来断定那个是"正史"，那个是歪史，而且政府当局，实在没有这个权力。如果政府硬要妄行此种权力，以文饰文治的昌运，那就无异于侵犯人民的著作自由权、出版自由权，我们不可把这事看作无关轻重的事情。

《新生活》第 17 期，1919 年 12 月 14 日

禁止说话

报载某督军请政府禁止白话文，广义的解释，就是禁止人说话了。秦政是一代的专制魔王，不过禁止偶语，如今并白话也要禁止，真是秦政的知己。

《新生活》第 17 期，1919 年 12 月 14 日

物质和精神

　　物质上不受牵制，精神上才能独立。教育家为社会传播光明的种子，当然要有相当的物质维持他们的生存。不然，饥寒所驱，必至改业或兼业他务。久而久之，将丧失独立的人格。精神界的权威，也保持不住了。

《新生活》第 19 期，1919 年 12 月 28 日

忏悔的人

最可敬的是忏悔的人，因为他是从罪恶里逃出来的，所以他对于罪恶的本体和自己堕落的生活，都有一层深严而且透彻的认识。以后任是罪恶怎样来诱惑他，他绝不会再上当了。我们对于忏悔的人，十分尊敬。我们觉得忏悔的文字，十分沉痛、严肃，有光华，有声响，实在是一种神圣的人生福音。

《新生活》第 20 期，1920 年 1 月 4 日

低级劳动者

有一种自命为绅士的人说："智识阶级的运动，不可学低级劳动者的行为。"这话很是奇怪。我请问低级高级从那里分别？凡是劳作的人，都是高尚的，都是神圣的，都比你们这些吃人血不作人事的绅士、贤人、政客们强得多。

《新生活》第 22 期，1920 年 1 月 18 日

整顿学风

　　"五四"以来，学界的自由思想风起云涌。有些卑鄙无良的人，觉得这种思想的变动，终于他们作恶的生活不甚方便，乃妙想天开，说要整顿学风。我说：你们胆子好大，居然要整顿超越一切的思想了！好！我且看你们整顿的结果如何！

《新生活》第 22 期，1920 年 1 月 18 日

知识阶级的胜利

"五四"以后，知识阶级的运动层出不已。到了现在，知识阶级的胜利已经渐渐证实了。我们很盼望知识阶级作民众的先驱，民众作知识阶级的后盾。知识阶级的意义，就是一部分忠于民众作民众运动的先驱者。

《新生活》第 23 期，1920 年 1 月 25 日

精神解放！

现在是解放时代了！解放的声音，天天传入我们的耳鼓。但是我以为一切解放的基础，都在精神解放。我们觉得人间一切生活上的不安、不快，都是因为用了许多制度、习惯，把人间相互的好意隔绝，使社会成了一个精神孤立的社会。在这个社会里，个人的生活，无一处不感孤独的悲哀、苦痛；什么国，什么家，什么礼防，什么制度，都是束缚各个人精神上自由活动的东西，都是隔绝各个人间相互表示好意、同情、爱慕的东西。人类活泼泼的生活，受惯了这些积久的束缚、隔绝，自然渐成一种猜忌、嫉妒、仇视、怨恨的心理。这种病的心理，更反映到社会制度上，越颇加一层黑暗、障蔽，把愉快、幸福的光华完全排出，完全消灭。这种生活，我们岂能长此忍受！所以我们的解放运动第一声，就是"精神解放！"

《新生活》第 25 期，1920 年 2 月 8 日

北京贫民生活的一瞥

　　日昨我同三五朋辈，到宣武门外长椿寺妙光阁一带，吊祭一位死友，很深的动了些生死别离之感。归途沿着城根走，看见铁轨上横着一辆车，载着些烧残的煤渣，几个苦工，带着满面的灰尘，一锹一锹的往下除。几十个贫苦的女人、孩子在那里拿着小筐在灰尘里滚，争着拣个一块半块的还未烧尽的煤渣。这也是北京的贫民生活的一瞥。

《新生活》第 46 期，1921 年 3 月 5 日

黄昏时候的哭声

    北京市内，每到吃晚饭的时候，有一种极悲惨的声音送入市民的耳鼓，这就是沿街叫苦乞怜于阔绰人家的残羹剩饭的呼号。这种声浪，直喊到更深，还断断续续的不绝。一家饱暖千家哭，稍有情感的人，便有酒肉在前，恐怕也不能忍心下咽吧！

《新生活》第 46 期，1921 年 3 月 5 日

问　学

宪法与思想自由

西谚有云："不自由毋宁死"。夫人莫不恶死而贪生，今为自由故，不惜牺牲其生命以为代价而购求之，是必自由之价值与生命有同一之贵重，甚或远在生命以上。人之于世，不自由而不生存可也，生存而不自由不能忍也。试观人类生活史上之一切努力，罔不为求得自由而始然者。他且莫论，即以吾国历次革命而言，先民之努力乃至断头流血而亦有所不辞者，亦曰为求自由而已矣。今兹议坛诸贤瘏口晓音，穷思殚虑，努力以制定庄严神圣之宪典者，亦曰为求自由之确实保障而已矣。盖自由为人类生存必需之要求，无自由则无生存之价值。宪法上之自由，为立宪国民生存必需之要求；无宪法上之自由，则无立宪国民生存之价值。吾人苟欲为幸福之立宪国民，当先求善良之宪法；苟欲求善良之宪法，当先求宪法之能保障充分之自由。

自有英之《大宪章》法之《人权宣言》为近世人类自由之保证书，各国宪法莫不宗为泰斗，如身体自由、财产自由、家宅自由、书信秘密自由、出版自由、教授自由、集会结社自由、信仰自由诸荦荦大端，皆以明文规定于其中。吾之《天坛草案》，亦颇能模其成规，独于教授自由一项屏而不载，且于第十九条附加"国民教育以孔子之道为修身大本"一语。是语也，不啻将教授自由、言论自由、出版自由、信仰自由，隐然为一部分之取消，是必有大奸慝怀挟专制之野心者，秘持其权衡，而议坛诸公，未能烛照其奸，诚为最可痛惜之事。盖彼袁氏之虐，不过僇吾人之身体，掠吾人之财产，剥夺吾人家宅、通信、集会、结社之自由，其祸仅及于身体，仅及于个人，仅止于一时，兹乃并民族之生命、民族之思想而亦杀之，流毒所届，将普遍于社会，流传于百世。呜呼，酷矣！

吾国自秦以降，其为吾人自由之敌者，惟皇帝与圣人而已。清之季世，议定宪法，耳食之士，乃欲强宪法与皇帝发生关系，且欲袭日本特别国情之天皇万世一系而用之。卒之，宪法未立，而清室以之倾矣。共和肇造，袁氏擅权，灭国会，除政党，毁约法，诛党人，毒焰薰天，不可向迩。国之君子，乃复趋承其意，怂恿袁氏，以其炙手可热之权威，强宪法与皇帝发生关系。卒之，帝制未成，而袁氏以之毙矣。由是观之，皇帝与宪法，盖不能两立者也。有皇帝之时代，断不容宪法发生；有宪法之时代，断不容皇帝存在。而执皇帝之旗帜以谋侵入宪法领域者，乃以完全失败。彼辈犹不自悟，以为皇帝无灵，更乞援于圣人，务求于自由宪法之中，获一偶像之位置而后已。抑知宪法者为国民之自由而设，非为皇帝、圣人之权威而设也；为生人之幸福而设，非为偶像之位置而设也。而在吾华，历史最古，历史上遗留之种种权威重压累积于国民之思想者，其力绝厚。故外人谓中国、印度、希腊、罗马诸邦之域中，非偶像之碑铭，即死人之坟墓。于此而欲畅舒国民之自由，不当仅持现存之量以求宪法之保障，并当举其可能性之全量以求宪法保障其渊源也。其渊源维何？即思想自由是已。苟有匿身于偶像之下，以圣人之虚声劫持吾人之思想自由者，吾人当知其祸视以皇帝之权威侵害吾人身体为尤烈，吾人对之与以其反抗之决心与实力，亦当视征伐皇帝之役为尤勇也。

圣人之权威于中国最大者，厥为孔子。以孔子为吾国过去之一伟人而敬之，吾人亦不让尊崇孔教之诸公。即孔子之说，今日有其真价，吾人亦绝不敢蔑视。惟取孔子之说以助益其自我之修养，俾孔子为我之孔子可也。奉其自我以贡献于孔子偶像之前，使其自我为孔子之我不可也。使孔子为青年之孔子可也，使青年尽为孔子之青年不可也。吾在日本，尝见某评论家昌宗教无用之论，其言绝趣。彼谓孔子、释迦、基督、穆罕默德，其于吾人，不过一种食品。孔子与牛肉，释迦与鸡肉，基督与虾，乃至穆罕默德与蟹，其为吾人之资养品等也。吾人食牛肉、鸡肉，在使之变为我之肉也；食虾蟹等物，在使之变为我之物也。吾人食孔子、释迦、基督、穆罕默德，亦欲使其精神性灵，代为我之精神性灵而已。但人类为杂食动物，吾人为求肉之发育，不能不兼食牛、鸡、虾、蟹，正犹为求灵之发育，不能不兼收孔、释、耶、回之说云云。斯言虽近谑，亦颇含有至理。以今世国民灵的消化力（即思想力）之强，绝非孔、释、耶、回中之一家所能满充其欲望者。今乃欲以保障自由之宪法，为孔子护持其权威，无论国民思想力要求之强烈，断非宪法之力所能遏止。即令果如其意，而以观其效绩，亦惟使其国民自我之权威，日益削弱，国民思想力之活泼日益减少，率至为世界进化之潮流所遗弃，归于自然之淘汰而已矣。即其忠于孔子之心，吾人多少亦表感佩之意，然此终非所以忠于孔子之道也。欧洲中世耶教之黑暗，苟非路德一辈先觉之士，热狂绝叫，以树反抗之帜者，则耶教之亡也久矣。诸公不此之务，而惟日挈其偶像以锢青年之神智，阏国民之思潮，孔子固有之精华，将无由以发挥光大之，而清新活泼之新思想，亦末由浚启其渊源。以此尊孔，尼山之灵，不其馁乎？若必谓"天赋我以膝，不拜跪何用？"即天赋我以思能，不崇信孔子何用？则是国家将亡，必有妖孽，斯真坟墓中之奇音怪响，何有一辩之值。若社会而犹附和其说，则莽莽神州无复生人之足与语者矣，不其痛欤！

吾今持论，稍嫌过激。盖尝秘窥吾国思想界之销沉，非大声疾呼以扬布自我解放之说，不足以挽积重难返之势。而在欧洲，自我之解放，乃在脱耶教之桎梏；其在吾国，自我之解放，乃在破孔子之束制，故言之不觉其沈痛也。故吾人对于今兹制定之宪法，其他皆有商榷之余地，独于思想自由之保障，则为绝对的主张。而思想自由之主要条目，则有三种：一出版自由，一信仰自由，一教授自由是也。请分论之：

世界出版最不自由之国，首推中国及俄罗斯、西班牙、土尔其。中国文字之劫，烈于秦火。近古以还，李卓吾、金圣叹之徒，亦皆以文字罹杀身之祸。前清乾、嘉文字之狱，冤抑罔申，惨无人理，秦火而后，亦浩劫也。盖尝考之，出版自由之要求，即在欧洲，亦非甚早。而欧洲古代对于出版之禁制，亦尝层见迭出。苏格拉的曾以否认国家之神而为梅利达士、亚尼达士及雷昆等所控诉矣。科巴尔尼加士与加里雷阿之书，为当时官吏所焚矣。即至法国革命之际，所有文书，尚归国家管理，书籍出版，亦为国家所指定图书馆之特权，且复严加检阅，科著者以苛刑。故法国有名之著作，多在外国出版，如孟德斯鸠之《法意》，则出版于杰聂窪，福禄特尔、卢骚之名著，亦多在伦敦、杰聂窪、亚母士达母刊行。千七百七十五年，《天理哲论》一书，依巴黎巴力门法院之命令破毁之，著者且受对于天神人类犯叛逆罪之宣告矣。千七百八十一年，雷那尔因所著《印度史》一书，而受渎神罪之宣告焉。此外之例，正复不遑枚举。迨至革命之风云卒起，巴黎市中，攻击时政之小册，传布街巷，飞如蝴蝶，非复禁令之所能遏制矣，卒于《人权宣言》中确认出版自由，而美国渥金尼亚州、边西尔渥尼亚州之《权利典章》亦明认之。厥后各国宪法，莫不资为模范。惟德意志诸邦对于出版之禁令，较英、法、美、比诸国为迟，盖不过近五十年来事也。各国关于出版，初行检阅之制，然检阅由于官吏一人之偏见，每多失当，最足为文化之蠹。各国宪法，遂一面以自由出版为原则，一面复以严禁检阅制度揭于其中，以补此缺点，如比国宪法第十八条、普国宪法第二十七条、奥国宪法第一部第十三条、美国修正宪法第一条是也。吾国《天坛草案》第十条有"中华民国人民有言论著作及刊行之自由，非依法律不受制限"之条文。但此所谓法律，是否包有检阅制度，语意颇涉泛漠。吾以为关于出版，绝不可施行检阅制度，除犯诽毁罪及泄漏秘密罪，律有明条外，概不受法律之限制，仿各国以严禁检阅制度揭于宪法明文中为宜也。盖是非以辩析而愈明。果其是也，固当使人得是以明非；即其非也，亦当使人得非以察是。此与文化进步最有关系者也。

次于信仰自由，亦决不许稍加限制。盖信仰一种宗教，乃在求一安心立命之所，出于人类精神上之自然的要求，非可以人为之力施以干涉也。古来以政治之权力，强迫人民专信一宗，或对于异派加以压制者，其政策罔有不失败者。故至今日，世皆认信仰为个人之自由，而不复作干涉之迷梦矣。政教相混，原为人类进化必经之一阶级，世界各国莫不循此轨辙，而今尚有存此遗习者也。彼法、西、英诸国，关于教会与教育分离问题，纷议尚炽，其明证焉。盖政教相混，每酿绝大之纷争，欧洲一部历史，皆其纷争之纪录也。东洋自古无宗教之纷争，此最足幸者。而吾中国，儒、释、道、回、耶，杂然并传，含容甚广，是信仰自由之原理，已为吾先民所默契。今乃欲反其道，而凭空建立国教，斯诚背乎国情而为致争之由也。现时欧洲之维持国教制度者，虽不止于俄、英、希腊二三国，然皆有渐趋政教分离之倾向，乃为昭著之事实。观英国于数年前以下院百有余名之多数，可决废止英兰教会一名监督教会 Episcopal Church 之国教，可以知矣。议事之日，其教育卿巴雷氏曰："予个人甚望教会脱离国家之桎梏，复归于精神的权威之地位。然政府以目前有数多紧急问题之故，无任本案执行之意也。"邦拿曼内阁虽无以政教问题与上院抗争之意，而以舆论大势之所趋，虽上院亦弗能终抗。盖英兰教会属于耶苏新教之一派，三百年前，承亨利八世之意，与罗马法王分离，以国王为教会之首长，费用之一部，由国帑支给之，僧正之任用，以王权行之，全出于政教一致之形式，以至于今日。而英兰教会之独立，止以国王代法王而已。不惟未能举宗教改新之实，弊且益甚焉。于是非国教团体相继发生，彼 Congregationalist、Methodist 之起，特为此耳。政府极力镇压非国教团体，制限其徒侣之俗权，虽能制止于一时，而以现在国民之一半，属于非国教，而使为他之一半均担国费，不平之声，遂而日高，迟早不可知，教会必将有特立于政权以外之一日也。吾之举此，此〔以〕证国教制度，决不能存于今日进步之社会。旧行之制且将趋于政教分离之一途，而乃背自己之国情以行所谓国教者，斯真冥顽之尤者也。抑信仰自由云者，并任何宗教亦不皈依之自由亦括有之，稍涉迫胁，亦即非所以保障思想自由之道也。

复次教授自由亦当规定于宪法，而《天坛草案》付之阙如，反加以矛盾之条文（如国民教育以孔子之道为修身大本是），此与思想自由亦有莫大之关系也。盖今日吾国专制之政体虽经推翻，而专制之思想尚复弥漫于社会，苟宪法无明文为之保障，则其他之学说思想，恐不能各如其量以传播于教坛学圃也。抑此非吾人之创议，千八百十五年七月四日摩尼兹尔新志之以巴黎降于同盟军揭告有众也。翌日法国议会即行开会，直取加拉提出之《权利宣言》，为爽快之讨论。此宣言之第九条，即为"凡科学技艺及旨趣感想之要领，均得于大学教授之。"厥后各国宪法，亦有仿行者。以吾国学艺思想之贫乏，非于宪法加入此项不可。其条文当为"各种之科学技艺，各家之性理思想，均得于国立、私立学塾教授之。"俾诸子百家之说，医药卜筮之术，均有教授之自由，以助进国家之文化，所关盖甚巨也，惟议坛图之。

俄罗斯文学与革命

俄国革命全为俄罗斯文学之反响。俄国有一首诗，最为俄人所爱读，诗曰：

> 俄国犹大洋，文人其洪涛；
>
> 洋海起横流，洪涛为之导。
>
> 俄民犹一身，文人其神脑；
>
> 自由受摧伤，感痛脑独早。

此诗最足道破俄罗斯文学之特质。俄罗斯文学之特质有二：一为社会的彩色之浓厚；一为人道主义之发达。二者皆足以加增革命潮流之气势，而为其胚胎酝酿之主因。

俄罗斯文学与社会之接近，乃一自然难免之现象。以俄国专制政治之结果，禁遏人民为政治的活动，自由遭其剥夺，言论受其束缚。社会中进步阶级之优秀分子，不欲从事于社会的活动则已，苟稍欲有所活动，势不能不戴文学艺术之假面，而以之为消遣岁月，发泄郁愤之一途。于是自觉之青年，相率趋于文学以代政治事业，而即以政治之竞争寓于文学的潮流激荡之中，文学之在俄国遂居特殊之地位而与社会生活相呼应。

更以观其历史，建国之初，即由东罗马帝国即比藏钦帝国承俄罗斯正教之系统，奉为国教，并袭受比藏钦之文明；逮比藏钦灭亡，俄国遂以保护正教自任，故其立国方针与国民信念皆倾于宗教的一面。当彼得大帝时，虽在文学亦浸染宗教之臭味，谣曲传说罔不有然。厥后俄国文学界思想界流为国粹、西欧二派：国粹派即以宗教为基础，建立俄罗斯之文明与生活于其信仰之上，与西欧之非宗教的文明与生活相抗立。西欧派虽与国粹派相反，然亦承认宗教的文明为其国民的特色。西欧派者，不过对于国粹派而言，并非谓其心醉西欧，亦非能表明西欧派人生观之特质。由西欧派之精神言之，宁以人道主义、博爱主义为名副其实。无论国粹派或西欧派，其以博爱为精神，人道主义为理想则一，人道主义因以大昌于俄国。凡夫博爱同情、慈善亲切、优待行旅、矜悯细民种种精神，皆为俄人之特色，亦即俄罗斯文学之特色。故俄罗斯文学直可谓为人道主义之文学，博爱之文学。

俄罗斯文学之特质，既与南欧各国之文学大异其趣，俄国社会亦不惯于文学中仅求慰安精神之法，如欧人之于小说者然，而视文学为社会的纲条，为解决可厌的生活问题之方法，故文学之于俄国社会，乃为社会的沉夜黑暗中之一线光辉，为自由之警钟，为革命之先声。

今请先论其诗歌。俄国抒情之诗感人最深，所以然者亦不在其排调之和，辞句之美，亦不在诗人情意恳挚之表示，乃在其诗歌之社会的趣味，作者之人道的理想，平民的同情。

俄国诗人几常为社会的诗人，吾人实未见其他国家尚有以诗歌为社会的、政治的幸福之利器，至于若此之程度者。

当十九世纪全期，社会的政治的动机流行于俄国诗歌之中。有名Pushkin（普希金）者，人称"俄国诗界无冠之帝王"（Uncrowned Tsar of Russian Poetry），尝作一诗，题曰《自由歌》（Ode to Liberty）。其诗一片天真，热情横，质诸俄国皇帝，劝彼辈稽首于法律之前，倚任自由为皇位之守卫。此外尚有一大诗人 Lermontov（莱蒙托夫），于 Pushkin（普希金）氏失败于悲剧的决斗之后，有所著作，吐露其光芒万丈之气焰，以献于此故去诗人高贵血痕之前，痛詈贪婪之群小环绕于摧残自由与时代精神之皇位侧者。同时又有 Ryliev（雷列耶夫）氏，于其《思想》中唤起多数为自由而死之战士，诗中有云"我运命之神，憎恶奴隶与暴君"等，可以见其思想之一斑。Herzen（赫尔岑）氏之友人，有称 Ogariov（奥加辽夫）者，于一八四八年高声祝贺革命风云之突起。此一骚动，促人奋起于安泰之境，扬正义而抑贪欲，其光明一如纯粹之理性。一八四九年，此诗人之心，几为革命破灭、专制奏凯歌之光景所伤透，穷愁抑郁，常发悲叹。是年，氏尝为伤心之语曰："欧洲之大，曾无一单纯之所，为吾人可以达其生活于光明和平之状态者。"但自兹十年后，此先圣之心理，又从过去之星霜以俱消。是时氏复告 Herzen（赫尔岑）氏曰：

> 昔时方童稚，品性温如玉。
> 忽忽已少年，激情不可屈。
> 韶光催人老，渐知邻衰朽，
> 入耳有所闻，始终惟一语；
> 一语夫惟何？自由复自由。
> 音义在天壤，煌煌垂永久。

并乞其友于临终之际，勿令其尸骸已寒，而不以最终神圣之一语细语于其耳边。其语惟何？曰："自由！自由！"

十九世纪前半期之诗人，对于自由仅有一暧昧之概念。直至一八六〇年迄一八八〇年之间，抒情诗派对于自由之概念，始渐减其漠然无定之程度。于是时也，平民诗人之全部勃然兴起，是皆与于其时社会的运动重要之役者。会员中有一名 Plechtchiev（普列谢耶夫）

者，以诗句表明此派之精神曰：

> 进进进吾友，勿疑亦勿怖。
>
> 刚勇之功烈，建立惟待汝。
>
> 上帝已昭告，赎罪光且曙。
>
> 吾侪坚握手，猛进以阔步。
>
> 扬我知识旗，缔我同心侣；
>
> 结合日益扩，精神日益固。

此诗至今犹传诵于俄国青年之口，且常高唱合奏于音乐会中。

同时诗人 Minaev（米纳耶夫）著讽刺诗甚多，以嘲传说之信条与经义，传布解放妇人与平民之理想，亦一先觉之诗人也。

女流诗家 Barykova（巴雷科娃），其女性的抒情诗曲，既非传写爱情，又非描绘月夜，但以写沉湎于酒、困阨于贫乏与愚昧、罹于疾病之惨苦人民。其时有数辈诗人，但以歌咏为赏心娱志之具，变其天赋之才能而为人类之玩物。此女诗人则为危言以悚之曰："诗人者，保护国家之武器也，……彼为理想之渊源，……彼为贫苦愚钝人民之声音、之喉舌，……彼为晓日之第一曙光。"

此时之诗人，重视为公众幸福之奋斗，而以个人幸福为轻。就中有一诗人，尝训示青年曰："离尔父母，勿建巢居，其独立自营，……第一须于尔灵魂中扑灭情欲，其冷酷无情于恋爱、财富、荣誉之诱惑，其庄严神圣……保尔心之自然与清粹于尔胸中，然后全以授之于尔不幸之同胞。尔闻悲叹之处，尔往焉，……比大众多受艰苦……留得清贫与明白。然则尔将成为伟大，举世将为尔叱责之声所扰。"俄人于此无基督教的禁欲主义，而有革命的禁欲主义。自我之界赋，全为竞争，全为奋斗，故其时之诗歌实为革命的宣言，读者亦以是目之。Dobrolubov（杜勃罗留波夫）者，诗人而评论家也。其诗句颇足状此派抒情诗家之精神，诗云：

> 死别告吾友，杀身为忠厚。
> 深信故国人，常忆吾所受。
> 死别告吾友，吾魂静以穆。
> 冀尔从我行，享尔以多福。

简要、鲜明、平易，全足以表示此时俄国青年之心理，此心理与现代中（产阶）级精神之精密复杂相去远甚。

俄国之平民诗派，由 Nekrasov（涅克拉索夫）（一八二一——一八七八）达于最高之进步，其所作亦属于不投时好之范畴，故虽墓草已浓（浓与弥通——编者），而当其生前所起之议论，犹未能盖棺而定。此等议论，大抵皆关于其诗才之问题，有谓其诗为细刻而成之散文，并诗人之名而不许之者，有推为俄国最大之诗人者。是等议论，几分起于其诗之比喻的说明极重写实主义，但彼不欲认识文学之诗化的俄罗斯，而欲认识施行农奴制时与废止此制最初十五年之实在的俄罗斯者，必趋于 Nekrasov（涅克拉索夫）之侧。彼将以圣彼得堡城之官僚与实业家、诗歌与娼妓、文学与卖报人为材料，为尔描写此阴郁无情之圣彼得堡城，历历如画，然后引尔于空旷之乡间，庶民于此无何情感，亦无何理想，但为面包之皮壳而劳动，陈俄国农夫之心于尔前。

其所为诗亦或稍有所失，然轻微之过，毫不足以掩其深邃之思想，优美之观念。俄诗措词之简易，尤当感谢此公。盖惟所著多平易，故能为一般读者所接近。其诗多谱入音乐，为流行最普（及）之歌曲，传诵于俄国到处。

Nekrasov（涅克拉索夫）之影响于俄国社会，自其生前已极伟大，死之日，执绋从棺而吊者千万人。一诗人之葬仪，乃成极壮大之典礼。彼读者之后裔，常于其著作中寻得人道主义之学派，虽属初步，而能以诚笃真实著。

Nekrasov（涅克拉索夫）预知其诗必能觅得途径，以深入读者之心神，尝于诗中有云："人能不爱此酷受笞刑、血迹淋淋、颜色惨淡之诗神者，必非俄罗斯人。""酷爱〔受〕笞刑、血迹淋淋、颜色惨淡之诗神"，殊非无用之语，是殆指俄国文学与诗歌之进步达于极点也。

斯时之俄国社会，实视诗人作者为人生之导师，为预言家，为领袖。斯时之诗人作者，亦皆尝出其最善之努力，以报此荣名。如Pushkin（普希金）自遭放逐，终其身受警察之监视。Lermontov（莱蒙托夫）以一官吏而既被褫职，并受遣徙。Ryliev（雷列耶夫）以曾与于十二月党暴动之谋而身蹈刑戮。Ogariov（奥加辽夫）亦被政府勒令移居。他如雅负时誉之文学批评家 Pissarev（皮沙烈夫），身锢囹圄者四载。著 What's to be done（?）（《怎么办？》）（流行最广之小说）之批评家 Tchernyshevsky（车尔尼雪夫斯基），亦见逐于荒寒之西伯利亚。而 Dostoyevshky（陀思妥耶夫斯基）及较 Nekrasov（涅克拉索夫）稍后之著名诗人 Yakubovitch（雅库鲍维奇），皆尝转徙于西伯利亚，置诸惩役监狱。即 Tolstoy（托尔斯泰）晚年亦曾受秘密警察之侦谍。Gorky（高尔基）必生活于异国，始免于放逐或投之坑中。

是皆俄国诗界最著之牺牲者，彼辈为文学之改进而牺牲，为社会之运动而牺牲，此外尚不知凡几。至于读者之受扰害与虐待，与书籍之遭禁止与焚毁者，尤更仆难数。以是因缘，俄国之诗神遂为衰亡纤弱之诗神，遂为烦冤惨苦之诗神；以是因缘，俄国伟大之诗家多以青年而早死，结核病与发狂，乃为俄国诗人常罹之病症。

Nekrasov（涅克拉索夫）后，俄国诗学之进步衍为二派：一派承旧时平民诗派之绪余，忠于其所信，而求感应于社会的生活，

Gemtchujnikov（热姆丘日尼科夫）、Yakubovitch（雅库鲍维奇）为此派之著名作者；一派专究纯粹之艺术而与纯抒情诗之优美式例以新纪元，如 Tuttchev（丘特切夫）、Fete（费特）、Maikov（马伊可夫）、Alexis Tolstoy（阿历克塞·托尔斯泰）等皆属之。但纯抒情派之运动，卒不得青年之赞助而有孤立之象。一般青年仍多自侪于平民诗派之列，其运动之结果，适以增重俄国诗界之社会的音调而已。

十九世纪最后五年间，有一派新诗人崛起，号颓废派（Deca-dents），多属于新传奇主义派（Neo-Romantics）。一九〇五革命之起也，此派多不安于冷寂，踊跃以诉于革命事变所供给之资料，或且作诗以自誓忠于人民，且宣言甘为劳动阶级社会主义之战士。但此奇异之现象，不旋踵遂归于幻灭。而反动以起，此派复堕溺于神秘主义之中，而不愿废其探究虚伪之素志。观于是派中才名藉甚之 Blok（勃洛克），近年刊布一公函，函中信誓旦旦，谓公众之视颓废诗派与视平民诗派者不同，如颓龄之 Plechtchiev（普列谢耶夫），伸其战抖之腕，劝人以向刚勇之功烈猛进，勿恐勿疑，闻者莫不以诚敬爱〔受〕之，而在纯粹艺术之代表者为之，则闻者惟以俳优鄙夫弃之。此函中所鸣之不平，殆非无据而云然。盖俄国多数之读者，今犹视社会的诗歌为一种诗才之高贵的表示也。

今也赤旗飘扬，俄罗斯革命之花灿烂开敷，其光华且远及于荒寒之西伯利亚矣。俄罗斯革命之成功，即俄罗斯青年之胜利，亦即俄罗斯社会的诗人灵魂之胜利也。俄罗斯青年乎！其何以慰此血迹淋淋、颜色惨淡之诗神？其何以报彼为社会牺牲之诗人？

《人民文学》，1979 年 5 月

阶级竞争与互助

Ruskin 说过："竞争的法则，常是死亡的法则。协合的法则，常是生存法则。"William Morris 也说："有友谊是天堂，没有友谊是地狱"。这都是互助的理想。

一切形式的社会主义的根萌，都纯粹是伦理的。协合与友谊，就是人类社会生活的普遍法则。

我们要晓得人间社会的生活，永远受这个普遍法则的支配，就可以发见出来社会主义者共同一致认定的基础，何时何处，都有他潜在。不论他是梦想的，或是科学的，都随着他的知识与能力，把他的概念建立在这个基础上。

这基础就是协合、友谊、互助、博爱的精神。就是把家族的精神推及于四海，推及于人类全体的生活的精神。

我们试一翻 Kropotkin 的《互助论》（Mutual Aid），必可晓得"由人类以至禽兽都有他的生存权，依协合与友谊的精神构成社会本身的法则"的道理。我们在生物学上寻出来许多证据，自虫、鸟、牲畜乃至人类，都是依互助而进化的，不是依战争而进化的。由此可以看出人类的进化，是由个人主义向协合与平等的方面走的一个长路程。

人类应该相爱互助，可能依互助而生存，而进化；不可依战争而生存，不能依战争而进化。这是我们确信不疑的道理。依人类最高的努力，从物心两方面改造世界、改造人类，必能创造出来一个互助生存的世界。我信这是必然的事实。

与这"互助论"仿佛相反的，还有那"阶级竞争"（Class Struggle）说。

这个阶级竞争说，是 Karl Marx 倡的，和他那经济的历史观很有关系。他说人类的生产方法随着生产力的发展而变化，人类的社会关系又随着人类生产方法的变化而变化，人类的精神的文化更随着人类的社会关系的变化而变化。社会组织固然可以说是随着生产力的变动而变动，但是社会组织的改造，必须假手于其社会内的多数人。而为改造运动的基础势力，又必发源于在现在的社会组织下立于不利地位的阶级。那些居于有利地位的阶级，除去少数有志的人，必都反对改造。一阶级运动改造，一阶级反对改造，遂以造成阶级竞争的形势。他在《共产（党）宣言》里说过："所有从来的历史，都是阶级竞争的历史。"又说："从来社会的历史都在阶级对立中进行。"他的意思就是说，自太古土地共有制崩坏以来，凡过去的历史，社会的经济构造，都建设在阶级对立之上。所谓阶级，就是指经济上利害相反的阶级。具体讲出来，地主、资本家是有生产手段的阶级，工人、农夫是没有生产手段的阶级。在原始社会，经济上的技术不很发达，一个人的劳动只能自给，并无余裕，所以不发生阶级。后来技术日精，经济上发展日进，一人的劳动渐有余裕。这个余裕，就是剩余劳工。剩余劳工，渐次增加，持有生产手段的起来乘机夺取，遂造成阶级对立的社会。到了生产力非常发展的时候，与现存的社会组织不相应，最后的阶级争斗，就成了改造社会、消泯阶级的最后手段。

有许多人听见这阶级竞争说，很觉可怕，以为人类的生活，若是常此争夺、强掠、残杀，必没有光明的希望，拿着阶级竞争作改造社会的手段，结果怕造不出光明社会来。所以对于此说，很抱疑虑。

但是 Marx 明明的说："所有从来的历史，都是阶级竞争的历史。"又说："资本家的生产关系，是社会的生产方法采敌对形态者的最后。"又说："人类历史的前史，以今日的社会组织终。"可见他并不是承认人类的全历史，通过去、未来都是阶级竞争的历史。他的阶级竞争说，不过是把他的经济史观应用于人类历史的前史一段，不是通用于人类历史的全体。他是确信人类真历史的第一页，当与互助的经济组织同时肇启。他是确信继人类历史的前史，应该辟一个真历史的新纪元。

现在的世界，黑暗到了极点。我们为继续人类的历史，当然要起一个大变化。这个大变化，就是诺亚以后的大洪水，把从前阶级竞争的世界洗得干干净净，洗出一个崭新光明的互助的世界来。这最后的阶级竞争，是阶级社会自灭的途辙，必须经过的，必不能避免的。

在那人类历史的前史时代，互助的精神并未灭绝，但因有与互助相反的社会组织，他在世间遂不断的被毁。人类的真历史开始以后，那自私自利的恶萌，也不敢说就全然灭尽。但是互助的社会组织既然实现，那互助精神的火光，可以烧他，使他不能发生。

这最后的阶级竞争，是改造社会组织的手段。这互助的原理，是改造人类精神的信条。我们主张物心两面的改造，灵肉一致的改造。

总结一句话：我信人类不是争斗着、掠夺着生活的，总应该是互助着、友爱着生活的。阶级的竞争，快要息了。互助的光明，快要现了。我们可以觉悟了。

再论问题与主义

适之先生：

我出京的时候，读了先生在本报 31 号发表的那篇论文，题目是《多研究些问题少谈些主义》，就发生了一些感想。其中有的或可与先生的主张互相发明，有的是我们对社会的告白。现在把他一一写出，请先生指正。

一、"主义"与"问题"

我觉得"问题""主义"，有不能十分分离的关系。因为一个社会问题的解决，必须靠着社会上多数人共同的运动。那么我们要想解决一个问题，应该设法使他成了社会上多数人共同的问题。要想使一个社会问题，成了社会上多数人共同的问题，应该使这社会上可以共同解决这个那个社会问题的多数人，先有一个共同趋向的理想、主义，作他们实验自己生活上满意不满意的尺度（即是一种工具）。那共同感觉生活上不满意的事实，才能一个一个的成了社会问题，才有解决的希望。不然，你尽管研究你的社会问题，社会上多数人，却一点不生关系。那个社会问题，是仍然永没有解决的希望；那个社会问题的研究，也仍然是不能影响于实际。所以我们的社会运动，一方面固然要研究实际的问题，一方面也要宣传理想的主义。这是交相为用的，这是并行不悖的。不过谈主义的人，高谈却没有甚么不可，也须求一个实验。这个实验，无论失败与成功，在人类的精神里，终能留下个很大的痕影，永久不能消灭。从前信奉英国的 Owen 的主义的人，和信奉法国 Fourier 的主义的人，在美洲新大陆上都组织过一种新村落、新团体。最近日本武者小路氏等，在那日向地方，也组织了一个"新村"。这都是世人指为空想家的实验，都是他们的实际运动中最有兴昧的事实，都是他们同志中的有志者或继承者集合起来组织一个团体在那理〔里〕实现他们所理想的社会组织，作一个关于理想社会的标本，使一般人由此知道这新社会的生活可以希望，以求实现世界的改造的计划。Owen 派与 Fourier 派在美洲的运动，虽然因为离开了多数人民去传播他们的理想，就像在那没有深厚土壤的地方撒布种子的一样，归于失败了。而 Noeyes（Noyes）作《美国社会主义史》却批评他们说，Owen 主义的新村落，Fourier 主义的新团体，差不多生下来就死掉了。现在人都把他们忘了。可是社会主义的精神，永远存留在国民生命之中。如今在那几百万不曾参加他们的实验生活，又不是 Owen 主义者，又不是 Fourier 主义者，只是没有理论的社会主义者，只信社会有科学的及道德的改造的可能的人人中，还有方在待晓的一个希望，犹尚俨存。这日向的"新村"，有许多点像那在美洲新大陆上已成旧梦的新村，而日本的学者及社会，却很注意。河上肇博士说：他们的企画中所含的社会改造的精神，也可以作方在待晓的一个希望，永存在人人心中。最近本社仲密先生自日本来信也说："此次东行在日向颇觉愉快。"可见就是这种高谈的理想，只要能寻一个地方去实验，不把他作了纸上的空谈，也能发生些工具的效用，也会在人类社会中有相当的价值。不论高揭什么主义，只要你肯竭力向实际运动的方面努力去作，都是对的，都是有效果的。这一点我的意见稍与先生不同，但也承认我们最近发表的言论，偏于纸上空谈的多，涉及实际问题的少，以后誓向实际的方面去作。这是读先生那篇论文后发生的觉悟。

大凡一个主义，都有理想与实用两面。例如民主主义的理想，不论在那一国，大致都很相同。把这个理想适用到实际的政治上去，那就因时、因所、因事的性质情形，有些不同。社会主义，亦复如是。他那互助友谊的精神，不论是科学派、空想派，都拿他来作基础。把这个精神适用到实际的方法上去，又都不同。我们只要把这个那个的主义，拿来作工具，用以为实际的运动，他会因时、因所、因事的性质情形生一种适应环境的变化。在清朝时，我们可用民主主义作工具去推翻爱亲〔新〕觉罗家的皇统。在今日，我们也可以用他作工具，去推翻那军阀的势力。在别的资本主义盛行的国家，他们可以用社会主义作工具去打倒资本阶级。在我们这不事生产的官僚强盗横行的国家，我们也可以用他作工具，去驱除这一班不劳而生的官僚强盗。一个社会主义者，为使他的主义在世界上发生一些影响，必须要研究怎么可以把他的理想尽量应用于环绕着他的实境。所以现代的社会，主义包含着许多把他的精神变作实际的形式使合于现在需要的企图。这可以证明主义的本性，原有适应实际的可能性，不过被专事空谈的人用了，就变成空的罢了。那么，先生所说主义的危险，只怕不是主义的本身带来的，是空谈他的人给他的。

二、假冒牌号的危险

一个学者一旦成名，他的著作恒至不为人读，而其学说却如通货一样，因为不断的流通传播，渐渐磨灭，乃至发行人的形象、印章，都难分清。亚丹·斯密史留下了一部书，人人都称赞他，却没有人读他。马查士留下了一部书，没有一个人读他，大家却都来滥用他。英人邦纳（Bonar）氏早已发过这种感慨。况在今日群众运动的时代，这个主义、那个主义多半是群众运动的隐语、旗帜，多半带着些招牌的性质。既然带着招牌的性质，就难免招假冒牌号的危险。王麻子的刀剪得了群众的赞许，就有旺麻子等来混他的招牌；王正大的茶叶得了群众的照顾，就有汪正大等来混他的招牌。今日社会主义的名辞，很在社会上流行，就有安福派的社会主义跟着发现。这种假冒招牌的现象，讨厌诚然讨厌，危险诚然危险，淆乱真实也诚然淆乱真实，可是这种现象，正如中山先生所云，新开荒的时候，有些杂草毒草，夹杂在善良的谷物花草里长出，也是当然应有的现象。王麻子不能因为旺麻子等也来卖刀剪，就闭了他的剪铺。王正大不能因为汪正大等也来贩茶叶，就歇了他的茶庄。开荒的人，不能因为长了杂草毒草，就并善良的谷物花草一齐都收拾了。我们又何能因为安福派也来讲社会主义，就停止了我们正义的宣传？因为有了假冒牌号的人，我们愈发应该一面宣传我们的主义，一面就种种问题研究实用的方法，好去本着主义作实际的运动，免得阿猫、阿狗、鹦鹉、留声机来混我们，骗大家。

三、所谓过激主义

《新青年》和《每周评论》的同人，谈俄国的布尔扎维主义的议论很少。仲甫先生和先生等的思想运动、文学运动，据日本《日日新闻》的批评，且说是支那民主主义的正统思想。一方要与旧式的顽迷思想奋战，一方要防过〔遏〕俄国布尔扎维主义的潮流。我可以自白，我是喜欢谈谈布尔扎维主义的。当那举世若狂庆祝协约国战胜的时候，我就作了一篇《Bolshc[e]vism 的胜利》的论文，登在《新青年》上。当时听说孟和先生因为对于布尔扎维克不满意，对于我的对于布尔扎维克的态度也很不满意（孟和先生欧游归来，思想有无变动，此时不敢断定）。或者因为我这篇论文，给《新青年》的同人惹出了麻烦，仲甫先生今犹幽闭狱中，而先生又横被过激党的诬名，这真是我的罪过了。不过我总觉得布尔扎维主义的流行，实在是世界文化上的一大变动。我们应该研究他，介绍他，把他的害〔实〕象昭布在人类社会，不可一味听信人家为他们造的谣言，就拿凶暴残忍的话抹煞他们的一切。所以一听人说他们实行"妇女国有"，就按情理断定是人家给他们造的谣言。后来看见美国 New Republic 登出此事的原委，知道这话果然是种谣言，原是布尔扎维克政府给俄国某城的无政府党人造的。以后展转传讹，人又给他们加上了。最近有了慰慈先生在本报发表的俄国的新宪法、土地法、婚姻法等几篇论文，很可以供我们研究俄事的参考，更可以证明妇女国有的话全然无根了。后来又听人说他们把克鲁泡脱金氏枪毙了，又疑这话也是谣言。据近来欧美各报的消息，克氏在莫斯科附近安然无恙。在我们这盲目的社会，他们那里知道 Bolshevism 是什么东西？这个名辞怎么解释？不过因为迷这资本主义、军国主义的日本人把他译作过激主义，他们看"过激"这两个字很带着些危险，所以顺手拿来，乱给人戴。看见先生们的文学改革论，激烈一点，他们就说先生是过激党。看见章太炎、孙伯兰的政治论，激烈一点，他们又说这两位先生是过激党。这个口吻是根据我们四千年先圣先贤道统的薪传。那"扬子为我，是无君也。墨子兼爱，是无父也。无父无君，是禽兽也"的逻辑，就是他们惟一的经典。现在就没有"过激党"这个新名辞，他们也不难把那旧武器拿出来攻击我们。什么"邪说异端"哪，"洪水猛兽"哪，也都可以给我们随便戴上。若说这是谈主义的不是，我们就谈贞操问题，他们又来说我们主张处女应该与人私通。我们译了一篇社会问题的小说，他们又来说我们提倡私生子可以杀他父母。在这种浅薄无知的社会里，发言论事，简直的是万难，东也不是，西也不是。我们惟有一面认定我们的主义，用他作材料、作工具，以为实际的运动；一面宣传我们的主义，使社会上多数人都能用他作材料、作工具，以解决具体的社会问题。那些猫、狗、鹦鹉、留声机，〈一〉尽管任他们在旁边乱响，过激主义哪，洪水猛兽哪，邪说异端哪，尽管任他们乱给我们作头衔，那有闲工夫去理他！

四、根本解决

"根本解决"这个话，很容易使人闲劫〔却〕了现在不去努力，这实在是一个危险，但这也不可一概而论。若在有组织有生机的社会，一切机能都很敏活，只要你有一个工具，就有你使用他的机会，马上就可以用这工具作起工来。若在没有组织没有生机的社会，一切机能，都已闭止，任你有什么工具，都没有你使用他作工的机会。这个时候，恐怕必须有一个根本解决，才有把一个一个的具体问题都解决了的希望。就以俄国而论，罗曼诺夫家没有颠覆，经济组织后〔没〕有改造以前，一切问题，丝毫不能解决。今则全都解决了。依马克思的唯物史观，社会上法律、政治、伦理等精神的构造，都是表面的构造。他的下面，有经济的构造作他们一切的基础。经济组织一有变动，他们都跟着变动。换一句话说，就是经济问题的解决，是根本解决。经济问题一旦解决，什么政治问题、法律问题、家族制度问题、女子解放问题、工人解放问题，都可以解决。可是专取这唯物史观（又称历史的唯物主义）的第一说，只信这经济的变动是必然的，是不能免的，而于他的第二说，就是阶级竞争说，了不注意，丝毫不去用这个学理作工具，为工人联合的实际运动，那经济的革命，恐怕永远不能实现，就能实现，也不知迟了多少时期。有许多马克思派的社会主义者，很吃了这个观念的亏。天下〔天〕只是在群家〔众〕里传布那集产制必然的降临的福音，结果除去等着集产制必然的成熟以外，一点的预备也没有作，这实在是现在各国社会党遭了很大危机的主要原因。我们应该承认：遇着时机，因着情形，或须取一个根本解决的方法，而在根本解决以前，还须有相当的准备活动才是。

以上拉杂写来，有的和先生的意见完全相同，有的稍相差异，已经占了很多的篇幅了。如有未当，请赐指教。以后再谈吧。

李大钊寄自昌黎五峰

附：

胡适在本文篇末的附记

我要做的《再论问题与主义》，现在有守常先生抢去做了，我只好等到将来做《三论问题与主义》吧。

胡　适

《每周评论》第 35 号，1919 年 8 月 17 日

物质变动与道德变动

一

近几年来常常听关心世道人心的人，谈到道德问题。有的人说现在旧道德已经破灭，新道德尚未建设，这个青黄不接人心荒乱的时候真正可忧。有的人说，别的东西或者有新旧，道德万没有新旧。又有人说，大战以后欧洲之所应为一面开新，一面必当复旧，物质上开新之局或急于复旧，而道德上复旧之必要必甚于开新。这些话都很可以启发我的研究兴味，我于是想用一番严密的思索去研究这道德问题。

我当研究道德问题的时候，发了几个疑问：第一问道德是甚么东西？第二问道德的内容是永久不变的，还是常常变化的？第三问道德有没有新旧？第四问道德与物质是怎样的关系？

以上诸问，都是从希腊哲学以来没有解决的问题，因为解决这个问题是一件很不容易的事情。但是道德心的存在却是极明了的事实，不能不承认的。我们遇见种种事体在我们心中自然而然发出一种有权威的声音，说这是善或是恶，我们只有从着这种声音的命令往善这一方面走，往光明一方面走，自然作出"爱他"、"牺牲"等等的行为。在这有权威的声音指挥之下，"忠信"、"正直"、"公平"诸种德性都能表现于我们身上。我们若是不听从他，我们受自己良心的责斥，我们自己若作了恶事，就是他人不知，我们也自觉悔悟，自感羞耻，全因为我们心中有道德心的要求，义务的要求。这自然发现、自有权威的点就是道德的特质。自然科学哪、法律哪、政治哪、宗教哪、哲学哪，都是学而后能知的东西，决不是自然有权威的东西。惟有道德，才是这样自然有权威的东西。

但是这道德心究竟是怎样发生出来的呢？有人归之于个人的经验；有人归之于教育；有人归之于习惯礼俗；有人归之于求快乐、求幸福的念望；又有人归之于精练的利己心，或对于他人的同情心。这些都不能说明人心中的声音——牺牲自己爱他人的行为。

道德这个东西，既是无论如何由人间现实的生活都不能说明，于是就有些人抛了地上的生活、人间的生活，逃入宗教的灵界，因为宗教是一个无知的隐遁地方。在超自然的地方，在人间现实生活以外的地方，求道德的根源，就是说，善心是神特特〔地〕给人间的，恶心是由人间的肉欲生的，是由物质界生的，是由罪业生的。本来善恶根源的不可解，就是宗教发生的一个原因。人类对于自然界或人间现象不能理解的地方，便归之于神。道德心、善恶心的不可思议，也苦过很多的哲人。这些哲人也都觉得解释说明这不可思议的现象非借重神灵不可，所以柏拉图、康德之流都努力建设超自然的灵界。直到十九世纪后半，这最高道德的要求之本质才有了正确的说明。为此说明的两位学者就是达尔文与马克思。达尔文研究道德之动物的起源，马克思研究道德之历史的变迁。道德的种种问题至此遂得了一个解决的方法。

二

我们先用达尔文的"进化论"解答道德是什么的问题。

人类的道德心不是超自然的，也不是神赐的，乃是社会的本能。

这社会的本能，也不是人类特有的，乃是动物界所同有的。有些人类以外的动物，虽依动物的种类，依其生活状态的差异，社会的本能也有种种的差异，但是他们因为生存竞争，与其环周的自然抗战，也都有他们社会的本能。占生物界一大群合的动物生存竞争、天然淘汰的结果，使他们诸种本能——若自发运动，若认识能力，若自己保存，若种族蕃殖，若母爱本能等等——日渐发达。社会的本能也和这些本能有同一的渊源，为同一的发展。而在有社会的共同生活的动物，像那一种的肉食兽、很多的草食兽、反嚼兽、猿猴等类，社会的本能尤其发达。人类也和上举诸兽相同，非为社会的共同生活，则不能立足于自然界。故人类之社会的本能也很发达。

社会的本能也有多种。有几种社会的本能确是社会生活存续的必要条件，没有这种本能，社会生活，无论如何，不能存续。这种本能，在不与人类一样为社会的结合便不能生活的动物种属间，也颇发达。这种本能果为何物呢？第一就是（为）社会全体而舍弃自己的牺牲心。若是群居的动物没有这种本能，各自顾各自的生活，不肯把社会全体放在自己以上，他的社会必受环周的自然力与外敌的压迫而归于灭亡。譬如一群水牛为虎所袭的时候，其中各个分子如没有为一群全体死战的决心，各自惜命纷纷逃散，那水牛的群合必归灭亡。故自己牺牲，在这种动物的群合，是第一不可缺的社会的本能。在人类社会也是如此。此外还有拥护共同利益的勇气，对于社会的忠诚，对于全体意志的服从，顾恤毁誉褒贬的名誉心，都是社会的本能，都曾发见于动物社会极高度的发达的也很多。这些社会的本能和那被称为至高无上灵妙不可思议的人类道德，全是一个东西。但是"公平"这一样道德，在动物界恐怕没有。因为在动物的社会里，虽有天然生理上的不平等，却没有由社会的关系生出的不平等，从而没有要求社会的平等之必要，也没有公平这一样道德存在的理由。所以公平只是人类社会特有的道德。

这样看来，道德原来是动物界的产物。人类的道德，从人类还不过是一种群居的动物时代，就是还没有进化到现今的人类时代，既〔即〕已存在。人类为抵抗他的环境，适应他的周围，维持他的生存，不能不靠着多数的协力，群合的互助，去征服自然。这协力互助的精神，这道德心，这社会的本能，是能够使人类进步的，而且随着人类的进步，他的内容也益为发达。

因为人类的道德心，从最古的人类生活时代，既是一种强烈之社会的本能，在人人心中发一种有权威的声音，到了如今我们的心中仍然有此声响，带着一种神秘的性质，不因外界何等的刺激，不因何等的利害关系，他能自然挟着权威发动出来。他那神秘的性质和性欲的神秘、母爱的神秘、牺牲心的神秘、乃至其他生物界一般的神秘是一样的东西，绝不是超自然的力，绝不是神的力。

正惟道德心是动物的本能，和自己保存、种族蕃殖等本能有同一的根源，所以才有使我们毫不踌躇、立即听从的力量，所以我们遇见什么事情才能即时判断他的善恶邪正，所以我们才于我们的道德判断有强大的确信力，所以探求他的活动的理法，分解他，说明他，愈颇困难。

明白了这个道德，"义务"是什么，"良心"是什么，也都可以明白了。所谓义务，所谓良心，毕竟是社会的本能的呼声。然"自己保存"的本能、"种族蕃殖"的本能也有与此呼声同时发生的时候。在这个时候，这二种本能常常反抗社会的本能，结果这二种本能或得相当的满足，可是这不过是暂时的现象，不久归于镇静，社会的本能发出更强的声音，就是愧悔的一念。有人以良心为对于共同生活伴侣间的恐怖——就是对于同类所与的摈斥或刑罚的恐怖——之声音。但是大错了。良心之起，对于对他人全不知觉的事也起，对于四围的人都夸奖赞叹的事也起，甚至对于因为对于同类及同类间的舆论的恐怖而作的行为也起。可见良心的威力全系自发的，非因被动的。至于舆论的褒贬固然也是确与人的行为以很大影响的要素，然舆论所以能有影响的原故，全因为豫先有一种名誉心的社会的本能存在。舆论怎样督责，假使没有注意褒贬的名誉心的社会的本能，当不能有什么影响。舆论作出社会的本能（以外？）的事，是作不到的。

依了这样说明，我们可以晓得道德这个东西不是超自然的东西，不是超物质以上的东西，不是凭空从天上掉下来的东西。他的本原不在天神的宠赐，也不在圣贤的经传，实在我们人间的动物的地上的生活之中。他的基础就是自然，就是物质，就是生活的要求。简单一句话，道德就是适应社会生活的要求之社会的本能。

三

达尔文的理论可以把道德的本质阐发明白了。可是道德何以因时因地而生种种变动？以何缘故社会的本能之活动发生种种差别？说明这个道理，我们要用马克思一派的唯物史观了。

马克思一派唯物史观的要旨，就是说：人类社会一切精神的构造都是表层构造，只有物质的经济的构造是这些表层构造的基础构造。在物理上物质的分量和性质虽无增减变动，而在经济上物质的结合和位置则常常变动。物质既常有变动，精神的构造也就随着变动。所以思想、主义、哲学、宗教、道德、法制等等不能限制经济变化、物质变化，而物质和经济可以决定思想、主义、哲学、宗教、道德、法制等等。

我们先说宗教与哲学。一切宗教没有不受生产技术进步的左右的，没有不随着他变迁的。上古时代，人类的生产技术还未能征服自然力，自然几乎完全支配人类，人类劳作的器具，只是取存于自然界的物质原形而利用之，还没有自制器具的知识和能力。那时的人类只是崇拜自然力，太阳、天、电光、火、山川、草木、动物等，人类都看作最重要的物件，故崇拜之为神灵。拜火拜物诸教均发生于此时。直到现在，蛮人社会还是如此。纽基尼亚人奉一种长〔常〕食的椰子为神，认自己的种族是从椰子生下来的，就是一个显例。

后来生产技术稍稍进步，农业渐起，军人、宗祝这一类的人渐握权力，从前受制于自然，现在受制于地位较高的人类了。因为这时的社会已经分出治者与被治者阶级，这时的宗教又生一大变化。从前是崇拜自然物的原形，现在是把自然物当作一个有力的人去崇拜他了。在希腊何美尔（Homer）的诗中所表现的神，都是男女有力的君长，都是智勇美爱的代〔化〕身。因为生产技术与人以权力的结果，自然神就化为伟大的人了。后来希腊人的生产技术益有进步，商工勃兴，智勇美爱肉体的属性又失了重大的位置，有神变不可思议的万能力的乃在精神。因为在商业竞争的社会里，人类的精神是最重大的要素，计算数量的也是他，创作新发明的也是他，营谋利益的也是他，精神实是那时商业社会人类生活的中心。故当时哲家若梭格拉的，若柏拉图，都说自然界久已不足引我们的注意了，引我们注意的只是思想上及精神上的现象。这种变迁明明白白是生产技术进步的结果。但是人类精神里有很多奇妙不可思议的现象，就像道德心是什么东西，善恶的观念是从何发生，柏拉图诸哲家也不能解释。由自然界的知识与经验不能说明，结局仍是归之于神，归之于天界。故当时多数人仍把道德的精神认作神，认他有超自然的渊源。

各国分立，经济上政治上全不统一的时代——就是各国还未组成一个大商业社会的时代——尚有多神及自然神存在的余地。自希腊之世界的商业发达以来，罗马竟在地中海沿岸的全部建一商业的世界帝国。这种经济上的变动反映到当时思想上，遂以惟一精神的神说明当时的全世界及存于其中的疑问，使所有的自然神全归于消灭。驱逐这些自然神的固然是柏拉图及士多亚派哲学上的一神论，而一神论的背景，毕竟是当时罗马的具有绝大威力的生产技术，罗马的商业交通，罗马的商业大社会。

到了罗马帝政时代，大经济组织、大商业社会正要崩坏的时候，恰有一种适合当时社会关系的一神教进来，就是耶稣教了。耶稣教把希腊原来的一神论吸收进去，把所有的势力归于一个精神，归于一个神。

罗马商业的大社会崩坏之后，从前各个分立的自然经济又复出现。中世纪的经济组织次第发展，耶稣教也不能保持他的本来面目，他的内容自然发生了变动。中世纪的社会是分有土地的封建制度、领主制度的社会，社会的阶级像梯子段一样，一层一层的互相隶属，最高的是皇帝，皇帝之下有王公，王公之下有诸侯，诸侯之下有小领主，百姓农奴被践踏在地底。教会本来是共产的组合，到了此时这种阶级的经济组织又反映到教会的组织，渐次发达，也成了个掠夺组织、阶级组织。最高的是教皇，教皇之下有大僧正、僧正等，僧正之下有高僧，由高僧至普通僧民的中间还有种种僧官的阶级。百姓农奴伏在地底，又多受一层践踏。这种阶级的经济组织又反映到耶教的实质，天上也不是一个神住着了。最高的是神，神之下有神子，有精灵，其下更有种种的天使，堕落的天使，又有恶魔。神的一族，恰和皇帝、教皇及其属隶相照应；人在诸神之下，恰和百姓居社会之最下层相照应。人类的精神把地上的实物写映于天上，没有比这个例子再明白的了。

后来都市渐渐发达，宗教上又生一变化。意大利、南德意志、法兰西、英吉利、荷兰诸国都市上的居民，因其工商业的关系，渐立于有权力的地位，对于贵族、僧侣有了自由独立的位置。随着他们对于社会的观念的变动，对于宇宙的观念也变了。于是要求一种新宗教。他们既在经济上不认自己以上的势力，又在政治上作了独立的市民，独立的资本家、独立的商人，立于自由的地位，他们觉着自己与宇宙的中间，自己与神的中间，也不须有中间人介绍人存在了。所以他们蔑视教皇，蔑视僧官，自己作自己的牧师，直接与神相见，这就是路德及加尔文所倡的新教。这样看来，宗教革新的运动全是近世资本家阶级自觉其经济的实力的结果，（是）资本家〈是〉个人的反映〈出来的〉，所以新宗教也是个人的。

美洲及印度发现以后，资本主义的制度愈颇强大，工商贸易愈颇发达，人与人的关系几乎没有了，几乎全是物品与物品的关系了。一切物品于其各个实质的使用价值以外，又有一般共通抽象的交换价值，所以这时的人也互认为抽象的东西，因而所信的神也变成一个抽象的概念了。又因资本主义制度发达之下，贫困日见增加，在这种惨烈的竞争场里，社会现象迷乱复杂的程度有加无已，人若想求慰安与幸福，除了内观、冥想、灵化而外，殆不可能。而资本家的个人的表象照映于精神界，就成了一个绝大的孤立的神。十七世纪的哲学家，若笛卡儿、斯宾挪撒等都认神是有绝大精神的绝大体，能自动自〔思〕考，就是这个原故。又因生产技术的进步，资本主义制度的发达对于自然界的知识骤见增大，十七世纪间自然现象的不可解大概已渐消灭，但于精神科学尚未能加以解释。这时的宗教渐渐离开自然界和物质，神遂全为离于现实界的不可思议的灵体。基督教贱肉的思想，与夫精神劳动与手足劳动分业的结果，也加了许多的势子。这时的哲家，若康德，则说时间的空间的事物是单纯的现象，没有真实的存在；若菲西的"则只认精神的主观就是我的。

实在都是受了当时物质界经济界的影响，才有这种学说。就是因为当时的资本主义制度使每个人都成孤立，都成灵化，反映到宗教哲学上去，也就成一种孤立的抽象的精神。

蒸汽机发明以后，生产力益加增大，交通机关及生产技术益加发达，对于自然的研究益有进步。自然现象的法则渐为人智所获得，超自然的存在一类神秘的事遂消灭于自然界。同时人类社会的实质也因交通机关生产技术发达的结果，乃有有史以前、有史以后的种种研究，或深入地底，研究地层地质；或远探蛮荒，研究原始社会的状况。又得了种种搜集历史统计材料的方法，而由挟着暴力的生产过程而生的社会问题，更促人竭力研究人类社会的实质。以是原因，自然现象、人类社会都脱去神秘的暗云，赤裸裸的立在科学知识之上，见了光明。以美育代宗教的学说，他〔也〕就发生于现代了。

资本阶级固然脱出神秘宗教的范围了，就是劳工阶级也是如此。因为他们天天在工厂作工，天天役使自然，利用自然，所以他们也了解自然了。自然现象于他们也没有什么神秘不可解的权威了。至于人类社会的实质，他们也都了解，他们知道现在资本主义制度是使他们贫困的惟一原因，知道现在的法律是阶级的法律，政治是阶级的政治，社会是阶级的社会。他们对于社会实质的了解，恐怕比绅士阀的学者还要彻底，还要明白。太阳出来了，没有打着灯笼走路的人了。

以上所论，可以证明宗教、哲学都是随着物质变动而变动的。

四

再看风俗与习惯。社会上风俗习惯的演成，也与那个社会那个时代的物质与经济有密切的关系。例如老人和妇女在社会上的地位，也因时因地而异，这也是因为经济的关系。在狩猎时代，食物常告缺乏，当时的人总是由此处到彼处的迁徙流转，老人在这社会里很是一种社会的累赘，所以常常被弃、被杀、被食。如今的蛮人社会也常常见此风俗。日本古代有老舍山"的话，相传是当时舍弃老人的地方。中央亚非利加的土人将与他部落开战的时候，必先食其亲，因为怕战事一经开始，老人很容易为敌人所捕获，或遭虐待，或被虐杀，所以老人反以为自己的儿子所食为福，儿子亦以食其亲为孝。马来群岛的布尔聂伊附近，某岛中人遇着达于一定年龄的老人必穷追他，使他爬上大木，部落的青年群集木下摇之使他落下，活活跌死。耶士魁牟的女子亦以把他比邻罹病垂危的老太婆带到投弃老人的地方，由崖上把他推下，为爱他比邻、怜他比邻的行为。到了畜牧时代、农业时代，衣食的资料渐渐富裕，敬老的事渐视为重要。而以种种经验与知识渐为社会所需要，当时还没有文字的发明，老人就是知识经验的宝库，遂为社会所宝重。近来生产技术进步的结果，一切事象日新月异，古代传说反足以阻碍进步，社会之尊重老人遂又与前大不相同。不专因为他的衰老就尊重他，乃因为他能终其生涯和少年一样奋斗，为社会作出了许多生产的事业、创造的功绩。因为他不但不拿他的旧知识妨害进步，并且能够吸入新思潮，才尊重他。妇女在社会上的地位，随着经济状况变动，也和老人一样。在游猎时代，狩猎与战争是男子的专门事业，当时的妇女虽未必不及男子骁勇，而因负怀孕哺乳育儿的重大责任，此类事体终非妇女所宜，遂渐渐止于一定的处所，在附近居处的田地里作些耕作，在家内作些烧煮的事情。因为狩猎的效果不能一定，而农作比较着有一定效果，且甚安全，所以当时妇女的地位比男子高，势力比男子大。后来牧畜与农业渐渐专归男子去作，妇女只作烧煮裁缝的事情，妇女的地位就渐渐低下。到了现代的工业时代，一方面因为资本主义发达的结果，家内手工渐渐不能支持，大规模的制成许多无产阶级，男子没有力量养恤妇女，只得从家庭里把他们解放出来，听他们自由活动，自己谋生。一方因为生产技术进步的结果，为妇女添出了许多与他们相宜的职业，妇女的地位又渐渐地提高了。这回欧洲大战（一九一四年的大战），许多的壮丁都跑到战场打仗，所有从前男子独占的职业，一时不得不让给女子，不得不仰赖女子，他们于是从家庭里跳出来，或入工厂工作，或当警察，或作电车司机人，或在军队里作后方勤动，都有很好的成绩。但是这回大战停了，战场上的兵士归来，产业凋敝没有工作，从前的职业又多为女子所占领，男工女工的中间现在已起了争议。不过以我的窥测，这个争议第一步可以促女工自己团结，第二步可以促男女两界的无产阶级联合，为阶级战争加一层势力，结果是女子在社会上必占与男子平等的地位。颇闻从法国回来的人说，战后的法国社会道德日趋堕落，男子游惰而好小利，女子好奢侈而多卖淫。忧时之士至为深抱杞忧，说欧洲有道德复旧的必要。但我以为此不必忧，这种现象全是因战争而起的物质变动的结果。欧洲这回大战，男丁战死于战场的不知有几千百万，社会上骤呈女子过庶的现象，女子过庶的结果，结婚难，离婚及私生子增多，卖淫及花柳病流行。物质上有人口的变动，而精神上还没认作道德的要求（如法国女子与华工结婚还为法政府及社会所不喜，就是一例），社会上才有这种悲惨的现象。在这个时期必要发生一种新道德，适应社会的要求，使物质的要求向上而为道德的要求。至于男子的游惰好小利，女子的奢侈，也是物质变动的结果。男子在战争时期中，精神上物质上都经了很多的困乏，加以生活难、工作难的影响，精神上自然要发生变动。游惰哪，好小利哪，都是因为这个原故。将来物质若是丰裕，经济组织若有相当的改造，精神上不会发现这种卑苦的现象。女子骤然得到工作的，自然要比从前奢侈些，也是当然的现象。固然战后的人口增加，或者加猛加速，女子过庶的不平均，或者可以调剂许多，而经济的组织生产的方法则已大有改动。故就物质论，只有开新，断无复旧；就道德与物质的关系论，只有适应，断无背驰。道德是精神现象的一种，精神现象是物质的反映，物质既不复旧，道德断无单独复旧的道理；物质既须急于开新，道德亦必跟着开新，因为物质与精神是一体的，因为道德的要求是适应物质上社会的要求而成的。耶士魁牟的女子本性上不能多产多生，所以他们的风俗就不以未婚的妇人产生及怀孕的处女为耻辱，所以在他们的社会多生多产的德比贞操的德重。女子贞操问题也是随着物质变动而为变动。在男子狩猎女子耕作的时期，女子的地位高于男子，女子生理上性欲的要求强于男子，所以贞操问题绝不发生，而且有一妻多夫的风俗。到了牧畜、农业为男子独占职业的时期，女子的地位低降下去，女子靠着男子生活，男子就由弱者地位转到强者地位，女子的贞操问题从而发生，且是绝对的、强制的、片面的。又因农业经济需要人口，一夫多妻之风盛行。到了工业时期，人口愈增，人类的欲望愈颇复杂，虽因生产技术的进步，生产的数量增加，而资本主义的产业组织分配的方法极不平均，造成了很多的无产阶级。贫困迫人日益加甚，女子非出来工作不可。男子若不解放女子，使他们出来在社会上和男子一样工作，就不能养赡他们。女子的贞操，就由绝对的变为相对的，由片面的变为双方的，由强制的变为自由的。从前重"从一而终"，现在可以离婚了；从前重守节殉死，现在夫死可以再嫁了。将来资本主义必然崩坏，崩坏之后，经济上生大变动，生产的方法由私据的变为公有的，分配的方法由独占的变为公平的，男女的关系也必日趋于自由平等的境界。只有人的关系，没有男女的界限。贞操的内容也必大有变动了。家族制度的变动也是如此。狩猎时代及劣等农作时代，因土地共有共同耕作的关系，氏族制度才能成立。后来人口渐增，氏族中的个人自进而开辟山林，垦治荒芜的人所在多有，因而对于个人辛苦经营的地面，不能不承认个人的私有。既经承认了个人的私有权，那些勤勉有为的人大都努力开辟地面，私有的地面逐日增大，从前氏族制度的经济基础就从而动摇了。到了高等农作时代，因为私有制度的发达，农业经济的勃兴，父权家长制的大家族制度遂继氏族制度而兴起。后来生产技术进步的结果，由农业时代入了工商时代，分业及交通机关日见发达，经济上有了新变动，大家族制度遂渐就崩坏。这个时期就发生了一夫一妻制的小家族制度，以适应当时的经济状态。可是到了现代，机械工业、工厂工业又复压倒了手艺工业、徒弟工业，大产业组织的下边造成多数的无产阶级，生活日趋贫困，妇女亦不得不出来工作，加以义务教育、儿童公育等制度推行日广，亲子关系日趋薄弱，这种小家庭制度，也离崩坏的运命不远了。

由此类推，可见风俗习惯的变动，也是随着经济情形的变动为转移的。

五

再看政策与主义。一切的政策，一切的主义，都在物质上经济上有他的根源。Louis Boudin 氏在他的《社会主义与战争》里说了许多很精透的道理，我们可以借来说明一种政策或主义与物质经济的关系。他说资本主义发达的历史，可以分作三个时期：第一是少年时期，是奋进的时代，富有好战的气质。第二时期，是成年时期，是全盛的时代，专务为内部的整顿，气质渐化为平和。第三是衰老时期，是崩颓的时代，急转直下，如丸滚坡，气质又变为性急好战的状态。这种变动，在英国历史上最易看出。由耶利撒别士即位到七年战争，二百年间，英国确是一个好战的国，东冲西突，转战不休。因为当时英国的资本主义方在少年时期，经了二百年间的苦战，才立下了世界第一商工业国的基础。七年战争以后，英国的资本主义已经确立，遂顿归平和。拿破仑战争全是别的原因，不是英国的资本主义惹起来的。直到这次大战以前，英国的资本阶级总是爱重平和，世界上帝国主义的魁雄不在英而转在德。美国独立所以成功，不全是因为美洲独立军的勇武，华盛顿的天才，英国不愿出很大的牺牲争此殖民地，也是一个重大的原因。固然英国也未尝不欲得此土地，但因此起大战争，他们以为很不值得。当时英国政家巴客大声疾呼，主张美国民有独立的权利。表面的言辞说来很是好听，骨子里面也不过是亚丹·斯密氏殖民政策的应用罢了。亚丹·斯密氏主张母国与殖民地之间，若行排他的贸易，不但于殖民地及世界一般有害，即于母国亦大不利。故母国应使其殖民地自由平等，与世界通商。美国所以能够独立的原故，毕竟是因为正值英国持平和政策的时期。以后英国在南非又承认波亚人组织的二共和国，也是这个原故。过了十五年，波亚人又与英国开战，二共和国就全为英国所压服了。那时英国的态度全然一变。最初波亚人与英国开战时候，英国正是正统经济学的国，自由贸易的国，满切士特（Manchester）学派的国，亚丹·斯密氏殖民政策的国，新帝国主义的波浪还未打将进来。到了第二战争，英国已经不是从前的英国了，是新帝国主义的英国，是张伯伦氏新殖民政策的英国了。使英国的主义、政策起这样变化的经济关系的实质是什么呢？简单说，就是从前的时代是织物时代，现在的时代是钢铁时代了。英国的工业当初最盛者首推织物，织物实占近世产业的主要部分。英国织物产业的中心，却在满切士特，满切士特的织物产业为世界产业的焦点，亚丹·斯密氏的自由贸易主义，就以满切士特为根据，成了满切士特学派。郭伯敦之崛起反对谷物条例，反对保护税，在自由平和一些美名之下，为新兴的商工阶级奋斗，也是因为这个原故。

当时的英国既以织物类的生产为主要的产业，其销路殆遍于全世界，以握海上霸权、工业设备极其完密的英国，自无用兵力扩张的必要。且以低廉的价格出卖精良的货物，也是很容易的事情。所以自由贸易主义、平和主义、殖民地无用论，都发生在这个时代。以后各半开化国及各殖民地工业渐能独立，像织物类的单纯工业不须仰给于英国，英国要想供给他们，必须另行创制益加精巧的工业。恰好各后进国工业新兴，很需要机械一类的东西，于是英国的产业就由纺纱时代，入了钢铁时代了。英国销行世界的产物，就由织物类变为机械类了。英国的产业中心，就由满切士特移到泊明港了。泊明港是钢铁的产地，张伯伦是生于泊明港的人，所以张伯伦代表泊明港的钢铁，代表英国钢铁产业时代物质上的要求、经济上的要求，主张一种的新殖民政策、新帝国主义。张伯伦初次入阁的时候，自己要作殖民总长，大家都很以为奇怪，因为从前的殖民部是一个闲部，张伯伦是一代政雄，何以选这闲部？那里知道当时的殖民部已经应经济的变化，发生重大意了。但是机械的贩卖，与织物类的贩卖不同，贩卖织物类只须借传教士的力量，使那半开化国和殖民地的人民接洽文明生活的趣味，就能奏功，而贩卖机械，则非和他的政府官厅与资产阶级交涉不可。那么政治的、外交的、军事的策略，就很要紧了。以是因缘，自由贸易的祖国也变为保护政策的主张，平和主义的国家也着了帝国主义的彩色。

德国的产业进步比英国稍晚。英国正当成年时期，德国方在少年时期，好战的气质极盛，还没有到平和时期，又正逢着第二次的好战时期。最近十年内英、德两国的产铁额大有变动。当初德国的产业〔额〕仅当英国的什一，到大战以前，德国的产额已经超过英国了。观此可以知道德国为世界帝国主义的魁雄的原因，也就可以知道这回大战的原因了。

综观以上三个时期：第一时期是使当时新兴商工阶级打破封建制度束缚的物质的要求，向上而为国民文化主义；第二时期是使当时织物贩卖的物质的要求，向上而为自由主义、世界的人道主义；第三时期是使机械贩卖的物质的要求，向上而为帝国主义。有了那种物质的要求，才有那种精神的道德的要求。

六

总结本篇的论旨，我们得了几个纲领，写在下面：一、道德是有动物的基础之社会的本能，与自己保存、种族繁殖、性欲、母爱种种本能是一样的东西。这种本能是随着那种动物的生活的状态、生活的要求有所差异，断断不是什么神明的赏赐物。人类正不必以万物之灵自高，亦不必以有道德心自夸。二、道德既是社会的本能，那就适应生活的变动，随着社会的需要，因时因地而有变动，一代圣贤的经训格言，断断不是万世不变的法则。什么圣道，什么王法，什么纲常，什么名教，都可以随着生活的变动、社会的要求，而有所变革，且是必然的变革。因为生活状态，社会要求既经变动，人类社会的本能自然也要变动。拿陈死人的经训抗拒活人类之社会的本能，是绝对不可能的事。三、道德既是因时因地而常有变动，那么道德就也有新旧的问题发生。适应从前的生活和社会而发生的道德，到了那种生活和社会有了变动的时候，自然失了他的运命和价值，那就成了旧道德了。这新发生的新生活、新社会必然要求一种适应他的新道德出来，新道德的发生就是社会的本能的变化，断断不能遏抑的。四、新道德既是随着生活的状态和社会的要求发生的——就是随着物质的变动而有变动的——那么物质若是开新，道德亦必跟着开新，物质若是复旧，道德亦必跟着复旧。因为物质与精神原是一体，断无自相矛盾、自相背驰的道理。可是宇宙进化的大路，只是一个健行不息的长流，只有前进，没有反顾；只有开新，没有复旧；有时旧的毁灭，新的再兴。这只是重生，只是再造，也断断不能说是复旧。物质上，道德上，均没有复旧的道理！

这次的世界大战，是从前遗留下的一些不能适应现在新生活、新社会的旧物的总崩颓。由今以后的新生活、新社会，应是一种内容扩大的生活和社会——就是人类一体的生活，世界一家的社会。我们所要求的新道德，就是适应人类一体的生活，世界一家的社会之道德。从前家族主义、国家主义的道德，因为他是家族经济、国家经济时代发生的东西，断不能存在于世界经济时代的。今日不但应该废弃，并且必然废弃。我们今日所需要的道德，不是神的道德、宗教的道德、古典的道德、阶级的道德、私营的道德、占据的道德；乃是人的道德、美化的道德、实用的道德、大同的道德、互助的道德、创造的道德！

《新潮》27 第 2 卷第 2 号，1919 年 12 月 1 日

青年厌世自杀问题

自林德扬君自杀，一时论坛对此问题颇有所讨论。因此，我也把我近来对于青年自杀的意见写出来和大家商榷。

我于讨论这个问题以前，有几个要点要预先声明。

第一，自杀的情形因各个事件而有不同，我们不能够泛就自杀而下笼统的判断。我们应该分别自杀的种类，个别的论断他的是非。

第二，自杀流行的社会，一定是一种苦恼烦闷的社会。自杀现象背后藏着的背景，一定有社会的缺陷存在。

第三，我们应该承认一个人于不直接妨害社会、迷惑他人的范围内，有自己处决他自己的生命的自由权。

第四，我们只能批评自杀者的人生观，说他是或非，指导一般生存的青年向人生进路的趋向，不能责备自杀者的个人，说他道德不道德，罪恶不罪恶；惟因自杀直接予人以迷惑，予社会以妨害的，又当别论。

把这四点认定，才可论青年厌世自杀问题。

本来自杀是人类生活特有的现象，人类以外的动物，不发生自杀的现象，因为自杀是智慧的结果。野蛮人多有不了解自杀是怎么一回事。牙岗人和安德曼岛的土人，看见白人有在他们部落内自杀的，他们一定想是被别人杀的，嘟着要大索犯人。你若向中部澳洲的土人说自杀的事，他一定说你是说笑话，万不相信。可是这也有例外，那康甲卡人和赫士人又有胡乱自杀的倾向：媳妇因为婆母不吃她做的饭，也自杀；老年人因为身子衰惫，也自杀；小姑娘脸上一发赤就得严加监视，直到伊全然忘记了伊害羞的事而后已。加冷人晚间饮酒的时候，夫妻有三言两语的不合，明朝夫或妻必有一人在树枝上自缢。这或者是因为这些人种生理上、心理上，或他们所住的地方地理上、气候上有特别的原因。大体看来，智慧多的人容易自杀，自杀的现象多盛行于教育阶级、智识阶级中。那有关于自杀的名著的意大利人摩塞里，曾于意国发现自杀最多者为从事科学、文学的人，百万人中有六百十四人，其次就是从事国防的，四百零四人，从事教育的，三百五十五人，从事行政的，三百二十四人，商人二百七十七人，司法官二百十八人，医师二百零一人，从事工业的八十人，从事原料制造的，二十五人。法国亦然，奴婢八十三人，商人及运送业者九十八人，原料制造者百十一人，工业家百五十九人，从事所谓自由职业的，五百十人。其余统计家所得的结果，虽也有与此不同的，但自杀在生活状态简单者最少，与生活状态复杂的程度递加，几乎是一个普遍的原则。

文明进步的结果，生活状态愈趋于复杂。人类的生活，去原始的自然生活、劳动生活日远，而偏于耗用脑智精神，因而过劳；又因生活上的欲望增高，内容扩大，往往招来失望和灾难，所以自杀的激增是十九世纪内各国普遍的现象。我们可以说自杀是十九世纪的时代病，我们可以说十九世纪是"自杀时代"！

意大利人摩塞里著有《自杀论》。他说：十九世纪间，欧洲各国的泰半，不但自杀的数都是增加，而且增加的比例略同。法国由千八百二十六年至千八百七十五年五十年间，一年自杀的平均数，由人口百万中五十四人升到百五十四人。普国由千八百十六年至千八百七十七年，由七十人二分升到百七十三人五分。日尔曼和奥大利增加更甚。惟有英国和挪威不见增加，英国每百万人中平均在六十五人左右，挪威由八十人降到七十人，这是一个例外。

日本近年自杀者的增加，尤为可惊。据他们警视厅的调查，就在他所管的地方，东京市十五区与六郡八岛的自杀者，明治四十三年一一一二人，四十四年一一五七人；大正元年一二六八人，二年一三一二人，三年一三八九人。合计自杀既遂者和未遂者——全国合计起来，明治四十四年一万零七百五十三人，大正元年一万一千百二十八人。

中国全国的自杀统计，虽然未必精确，然亦可以看出增加的趋势。各省的统计表，我还未搜集完全，暂且不论。但据内务部的《内务统计》京师人口之部和京师警察厅的《京师警务一览图表》里面所载北京内外城自杀的统计：前清光绪三十三年，男四十六，女三十四，合计八十人。光绪三十四年，男五十三，女三十七，合计九十人。宣统元年，男五十九，女三十四，合计九十三人。宣统二年，男三十九，女二十二，合计六十一人。宣统三年，男五十八，女三十二，合计九十人。民国元年，男五十，女三十六，合计八十六人。民国二年，男女合计八十三人。民国三年，五十四人。民国四年，男六十八，女四十二，合计一百一十人。民国五年，自杀已遂者，男五十五，女三十，合计八十五人；未遂者，男四十，女五十七，合计九十七人。民国六年，自杀已遂者，男九十三，女三十三，合计一百二十六人；未遂者，男四十六，女三十八，合计八十四人。亦足以证明自杀者增加的趋势。

普通说，夏季是"自杀季节"，因为太阳的光线刺激人的神经，挑拨人的感情，足以扰乱人心的安定，使人的心理上精神上起一种变化。在这个时候，凡是生活上失意的人，绝望的人，或是对于人生问题怀疑的人，对于社会现状苦闷的人，往往被诱到死路上去。近来生活困难的结果，年关也成了生活上的生死关头，也成了一种"自杀季节"，不过这是由人事的关系发生的，不是由自然的影响发生的。这"自杀时代"诱引人逼迫人上自杀的途径去，也和"自杀季节"的诱引与逼迫一样。因为十九世纪末年的世界，已经充满了颓废的气氛，物质文明渐渐走入死境，所以牵着人也到死路上去。各人生活上塞满了烦闷，苦恼，疲倦，颓废，失望，怀疑。青年的神经锐敏，很容易感受刺激，所以有许多的青年，作了"自杀时代"的牺牲。

自杀的原因不一，所以自杀者的类别也不同：有因犯了罪恶愧悔而自杀的，有因穷饿所迫而自杀的，有因失恋而自杀的，有因殉情而自杀的，有因家庭不和而自杀的，有因考试落第而自杀的，有因社会政治不良而自杀的，有因职务上不能如意执行而自杀的，有因神经失常而自杀的，有因避病苦而自杀的，有因哲学上对于人生起了烦闷怀疑而自杀的，有因坚持自己的主义信仰保全自己的人格名誉而自杀的，有因宗教上的迷信而自杀的，有因外界自然的诱引，或受他人的暗示（模仿）而偶然自杀的。这些样的自杀，个别的原因虽然不同，而时代文明与社会制度的缺陷，实在是他们的根本原因，共同原因。社会制度若是没有经济上的不平，不会发生因穷饿而自杀的人。社会制度若是不迫人犯罪，不会发生因愧悔而自杀的人。若是婚姻制度没有弊病，不会发生因失恋殉情而自杀的人。若是家庭制度有解放个性的精神，不会发生因家庭不和而自杀的人。若是学校制度、教育制度没有缺陷，不会发生因考试落第、或因课业过劳患神经病而自杀的青年。若是政治制度明良，不会有因愤世，或因不能自由执行职务而自杀的人。就是病苦的人，也与日常生活的安与不安，很有关系。就是那些因哲学上对于人生起了怀疑与夫那些为主义、信仰、人格、名誉，甘愿牺牲而自杀的人，也多发生在黑暗社会里，或黑暗势力的下面。千八百五十年顷的俄罗斯专制的黑暗势力，把人民的生活趣味，完全遮断。社会一切现象，都呈出死气。那时的文学家，只有讴歌"死"，描写"死"的庄严、"死"的美善。那时的青年，只有"死"、只有自杀是他们的天国。就有不自杀的，也没有什么生趣了，这就是一个显例。至于模仿的自杀，也多发生于自杀流行的社会。为自然诱引的自杀，也多发生于怀有隐痛的人。看那日本的青年，自从叫藤村操的一位青年，因哲学上的怀疑投入华严泷以后，投华严泷自杀而死的年以数十计。警察设种种方法防阻自杀的人，终不奏效。这一个景致绝美的瀑，几乎成了"死之瀑"，成了日本人的惟一死所。其他投入浅间山喷火口，或在富士山巅自杀的青年，尚在接踵而起。请问这些青年，全是模仿藤村操的么？都是为湖光山色所诱引的么？他们自杀的原因，模仿、诱引而外，果然没有生活上的苦痛么？我想往那里去的人，去时虽然未必有自杀的决心，但是在那里自杀的人，生活上未必没有可以供他自杀的隐痛，不过加上一层模仿与诱引，更容易促他实行就是了。这样看来，与其说自杀的行为是罪恶的行为，不如说自杀流行的社会，是罪恶的社会；与其责难自杀的人，不如补救促起自杀流行的社会缺陷。志希君论林德扬君的自杀标题曰：《是青年自杀？还是社会杀青年？》盖含有沉痛的意义！

各宗教对于自杀的是非观，亦有不同的地方。回教以自杀为逆神的命令，比杀人的罪更重，故教中悬为厉禁。耶教十戒中，有禁杀一条，不但禁止杀人，并且禁止自杀。儒教有"身体发肤，受之父母，不敢毁伤"；"匹夫匹妇，自经沟渎"的话，大概也是反对自杀。佛教于一定的事情，许人自杀，但通常都以为自杀者，死后受惨苦，是前世的罪孽。惟波罗门教因有死后灵魂可以崇敌的信仰，故认因为复仇而自杀为勇敢行为。

哲学家对于自杀的意见，也不一样。康德以自杀为轻蔑存于人中的人道。菲西的以欲保生命、欲生是吾人的义务。海格尔以人能左右自己的生命的权利为绝大的矛盾，所以自杀是一种罪恶。陶马士·穆阿主张人若罹不治的病，很以为苦的，得牧师或长官的同意可以自杀。但牧师或长官须照自杀志愿者的志愿与病状，务求合于他的希望。美国某州已采取此说，公认罹不治难医的病的，可以自杀。柏拉图说，不可非难因苦运命或难堪的耻辱而自杀的人。耶比邱拉士说待死与自杀孰宜，不可不加以考究。这是很有含蓄的话。

关于自杀的道德观，又因国因民族而有差异。在东洋牺牲个性的消极的厌世的静的文明，多可认自杀。有时认自杀为无上的道德。中国之旌表节烈，日本以切腹为武士道的要素，都是例证。在西洋保存个性的积极的乐天的动的文明，多否认自杀。以自杀者为犯了罪恶，认他是杀人罪的被害者，同时又是加害者。英国以前不许自杀者葬普通的坟墓。

中国自潘宗礼、杨笃生、陈星台相继蹈海而后，各处青年厌世自裁的，渐渐有了。民国二、三年顷，湘中少年有因外交失败而自杀者，我当时适在日本，曾致书《甲寅》，与章行严先生讨论过这个问题。当时我以为少年不应自杀，应该留此身以为奋斗之用。行严先生复颇有几句沉痛的话，他说："吾国之所大患，亦偷生苟容之习而已。自杀之风果昌，尚能矫起一、二"；"匹夫沟渎之言，乃先民半面的教训，古今几多冯道、吴广之辈，依此以藏其身"；"无自杀之决心者，未必即能立效命之宏愿。往者曾涤生败于靖港，愤投湘江，吾家价人负之以起。负之以起，非涤生所及料也，尔后成功，即卜于此"；"今吾国之所患，不在厌世而在不厌世。有真厌世者，一方由极而反，可以入世收舍己救人之功；一方还其故我，与浊世生死辞，极廉顽立懦之致"。如今思之，他的话实含有至理。中国社会到了今日，黑暗算是达于极点。中国若有有血气、有理想、有精神的青年，对于这种黑暗的社会，没有趣味的生活，当然不满意、失望、悲观。将来青年的理想，日高一日，这种不满意、失望、悲观，也必日多一日；青年厌

222

世自杀的风，恐怕也日盛一日。我们对于这种自杀而死的不幸青年，当然要流几点同情的热泪，因为他们实在不是醉生梦死的青年。然而对于他们的自杀，终不能不抱一点遗憾，因为他们只知厌倦卑污的生活，不知创造高尚的生活，他们只知道向死里逃避旧生活，不知道向死里寻找新生活。我希望活泼泼的青年们，拿出自杀的决心，牺牲的精神，反抗这颓废的时代文明，改造这缺陷的社会制度，创造一种有趣味有理想的生活。我们应该拿出那日本人情死的精神，与我们的新生活相抱合，任他是车轮，是白刃，是华严泷的水，是喷火山的火，我们也要前进，与我们理想的新生活握手。我们断断不可只为厌世，为生苦而不怕死，应该为造世为求乐而不怕死。

由此说来，青年自杀的流行，是青年觉醒的第一步，是迷乱社会颓废时代里的曙光一闪。我们应该认定这一道曙光的影子，努力向前冲出这个关头，再进一步，接近我们的新生命。诸君须知创造今日的新俄罗斯的，是由千八百五十年顷自杀的血泡中闯出去的青年。创造将来的新中国的，也必是由今日自杀的血泡里闯出去的青年。我悯吊这厌世自杀的青年，我不能不希望那造世不怕死的青年！我不愿青年为旧生活的逃避者，而愿青年为旧生活的反抗者！不愿青年为新生活的绝灭者，而愿青年为新生活的创造者！

《新潮》第 2 卷第 2 号，1919 年 12 月 1 日

由经济上解释
中国近代思想变动的原因

凡一时代，经济上若发生了变动，思想上也必发生变动。换句话说，就是经济的变动，是思想变动的重要原因。现在只把中国现代思想变动的原因，由经济上解释解释。

人类生活的开幕，实以欧罗细亚为演奏的舞台。欧罗细亚就是欧、亚两大陆的总称。在欧罗细亚的中央有一凸地，叫作 Tableland。此地的山脉不是南北纵延的，乃是东西横亘的。因为有东西横亘的山脉，南北交通遂以阻隔，人类祖先的分布移动，遂分为南道和北道两条进路，人类的文明遂分为南道文明——东洋文明——和北道文明——西洋文明两大系统。中国本部、日本、印度支那、马来半岛诸国、俾露、印度、阿富汗尼士坦、俾而齐士坦、波斯、土耳其、埃及等，是南道文明的要路；蒙古、满洲、西伯利亚、俄罗斯、德意志、荷兰、比利时、丹麦、士坎迭拿威亚、英吉利、法兰西、瑞士、西班牙、葡萄牙、意大利、奥士地利亚、巴尔干半岛等，是北道文明的要路。南道的民族，因为太阳的恩惠厚，自然的供给丰，故以农业为本位，而为定住的；北道的民族，因为太阳的恩惠薄，自然的供给啬，故以工商为本位，而为移住的。农业本位的民族，因为常定住于一处，所以家族繁衍，而成大家族制度——家族主义；工商本位的民族，因为常转徙于各地，所以家族简单，而成小家族制度——个人主义。前者因聚族而居，易有妇女过庶的倾向，所以成重男轻女一夫多妻的风俗；

后者因转徙无定，恒有妇女缺乏的忧虑，所以成尊重妇女一夫一妻的习惯。前者因为富于自然，所以与自然调和，与同类调和；后者因为乏于自然，所以与自然竞争，与同类竞争。简单一句话，东洋文明是静的文明，西洋文明是动的文明。

中国以农业立国，在东洋诸农业本位国中，占很重要的位置，所以大家族制度在中国特别发达。原来家族团体，一面是血统的结合，一面又是经济的结合。在古代原人社会，经济上男女分业互助的要求，恐怕比性欲要求强些，所以家族团体所含经济的结合之性质，恐怕比血统的结合之性质多些。中国的大家族制度，就是中国的农业经济组织，就是中国二千年来社会的基础构造。一切政治、法度、伦理、道德、学术、思想、风俗、习惯，都建筑在大家族制度上作他的表层构造。看那二千余年来支配中国人精神的孔门伦理，所谓纲常，所谓名教，所谓道德，所谓礼义，那一样不是损卑下以奉尊长？那一样不是牺牲被治者的个性以事治者？那一样不是本着大家族制下子弟对于亲长的精神？所以孔子的政治哲学，修身齐家治国平天下，"一以贯之"，全是"以修身为本"；又是孔子所谓修身，不是使人完成他的个性，乃是使人牺牲他的个性。牺牲个性的第一步就是尽"孝"。君臣关系的"忠"，完全是父子关系的"孝"的放大体，因为君主专制制度，完全是父权中心的大家族制度的发达体。至于夫妇关系，更把女性完全浸却：女子要守贞操，而男子可以多妻蓄妾；女子要从一而终，而男子可以细故出妻；女子要为已死的丈夫守节，而男子可以再娶。就是亲子关系的"孝"，母的一方还不能完全享受，因为伊是隶属于父权之下的。所以女德重"三从"，"在家从父，出嫁从夫，夫死从子"。总观孔门的伦理道德，于君臣关系，只用一个"忠"字，使臣的一方完全牺牲于君；于父子关系，只用一个"孝"字，使子的一方完全牺牲于父；于夫妇关系，只用几个"顺"、"从"、"贞节"的名辞，使妻的一方完全牺牲于夫，女子的一方完全牺牲于男子。孔门的伦理，是使子弟完全牺牲他自己以奉其尊上的伦理；孔门的道德，是与治者以绝对的权力责被治者以片面的义务的道德。孔子的学说所以能支配中国人心有二千余年的原故，不是他的学说本身具有绝大的权威，永久不变的真理，配作中国人的"万世师表"，因他是适应中国二千余年来未曾变动的农业经济组织反映出来的产物，因他是中国大家族制度上的表层构造，因为经济上有他的基础。这样相沿下来，中国的学术思想，都与那静沈沈的农村生活相照映，停滞在静止的状态中，呈出一种死寂的现象。不但中国，就是日本、高丽、越南等国，因为他们的农业经济组织和中国大体相似，也受了孔门伦理的影响不少。

时代变了！西洋动的文明打进来了！西洋的工业经济来压迫东洋的农业经济了！孔门伦理的基础就根本动摇了！因为西洋文明是建立在工商经济上的构造，具有一种动的精神，常求以人为克制自然，时时进步，时时创造。到了近世，科学日见昌明，机械发明的结果，促起了工业革命。交通机关日益发达，产业规模日益宏大，他们一方不能不扩张市场，一方不能不觅求原料，这种经济上的需要，驱着西洋的商人，来叩东洋沈静的大门。一六三五年顷，已竟有荷兰的商人到了日本，以后 Perry Harris 与 Lord Elgin 诸人相继东来，以其商业上的使命，开拓东洋的门径，而日本，而中国，东洋农业本位的各国，都受了西洋工业经济的压迫。日本国小地薄，人口又多，担不住这种压迫，首先起了变动，促成明治维新，采用了西洋的物质文明，产业上起了革命——如今还正在革命中——由农业国一变而为工业国，不但可以自保，近来且有与欧美各国并驾齐驱的势力了。日本的农业经济组织既经有了变动，欧洲的文明、思想又随着他的经济势力以俱来，思想界也就起了绝大的变动。近来 Democracy 的声音震荡全国，日本人夸为"国粹"之万世一系的皇统，也有动摇的势子；从前由中国传入的孔子伦理，现在全失了效力了。

中国地大物博，农业经济的基础较深，虽然受了西洋工业经济的压迫，经济上的变动却不能骤然表现出来。但中国人于有意无意间也似乎了解这工商经济的势力加于中国人生活上的压迫实在是厉害，所以极端仇视他们，排斥他们，不但排斥他们的人，并且排斥他们的器物。但看东西交通的初期，中国只是拒绝和他们通商，说他们科学上的发明是"奇技淫巧"，痛恨他们造的铁轨，把他投弃海中。义和团虽发于仇教的心理，而于西洋人的一切器物一概烧毁，这都含着经济上的意味，都有几分是工业经济压迫的反动，不全是政治上、宗教上、人种上、文化上的冲突。

欧洲各国的资本制度一天盛似一天，中国所受他们经济上的压迫也就一天甚似一天。中国虽曾用政治上的势力抗拒过几回，结果都是败辱。把全国沿海的重要通商口岸都租借给人，割让给人了，关税、铁路等等权力，也都归了人家的掌握。这时的日本崛然兴起，资本制度发达的结果，不但西洋的经济力不能侵入，且要把他的势力扩张到别国。但日本以新兴的工业国，骤起而与西洋各国为敌，终是不可能；中国是他的近邻，产物又极丰富，他的势力自然也要压到中国上。中国既受西洋各国和近邻日本的二重压迫，经济上发生的现象，就是过庶人口不能自由移动，海外华侨到处受人排斥虐待，国内居民的生活本据渐为外人所侵入——台湾、满蒙、山东、福建等尤甚——关税权为条约所束缚，适成一种"反保护制"。外来的货物和出口的原料，课税极轻，而内地的货物反不能自由移转，这里一厘，那里一卡，几乎步步都是关税。于是国内产出的原料品，以极低的税输出国外，而在国外造成的精制品，以极低的税输入国内。国内的工业，都是手工工业和家庭工业，那能和国外的机械工业、工厂工业竞争呢？结果就是中国的农业经济挡不住国外的工业经济的压迫，中国的家庭产业挡不住国外的工厂产业的压迫，中国的手工产业挡不住国外的机械产业的压迫。国内的产业多被压倒，输入超过输出，全国民渐渐变成世界的无产阶级，一切生活，都露出困迫不安的现象。在一国的资本制下被压迫而生的社会的无产阶级，还有机会用资本家的生产机关；在世界的资本制下被压迫而生世界的无产阶级，没有机会用资本国的生产机关。在国内的就为兵为匪，跑到国外的就作穷苦的华工，展转迁徙，贱卖他的筋力，又受人家劳动阶级的疾视。欧战期内，一时赴法赴俄的华工人数甚众，战后又用不着他们了，他们只得转回故土。这就是世界的资本阶级压迫世界的无产阶级的现象，这就是世界的无产阶级寻不着工作的现象。欧美各国的经济变动，都是由于内部自然的发展；中国的经济变动，乃是由于外力压迫的结果，所以中国人所受的苦痛更多，牺牲更大。

中国的农业经济，既因受了重大的压迫而生动摇，那么首先崩颓粉碎的，就是大家族制度了。中国的一切风俗、礼教、政法、伦理，都以大家族制度为基础，而以孔子主义为其全结晶体。大家族制度既入了崩颓粉碎的运命，孔子主义也不能不跟着崩颓粉碎了。

试看中国今日种种思潮运动，解放运动，那一样不是打破大家族制度的运动？那一样不是打破孔子主义的运动？

第一、政治上民主主义（Democracy）的运动，乃是推翻父权的君主专制政治之运动，也就是推翻孔子的忠君主义之运动。这个运动，形式上已算有了一部分的成功。联治主义和自治主义，也都是民主主义精神的表现，是打破随着君主专制发生的中央集权制的运动。这种运动的发动，一方因为经济上受了外来的压迫，国民的生活，极感不安，因而归咎于政治的不良、政治当局的无能，而力谋改造。一方因为欧美各国 Democracy 的思潮随着经济的势力传入东方，政治思想上也起了一种响应。

第二、社会上种种解放的运动，是打破大家族制度的运动，是打破父权（家长）专制的运动，是打破夫权（家长）专制的运动，是打破男子专制社会的运动，也就是推翻孔子的孝父主义、顺夫主义、贱女主义的运动。如家庭问题中的亲子关系问题、短丧问题，社会问题中的私生子问题、儿童公育问题，妇女问题中的贞操问题、节烈问题、女子教育问题、女子职业问题、女子参政问题，法律上男女权利平等问题（如承继遗产权利问题等）、婚姻问题——自由结婚、离婚、再嫁、一夫一妻制、乃至自由恋爱、婚姻废止——都是属于这一类的，都是从前大家族制下断断不许发生、现在断断不能不发生的问题。原来中国的社会只是一群家族的集团，个人的个性、权利、自由都来〔束〕缚禁锢在家族之中，断不许他有表现的机会。所以从前的中国，可以说是没有国家，没有个人，只有家族的社会。现在因为经济上的压迫，大家族制的本身已竟不能维持，而随着新经济势力输入的自由主义、个性主义，又复冲入家庭的领土，他的崩颓破灭，也是不可逃避的运数。不但子弟向亲长要求解放，便是亲长也渐要解放子弟了；不但妇女向男子要求解放，便是男子也渐要解放妇女了。因为经济上困难的结果，家长也要为减轻他自己的担负，听他们去自由活动，自立生活了。从前农业经济时代，把他们包容在一个大家族里，于经济上很有益处，现在不但无益，抑且视为重累了。至于妇女，因为近代工业进步的结果，添出了很多宜于妇女的工作，也是助他们解放运动的一个原因。

欧洲中世也曾经过大家族制度的阶级，后来因为国家主义和基督教的势力勃兴，受了痛切的打击，又加上经济情形发生变动，工商勃兴，分业及交通机关发达的结果，大家族制度，遂立就瓦解。新起的小家族制度，其中只包含一夫一妻及未成年的子女，如今因为产业进步、妇女劳动、儿童公育种种关系，崩解的气运，将来也必然不远了。

中国的劳动运动，也是打破孔子阶级主义的运动。孔派的学说，对于劳动阶级，总是把他们放在被治者的地位，作治者阶级的牺牲。"无君子莫治野人，无野人莫养君子。""劳心者治人，劳力者治于人。"这些话，可以代表孔门贱视劳工的心理。现代的经济组织，促起劳工阶级的自觉，应合社会的新要求，就发生了"劳工神圣"的新伦理，这也是新经济组织上必然发生的构造。

总结以上的论点：第一，我们可以晓得孔子主义（就是中国人所谓纲常名教）并不是永久不变的真理。孔子或其他古人，只是一代哲人，决不是"万世师表"。他的学说，所以能在中国行了二千余年，全是因为中国的农业经济没有很大的变动，他的学说适宜于那样经济状况的原故。现在经济上生了变动，他的学说，就根本动摇，因为他不能适应中国现代的生活、现代的社会。就有几个尊孔的信徒，天天到曲阜去巡礼，天天戴上洪宪衣冠去祭孔，到处建筑些孔教堂，到处传布"子曰"的福音，也断断不能抵住经济变动的势力来维持他那"万世师表"、"至圣先师"的威灵了。第二，我们可以晓得中国的纲常、名教、伦理、道德，都是建立在大家族制上的东西。中国思想的变动，就是家族制度崩坏的征候。第三，我们可以晓得中国今日在世界经济上，实立于将为世界的无产阶级的地位。我们应该研究如何使世界的生产手段和生产机关同中国劳工发生关系。第四，我们可以正告那些钳制新思想的人，你们若是能够把现代的世界经济关系完全打破，再复古代闭关自守的生活，把欧洲的物质文明、动的文明，完全扫除，再复古代静止的生活，新思想自然不会发生。你们若是无奈何这新经济势力，那么只有听新思想自由流行，因为新思想是应经济的新状态、社会的新要求发生的，不是几个青年凭空造出来的。

《新青年》第 7 卷第 2 号，1920 年 1 月 1 日

唯物史观在现代史学上的价值

"唯物史观"是社会学上的一种法则，是 Karl Marx 和 Friedrich Engels 一八四八年在他们合著的《共产党宣言》里所发见的。后来有四种名称，在学者间通用，都是指此法则的，即是：（1）"历史之唯物的概念"（"The Materialistic Conception of His-tory"），（2）"历史的唯物主义"（"Historical Materialism"），（3）"历史之经济的解释"（"The Economic Interpretation of Histories"）及（4）"经济的决定论"（"Economic Determinism"）。在（1）、（2）两辞，泛称物质，殊与此说的真相不甚相符。因为此说只是历史之经济的解释，若以"物质"或"唯物"称之，则是凡基于物质的原因的变动，均应包括在内，例如历史上生物的考察，乃至因风土、气候、一时一地的动植物的影响所生的社会变动，均应论及了。第（4）一辞，在法兰西颇流行，以有倾于定命论、宿命论之嫌，恐怕很有流弊。比较起来，还是"经济史观"一辞妥当些。Seligman 曾有此主张，我亦认为合理，只以"唯物史观"一语，年来在论坛上流用较熟，故仍之不易。

科学界过重分类的结果，几乎忘却他们只是一个全体的部分而轻视他们相互间的关系，这种弊象，是〔呈〕露已久了。近来思想界才发生一种新倾向：研究各种科学，与其重在区分，毋宁重在关系，说明形成各种科学基础的社会制度，与其为解析的观察，不如为综合的观察。这种方法，可以应用于现在的事实，亦可以同样应用于过去的纪录。唯物史观，就是应这种新倾向而发生的。从前把历史认作只是过去的政治，把政治的内容亦只解作宪法的和外交的关系。这种的历史观，只能看出一部分的真理而未能窥其全体。按着思想界的新倾向去观察，人类的历史，乃是人在社会上的历史，亦就是人类的社会生活史。人类的社会生活，是种种互有关联、互与影响的活动，故人类的历史，应该是包含一切社会生活现象，广大的活动。政治的历史，不过是这个广大的活动的一方面，是社会生活的一部分，不是社会生活的全体。以政治概括社会生活，乃是以一部分概括全体，陷于很大的误谬了。于此所发生的问题，就是在这互有关联、互与影响的社会生活里，那社会进展的根本原因究竟何在？人类思想上和人类生活上大变动的理由究竟为何？唯物史观解答这个问题，则谓人的生存，全靠他维持自己的能力，所以经济的生活，是一切生活的根本条件。因为人类的生活，是人在社会的生活，故个人的生存总在社会的构造组织以内进动而受他的限制，维持生存的条件之于个人，与生产和消费之于社会是同类的关系。在社会构造内限制社会阶级和社会生活各种表现的变化，最后的原因，实是经济的。此种学说，发源于德，次及于意、俄、英、法等国。

　　唯物史观的名称意义，已如上述，现在要论他在史学上的价值了。研究历史的重要用处，就在训练学者的判断力，并令他得着凭以为判断的事实。成绩的良否，全靠所论的事实确实与否和那所用的解释法适当与否。十八世纪和十九世纪前半期的历史学者，研究历史原因的问题的人很少。他们多以为历史家的职分，不外叙述些政治上、外交上的史实，那以伟人说或时代天才说解释这些史实的，还算是你〔深〕一层的研究。Lessing 在他的《人类教育论》与 Herder 在他的《历史哲学概论》里所论述的，都过受神学观念的支配，很与思想界的新运动以阻力。像 Herder 这样的人，他在德国与 Ferguson 在苏格兰一样，可以说是近代人类学研究的先驱，他的思想，犹且如此，其他更可知了。康德在他的《通史概论》里，早已窥见关于社会进化的近代学说，是 Huxley 与许多德国学者所公认的，然亦不能由当时的神学思想完全解放出来，而直为严正的科学的批评。到了 Hegel 的《历史哲学》，达于历史的唯心的解释的极点，但是 Hegel 限〔派〕的"历史精神"观，于一般领会上究嫌过于暧昧，过于空虚。

有些主张宗教是进化的关键的人，用思想、感情等名词解释历史的发长，这可以说是历史的宗教的解释。固然犹太教、儒教、回教、佛教、耶教等五大宗教的教义，曾与于人类进步以很深的影响，亦是不可争的事实，但是这种解释，未曾注意到与其把宗教看作原因，不如把他看作结果的道理，并且未曾研究同一宗教的保存何以常与他的信徒的环境上、性质上急遽的变动相适合的道理。这历史的宗教的解释，就是 Benjamin Kidd 的修正学说，亦只有很少的信徒。

此外还有历史的政治的解释。其说可以溯源于 Aristotle，有些公法学者右之。此派主张通全历史可以看出由君主制到贵族制，由贵族制到民主制的一定的运动，在理想上，在制度上，都有个由专制到自由之不断的进步。但是有许多哲学家，并 Aristotle 亦包在内，指出民主制有时亦弄到专制的地步，而且政治的变动，不是初级的现象，乃是次级的现象，拿那个本身是一结果的东西当作普遍的原因，仿佛是把车放在马前一样的倒置。

这些唯心的解释的企图，都一一的失败了，于是不得不另辟一条新路。这就是历史的唯物的解释。这种历史的解释方法不求其原因于心的势力，而求之于物的势力，因为心的变动常是为物的环境所支配。

综观以上所举历史的解释方法，新旧之间截然不同。因历史事实的解释方法不同，从而历史的实质亦不同，从而及于读者的影响亦大不同。从前的历史，专记述王公世爵纪功耀武的事。史家的职分，就在买此辈权势阶级的欢心，好一点的，亦只在夸耀自国的尊荣。凡他所纪的事实，都是适合此等目的的，否则屏而不载，而解释此类事实，则全用神学的方法。此辈史家把所有表现于历史中特权阶级的全名表，都置于超自然的权力保护之下。所记载于历史的事变，无论是焚杀，是淫掠，是奸谋，是篡窃，都要归之于天命，夸之以神武，使读者认定无论他所遭逢的境遇如何艰难，都是命运的关系。只有祈祷天帝，希望将来，是慰藉目前痛苦的惟一方法。

这种历史及于人类精神的影响，就是把个人的道德的势力，全弄到麻木不仁的状态。既已认定（支）配（自己）境遇的难苦，都是天命所确定的，都是超越自己所能辖治的范围以外的势力所左右的，那么以自己的努力企图自救，便是至极愚妄的事，只有出于忍受的一途。对于现存的秩序，不发生疑问，设若发生疑问，不但丧失了他现在的平安，并且丧失了他将来的快乐。他不但要服从，还要祈祷，还（要）在杀他的人的手上接吻。这个样子，那些永据高位握有权势的人，才能平平安安的常享特殊的权利，并且有增加这些权利的机会，而一般人民，将永沉在物质、道德的卑屈地位。这种史书，简直是权势阶级愚民的器具，用此可使一般人民老老实实的听他们掠夺。

唯物史观所取的方法，则全不同。他的目的，是为得到全部的真实，其及于人类精神的影响，亦全与用神学的方法所得的结果相反。这不是一种供权势阶级愚民的器具，乃是一种社会进化的研究。而社会一语，包含着全体人民，并他们获得生活的利便，与他们的制度和理想。这与特别事变、特别人物没有什么关系。一个个人，除去他与全体人民的关系以外，全不重要；就是此时，亦是全体人民是要紧的，他不过是附随的。生长与活动，只能在人民本身的性质中去寻，决不在他们以外的什么势力。最要紧的，是要寻出那个民族的人依以为生的方法，因为所有别的进步，都靠着那个民族生产衣食方法的进步与变动。

斯时人才看出他所生存的境遇，是基于能也〔时〕时变动而且时时变动的原因；斯时人才看出那些变动，都是新知识施于实用的结果，就是由像他自己一样的普通人所创造的新发明新发见的结果，这种观念给了很多的希望与勇气在他的身上；斯时人才看出一切进步只能由联合以图进步的人民造成，他于是才自觉他自己的权威，他自己在社会上的位置，而取一种新态度。从前他不过是一个被动的、否定的生物，他的生活虽是一个忍耐的试验品，于什么人亦没有用处。现在他变成一个活泼而积极的分子了，他愿意知道关于生活的事实，什么是生活事实的意义，这些生活事实给进步以什么机会，他愿意把他的肩头放在生活轮前，推之提〔挽〕之使之直前进动。这个观念，可以把他造成一个属于他自己的人，他才起首在生活中得了满足而能于社会有用。但是一个人生在思想感情都锢桎于古代神学的习惯的时代，要想思得个生活的新了解，那是万万不可能，青年男女，在这种教训之下，全麻痹了他们的意志，万不能发育实成。

这样看来，旧历史的方法与新历史的方法绝对相反：一则寻社会情状的原因于社会本身以外，把人当作一只无帆、无楫、无罗盘针的弃舟，漂流于茫茫无涯的荒海中，一则于人类本身的性质内求达到较善的社会情状的推进力与指导力；一则给人以怯懦无能的人生观，一则给人以奋发有为的人生观。这全因为一则看社会上的一切活动与（变）迁全为天意所存，一则看社会上的一切活动和变迁全为人力所造，这种人类本身具有的动力可以在人类的需要中和那赖以满足需要的方法中认识出来。

有人说社会的进步，是基于人类的感情。此说乍看，似与社会的进步是基于生产程叙的变动的说相冲突，其实不然。因为除了需要的意识和满足需要的娱快，再没有感情，而生产程叙之所以立，那是为满足构成人类感情的需要。感情的意识与满足感情需要的方法施用，只是在同联环中的不同步数罢了。

有些人误解了唯物史观，以为社会的进步只靠物质上自然的变动，勿须人类的活动，而坐待新境遇的到来。因而一般批评唯物史观的人，亦有以此为口实，便说这种定命（听命由天的）人生观，是唯物史观给下（的）恶影响。这都是大错特错，唯物史观及于人生的影响乃适居其反。

旧历史的纂著和他的教训的虚伪既是那样荒陋，并且那样明显，而于文化上又那样无力，除了少数在神学校的，几乎没有几多教授再作这种陈腐而且陋劣的事业了。晚近以来，高等教育机关里的史学教授，几无人不被唯物史观的影响，而热心创造一种社会的新生。只有出之（公立）学校的初级史学教员，尚未觉察到这样程度的变动，因为在那里的教训，全为成见与习惯所拘束，那些教员又没有那样卓越的天才，足以激励他们文化进步上的自高心，而现今的公立学校又过受政治和教科书事务局的限制。

唯物史现〔观〕在史学上的价值，既这样的重大，而于人生上所被的影响，又这样的紧要，我们不可不明白他的真意义，用以得一种新人生的了解。我们要晓得一切过去的历史，都是靠我们本身具有的人力创造出来的，不是那个伟人、圣人给我们造的，亦不是上帝赐予我们。将来的历史，亦还是如此。现在已是我们世界的平民的时代了，我们应该自觉我们的势力，快赶〔赶快〕联合起来，应我们生活上的需要，创造一种世界的平民的新历史。

自由与秩序

社会的学说的用处，就在解决个人与社会间的权限问题。凡不能就此问题为圆满的解决者，不足称为社会的学说。

极端主张发展个性权能者，尽量要求自由，减少社会及于个人的限制；极端主张扩张社会权能者，极力重视秩序，限制个人在社会中的自由。"个人主义"（Individualism）可以代表前说；"社会主义"（Socialism）可以代表后说。

但是，个人与社会，不是不能相容的二个事实，是同一事实的两方面；不是事实的本身相反，是为人所观察的方面不同。一云社会，即指由个人集成的群合；一云个人，即指在群合中的分子。离于个人，无所谓社会；离于社会，亦无所谓个人。故个人与社会并不冲突，而个人主义与社会主义亦决非矛盾。

试想一个人自有生以来，即离开社会的环境，完全自度一种孤立而岑寂的生活，那个人断没有一点的自由可以选择，只有孤立是他唯一的生活途径。这种的个人，还有什么个人的意义！

试想一社会若完全抹煞个性的发展，那社会必呈出死气奄奄的气象。他所包蓄的份子，既一一的失其活动之用而日就枯亡与陈腐，更安有所谓秩序者！

由此看来，真正合理的个人主义，没有不顾社会秩序的；真正合理的社会主义，没有不顾个人自由的。个人是群合的原素，社会是众异的组织。真实的自由，不是扫除一切的关系，是在种种不同的安排整列中保有宽裕的选择机会；不是完成的终极境界，是进展的向上行程。真实的秩序，不是压服一切个性的活动，是包蓄种种不同的机会使其中的各个份子可以自由选择的安排；不是死的状态，是活的机体。

我们所要求的自由，是秩序中的自由；我们所顾全的秩序，是自由间的秩序。只有从秩序中得来的是自由，只有在自由上建设的是秩序。个人与社会、自由与秩序，原是不可分的东西。

《少年中国》第 2 卷第 7 期，1921 年 1 月 15 日

团体的训练与革新的事业

　　人类之社会的观念和组织的能力，和文化有相互的影响。文化高的民族，社会的观念和组织的能力，固然也高；亦惟社会观念和组织能力既高，而文化始有进步。原始社会如猎群、战团，其组织之单简〔简单〕，较诸今日社会乃不可以道里计。然证诸十九世纪以来，政党之发达，则人类组织能力之进步，又极可惊。英、美政治纯受政党支配，其政党都有极繁复之机关，极巧妙之组织，所以势力雄厚，直与政府并驾，甚或称为第二政府。至于欧、美社会方面，只要有两人以上的公同行动，就成一个团体的组织，打猎、钓鱼、旅行、音乐、茶话，都称为一个 Party。他们团体生活之习惯，几若出自天性，由小扩大，所以议会、政党，亦都行之若素。如儿童、妇女、慈善、教育、科学种种结社，非常的多，并且也有切实的计划，伟大的成绩，所以社会事业才能这样发达。

　　最近时代的劳动团体，以及各种社会党，组织更精密，势力更强大。试看各国罢工风潮及群众运动之壮烈，不难想见。俄罗斯共产党，党员六十万人，以六十万人之大活跃，而建设了一个赤色国家。这种团体的组织与训练，真正可骇。

　　中国人虽然也是社会动物，但几千年专制之压迫，思想之束缚，和消极的、懒惰的、厌世的学说之浸染，闹得死气沉沉，组织的能力都退化了。然而中国社会腐败到这个样子，又不能不急求改革。改革的事业，亦断非一手一足之力，自然还要靠着民众的势力，那么没有团体的训练，民众势力又从那里表现呢？所以我们因渴想社会之改革，就恨中国人的组织能力太低，但是这也无怪，因为团体的训练和民众的运动，是互为因果的。即团体的训练愈发达，民众的运动愈有力；亦惟民众的运动愈发达，团体的训练才愈高明。换言之，没（有）经过民众运动的人民，团体的训练是不会发达的；毫无团体训练的人民，也不能产生有力的民众运动，可见这两件事是相待为用，相随俱进的。所以我们现在要一方注意团体的训练；一方也要鼓动民众的运动，中国社会改革，才会有点希望。

中国自满清道、咸海禁大开之日，就有受些欧化洗礼的两个大党产生，一是同盟会，一是强学会。强学会的成绩是戊戌变法。同盟会的功业，是辛亥革命。他们都自有他们的价值。既入民国以来的政党，都是趁火打劫，植党营私，呼朋啸侣，招摇撞骗，捧大老之粗腿，谋自己的饭碗，既无政党之精神，亦无团体的组织，指望由他们做出些改革事业为人民谋福利，只和盼望日头由西边出来一样。

近二三年来，人民厌弃政党已达极点，但是我们虽然厌弃政党，究竟也要另有种团体以为替代，否则不能实行改革事业。

五四运动以后，学生团体发生，俨然革新运动中之惟一团体。其实学生虽有几许热心侠气，究竟还是团体的训练不大充足，其中缺憾正多，到了现在又有"强弩之末"的样子，令人正自伤心无极（闻最近北京学生会选举职员，投票两次都未产出，照投票这样散乱看来，恐怕就是团体训练薄弱之一证）。

最近也产生了几个小团体，只是章程定妥以后，就算完事，其中亦是学生居多。有人呼为"章程运动"，其言虽谑，亦自有理，尤足令人丧气。

闻特来中国讲学的某大学者，尝于私下对三两学生说："中国，这样政府，设有革命党千人，便要站不住了。"然而我们竟没有那样的人，竟没有那样的团体，说到这里我们只有惭愧。

我们的社会腐败到这个样子，终天口说改革，实际上的改革，半点没有。这总因为我们团体的训练不充足，不能表现民众的势力，而从事革新的运动。

然而没有团体，也没有地方可以得到团体的训练，所以我们现在还要急急组织一个团体。这个团体不是政客组织的政党，也不是中产阶级的民主党，乃是平民的劳动家的政党，即是社会主义团体。中国谈各种社会主义的都有人了，最近谈 Communism 的也不少了，但是还没有强固精密的组织产生出来。

各国的 C 派朋友，有团体组织的很多，方在跃跃欲试，更有第三国际为之中枢，将来活动的势力，必定一天比一天扩大。中国 C 派的朋友，那好不赶快组织一个大团体以与各国 C 派的朋友相呼应呢？

中国现在既无一个真能表现民众势力的团体，C 派的朋友若能成立一个强固精密的组织，并注意促进其分子之团体的训练，那么中国彻底的大改革，或者有所附托！

《曙光》第 2 卷第 2 号，1921 年 3 月

俄罗斯革命之过去、现在及将来

近来人对于俄国主义，全是很注意的。我们从前知道，世界之谜，就是中国问题，将来如何解决，尚不敢定。各资本国正在注意要以资本主义、帝国主义解决中国运命的时候，俄国问题又发生了，现在想法要解决的就是资本主义的运命。

我们先把最近的俄史略说一说。俄国革命起于一九一七年，惹起世人的注意，并非单是一国政治变更，实在是世界的革命，是平民阶级对资本阶级的战争。俄国社会民主党成立于一八九八年，到一九〇三年，他们在布鲁塞尔和伦敦开第二次会议的时候，他们分成二派：一派主张中央集权，为多数派，列宁为首；一派反对中央集权，为少数派，马尔托夫为首。两派从前意见很不相合，此次革命成功，多数派占全盛的势力，全国大半都在多数派势力之下，少数派势力很小的。要说起俄国革命的来源，他们的革命，是很有目的，很有精神的。无论何派，皆具共同的目的，想法去发扬保持俄国的精神，再用俄国精神来建设新鲜的世界。温和派克伦斯基 4 说："革命底手段，是破坏的；彼底目的，是建设的。"列宁底魄力更是雄厚，苟能建设新世界，即使俄国人民受绝大的牺牲亦所不惜。有伟大的目的，抱悲壮的精神，去实行彼底主义。以前说的，是目下大概情形。现在再说说俄国革命的来源和经过的情形。

俄国的第一次革命，起于一八二五年；第二次起（于）一八六一年；第三次起于一八八一年；第四次起于一九零五年；最后到了一九一七年，现在成功的劳农政府就出现了。

俄国在一八二五年，受法国革命的影响，发生一部分改革家名十二月党。彼时亚历山大死，尼古拉斯第一即位。他们想把尼古拉斯第一推倒，再举一个比尼古拉斯宽仁的康斯坦丁（尼古拉第一的兄弟）做元首，布新宪法。此次运动没有成功，所有的首领，有罹罪的，有死的，有流刑的，这种凶暴的压制，一直到尼古拉斯死后始止。

尼古拉斯死后，继位的是亚历山大第二，猛烈的压制，渐渐好一点。许人民一点自由，司法渐渐改良，官厅的压制，渐渐宽和，行了两大改革：

一、农奴的解放（一八六一年）；

二、创一种地方选举会议制度（Zemstvo）及都市会议制度（Doumos）。

这两大改革，都没有实际的成功。农奴既被解放，必得自己负债买地，负债既多，法律上虽不受资本家的支配，然在经济上巳〔已〕不能独立了。生活虽比以前稍微自由，但生活情形更坏。地方和都市会议，亦是有名无实。俄皇底自由主义，这样的衰微下去了，但人民因为得到一次的自由，看见点自由的曙光，对于自由的要求越发强烈了。农民虽在经济上不能独立，在法律上究觉自由；地方都市会议之权，虽受限制，但选举的机关，究能在政府的意思以外宣示一种意思。这两大改革，虽不能成功，得到的利益已然不少。

从这次自由运动以后，又进一步，要求自由的运动比从前更利害，发生了"虚无主义"（Nihilism）。党内有决心的人，渐轻思想上的运动，而重实际的运动，对于现行制度，有猛烈的攻击。后来亚历山大第二，又恢复了他父亲底压制手段，虚无党人极为愤激，又发生一种新活动，把精神上的惰性完全去掉，振起精神来实行与恶势力奋斗，用暗杀的武器，为对敌的战争。一八八一年亚历山大第二想承认人民的自由，党人把他恨极了，终究被党人刺死。

亚历山大第二被刺以后，政府又用极严的手段对待人民，大为革命家所忌恨。当亚历山大三世及尼古拉斯二世的时候，俄罗斯分作两种大势力：一种是表面上的势力——俄皇和他底官吏、军队等等皆是；一种是在地底下活动的革命党人。在一九一七年以前，两种势力，互相战争。这种情形，在历史上是无有的。在欧洲六十年以前，有两种势力，很和俄国底两大势力相近：一是奥国的梅特涅；二是意国的马志尼。梅特涅的专制，很像俄皇，但专制魔力，不像俄皇的凶暴。马志尼是反对专制，很像俄国革命党人，但革命手段，不像俄党的利害。

一九〇四年至一九〇五年，日、俄战争，后来俄国败了。政府很受人民的不信任，国家也很危险。革命党人得了一个好机会，起了革命，结果居然公布了宪法，敷衍人民耳目，但独裁政治的根本，还未打掉，有机会还是可以回复的。

一九一七年〈十〉一〔二〕月，在欧洲大战中，这震动世界的大革命发生了。俄皇不得已，让出皇帝的座位，共和国才算成功，独裁政治才算寿终正寝。接着操政权的是温和自由党人克伦斯基（Kerensky），政治算有点进步，大赦党人。不久，列宁（Lenin）和托罗斯基（Trotsky）又起革命，十一月七日劳农政府正式成立，政权就由布尔雪维克（Bolsheviki）操持起来。俄国革命经过的情形，大概是这样。

俄国历次的革命，全与战争有关系，经过一次战争，便发生一次危机。一八一五年以后的革命，都是因为战争而发生的。一八七八年俄、土战争以后，虚无党人屡次活动。一九一〔〇〕五年日、俄战争后，革命党人又起，政府公布宪法。一九一四年欧洲大战起后，于是这震骇世界的大革命才能成功。因为对外有战争，就可以乘着机会去推倒政府。

现在有许多人，替俄国担心，以为于国家运命上，很有危险。其实这是过虑。他们底精神，不止于能维持本国，并可以代表世界无产阶级的精神。这次没法解决的欧洲大战，卒为俄国所征服。俄国不出一兵一将，就把他底主义传到德、奥的大本营，德、奥的侵略主义，忽然瓦解。你看他的力量大不大？我们替人担忧是忧的什么呢？列宁认为想建设新世界的组织，先有大破坏始有大建设。这种改造世界的新思想，是不是尽美尽善，是另一个问题；从事实上说，他们的精神是很好的，进步是很快的。现在俄国所行的政治是手段，不是目的；将来俄国改造成什么样子，还不能定，可是将来与世界改造有绝大的影响，是无疑的。

俄国土地很大，旧俄在未用圣彼得堡作都城以先，有三个地方做过都城：一诺佛格罗特（Novgorod）；二几富（Kief）；三莫斯科（Moscow）。这三个地方，都在大俄罗斯境内，是俄罗斯帝国的核心，并不把芬兰和各属地包括在内。当尼哥〔古〕拉斯第二的时代，看他的地图，俄国领土有很大地方，是一种颜色，疑俄国人是同一种族，其实不然，是极复杂的。斯拉夫种族以外，约有一万万人不受种族文明的支配。许多民族，混杂居住（于）八百万方英里里面，有一百〇三种语言，可见种族是很繁杂啦：有小俄罗斯人，有高加索人，有芬兰人，有鞑靼人，有波兰人，有土耳其人及犹太人等等。种族既然很复杂，所以全俄罗斯境内的人民的习惯、风俗、宗教等，自然不能相同。我们对于这些很复杂的民族，而找出一个共同的俄罗斯主义，是一件不可能的事。所以现在要研究俄国，惟有将大俄罗斯人为中心而观察，较为便当些。俄全国人口有百分之八十至八十五是农民。农民的气质，和中国人差不多，保守性重，沉沦在无情、愚昧、忍耐、服从的种种恶习惯（之中），全是专制压迫的结果。农民除了土地的改革，种殖〔植〕的改良，稍微留心以外，旁的事全不管。他们有时候也不恨皇帝，可是有反对大地主资本家的；做革命中心的人，是工人、学生和爱自由的贵族们，职业阶级皆赞同革命，这些人占百分之二十，其余百分之八十，是不参加革命的农民。这些农民的情形和我国一样，与政治不发生什么关系。他们的进行怎样，就看革命的几种人的精神，就可以啦。有人以为贵族一定反对革命的，其实贵族子弟做革命事业的却很多，俄国革命祖母加塞林·贝雷希古夫斯基（Catherine Breshkovsky）也是贵族出身，其余还有很多，如托尔斯泰、克鲁泡特金、都是。俄国许多人从前对于农民作革命事业，很有希望。并且以地方自治团体（Мг）作理想社会的基础，去改造俄国，其实不能成为事实，终归失败。希望农民革命是很难实现的。革命祖母加塞林作过一部小说，描写那时革命家运动农民的情形，是很有趣味的。有些人主张"与其先要求得政治的自由，不如先改革乡民的心理，所以教育比革命要紧（与其先革命不如先讲教育）；求得政治自由以前，尽可以来教育无知识的农民。"又有人说："把农民放在一边，靠受教育的少数人，为自由组织，先推倒政府，使农民渐渐觉悟；关于农民政治上和精神上的解放，可以俟之将来。"俄国文学家屠格涅夫（Turgenev）和他底朋友写信，讨论这件问题。他说："你正在那里想革命的原素，在各个人民。其实这种见解是不可靠的，真正革命精神，只能存在于智识阶级的少数人。"俄国改造社会的使命，就在少数的智识阶级肩上负着。无论如何，俄国革命决不能靠全体的农民，少数智识阶级应该努力拿新思想灌输到农民的心理中，使他自己论断是非。在历史上，少数人作牺牲，多数人享幸福，几乎成了通例。作牺牲的人多半是智识阶级的人，智识阶级的责任真是重大，真是要紧。

我们再考察他们革命党的历史，大概分三种势力：一自由主义；二社会主义；三无政府主义。其初各党与各党的主义，色彩不分明，其共同目的，总是相同的。自由主义者和社会主义者，最不相同的手段，在自由主义者主张先得政治的自由，再谋社会的改造；社会主义者主张，立时即起社会革命。当亚历山大第二解放农民时，自由派以为有皇帝也可以有自由，所以他们赞成这个政策。后来仍继续运动，要求全国国会，不料国会亦终于有名无实，自由派的企图终归失败。他们从前以为有自由到手，有皇帝也不要紧，譬如英国、意国，虽然有皇帝，人民也算自由啦。自由到手，再希望公布宪法，这不就好了吗？那里知道宪法等于虚设，自由也是纸面文章，于是革命又起。一九一七年三月，推倒政府，建立共和国，得到自由。再进一步，共产党即多数派又起革命，自由派政府失败。十一月，布党组织劳农政府，于是乎政权全握在社会主义派的手里。这是俄国革命过去和现在的情形。

至于前途情形如何，不敢断定。这是世界上很大的问题，以现在的情形看起来，就是资本国妨害他的发展。比如今年波兰和俄国打仗，不是波兰跟他打仗，是英国、法国、美国、意大利，他们许多资本家的国家和俄国为难，想推倒劳农政府。东方有旧党谢米诺夫反对劳农政府，其实谢米诺夫后边，亦有日本的扶助。不过他们资本国从前出兵西伯利亚，终究不能把俄罗斯攻下，于是乎撤兵，可是日本始终不愿撤兵，其实不独无益，而且给俄国最深的忌恨。他们资本国因为有本国民人〔人民〕的反对，不敢明向俄国宣战，于是利用盗贼，去反抗俄国，又实行封锁政策，希望俄国人自己饿死。岂知他们种种鬼祟手段，全归失败，而劳农政府反日盛一日，俄国旧党渐次消灭，眼看就要统一。诸资本国不得己〔已〕，又要和俄国讲和通商。可见俄国的力量真是可怕，可敬。将来他的结果，虽然不能推敲出来，但是从一九一七年十一月以后，支持到现在，不知道经过多少艰难、困苦。布尔色维克的力量一天比一天大，各资本国虽用种种方法去防备他，去破坏他，然而一点用处也没有。将来实在有可注意的价值。罗素说："俄政府对于资本家决不与以自由，先使他们渐渐化成共产主义一分子，将来再和别人享受一样的自由，恐怕这样办法不妥。"其实，这也不要紧，现在俄国资本家，己〔已〕经渐渐倾向共产主义，为政府效劳的也很多，决无何等的不妥。

俄国这次大革命，不是独独代表俄国精神，是代表人类共同的精神。比如法国革命，不独关系于法国，却关系于全世界。此次俄国革命，足以表示全世界人类共同的精神。他底办法，虽然不能认为终极的理想境界，但他是革命的组织，是改造必经的阶段，自由的花是经过革命的血染，才能发生的。

李林昌笔记

《民国日报》副刊《觉悟》，1921 年 3 月 21 日

由平民政治到工人政治

——在北京中国大学的演讲

今天的讲题，是"由 Democracy 到 Ergatocracy。"这 Ergatocracy 一字，出世甚暂，含义甚新，在字典上还没有受相当的待遇，明白一点说，就是在字典里还没有这个字，因为他是新造的字。今于讲解 Ergatocracy 之前，先讲一讲 Democracy。

Democracy 这个字最不容易翻译。由政治上解释他，可以说为一种制度。而由社会生活的种种方面去观察，他实在是近世纪的趋势，现世界的潮流，遍社会生活的各方面几无一不是 Democ-racy 底表现。这名词实足以代表时代精神。若将他译为"平民政治"，则只能表明政治，而不能表明政治以外的生活各方面，似不如译为"平民主义"，较妥帖些，但为免掉弄小他的范围起见，可以直译为"德谟克拉西"。

现世界有种最大的潮流，而为各方面所极力要求实现完成者，就是"德谟克拉西"。以前表现于生活各方面的专制主义和大某某主义，到了现在都为德谟克拉西所战败了。这种主义所向无前底趋势，不独在政治上有然，即在产业上、思想上、文艺上，亦莫不有然。从前文学上的古典主义，是不适应于德谟克拉西的，平民文学，乃是带有德谟克拉西底精神的，所以平民文学与古典文学相遇，平民文学就把古典主义的文学战胜了。他如产业自治底运动，亦是德谟克拉西的精神的表现。

再看中国近十余年来底政治，愈可证明德谟克拉西有重大的势力。无论什么贵族，什么军阀，凡是附和德谟克拉西的，都一时得了势力，凡是反抗德谟克拉西的，都必终归失败或灭亡。

十年前的清室，政尚专制，滥使威权，藉口预备立宪，卒无诚意。民间起而为德谟克拉西底运动，遂使三百年之清廷，失败于德谟克拉西之前。清室既亡，国家大权遂由清室移于北洋系军阀底手里。那时候该系中乘德谟克拉西的潮流而起的，就是袁世凯氏。袁氏顺应德谟克拉西的潮流，而赞成共和，所以能恢复他自身在政治舞台上已失的地位，但他不能尽忠于德谟克拉西，反而背叛之，所以终不免失败于德谟克拉西之前。

继袁氏而起者为段氏，段氏有时得胜利，有时落于失败。表面上似乎是他一人的成败，其实他有时能够顺应德谟克拉西，所以制胜，一转瞬间对于德谟克拉西有一种反抗底表示，马上就归于失败。最近吴佩孚氏所以能战胜段氏，亦因他能顺应德谟克拉西的潮流，首倡国民大会以反抗段氏的武力主义，如今吴氏又有蹈段氏覆辙之嫌，将来的失败恐亦不能避免。

由专制而变成共和，由中央集权而变成联邦自治，都是德谟克拉西的表现。德谟克拉西，原是要给个性以自由发展底机会，从前的君主制度，由一人专制压迫民众，决不能发展民众各自的个性，而给以自由。惟有德谟克拉西的制度，才能使个性自由发展。

地方之对于中央，亦犹民众之对于君主，民众各有其个性，地方亦各有其个性。中央要是屈抑各地方的个性，使无自由发展底机会，那么，各地方必根于德谟克拉西的精神，发起一大运动，从前美之独立，最近爱尔兰的独立运动，都是此种例证。所谓联邦，所谓联治主义，亦是德谟克拉西底组织。此种精神及组织，决非武力主义所能摧残，而武力主义则终不免于失败，因为武力主义断不能抗德谟克拉西底潮流。（谨案：守常先生说，从前专制主义、武力主义、大某某主义，都必先后为德谟克拉西所战败。这是必然的趋势，亦是不可掩的事实。惟欲顺应此趋势，而完成德谟克拉西底组织，非先有德谟克拉西底精神不为功，非由此精神而从事于真正的德谟克拉西底运动不为功。欲具足此种精神，最须先有澈切真诚的觉悟。欲从事此种运动，最须大多数的真正的好人，概都挺出身来切实去干。由觉悟而干将出来，其所认识的目标底一种，自能不离掉德谟克拉西。到了新近有伊尔革图克拉西之说，似乎有一部分人想把它去替代德谟克（拉）西，可是两种主义底精神，仍是有其共通点。这点守常先生已讲过，将于下方记出之。只是我所最憬然有感的，觉着适之先生前此提倡的好政府主义，其所必具的实行的三种条件（1.澈底的觉悟；2.公共的目标；3.好人的结合），实为实行一切主义所必备之三要素。愿读者诸君一面研究各主义之真谛，一面更会通诸主义之通则。——记录者）

Democracy 这个名词，原由 Democ 与 Kratia 联缀而成。Democ 等于 People，即"人民"之意。Kratia 等于 Rule 或 Government，即"统治"之意。联缀而为 Demockratia 演化而为 Democracy，含有"民治"（People's rule）的意思。演进至于今日，德谟克拉西的涵义，已无复最初 Rule 之意了。Rule 云者，是以一人或一部分为治人者，统治其他的人的意思。一主治，一被治；一统制，一服从。这样的关系，不是纯粹德谟克拉西的关系。

现代德谟克拉西的意义，不是对人的统治，乃是对事物的管理或执行。我们若欲实现德谟克拉西，不必研究怎样可以得著着权力，应该研究管理事物的技术。

德谟克拉西，无论在政治上、经济上、社会上，都要尊重人的个性。社会主义的精神，亦是如此。从前权势阶级每以他人为手段、为机械而利用之、操纵之，这是人类的大敌，为德谟克拉西及社会主义所不许。社会主义与德谟克拉西有同一的源流，不过社会主义目前系注重经济方面：如男子占势力，而以女子为奴隶；贵族自为一阶级，而以平民为奴隶；资本家自为一阶级，而以劳动者为奴隶。凡此社会上不平等不自由的现象，都为德谟克拉西所反对，亦为社会主义所反对。

后德谟克拉西而起者，为伊尔革图克拉西（Ergatocracy）。Ergates在希腊语为"工人"（Worker）之意，故伊尔革图克拉西可译为"工人政治"，亦可以说是一种新的德谟克拉西。在俄国劳农政府成立以后，制度与理想全为新创，而却无新字以表章之，故政治学者创Ergatocracy一语以为表章此新理想、新制度之用。然俄国的政治现状尚在无产阶级专政时期，他们要由这无产阶级统治别的阶级，所以他们去用"伊尔革图克拉西"，似尚带用着统治（Rule）之意。大权皆集中于中央，而由一种阶级（无产阶级）操纵之，现在似还不能说是纯正的 Ergatocracy，不过是无产阶级专政的制度而已。他们为什么须以此种阶级专政为一过渡时期呢？因为俄国许多资本阶级，尚是死灰复燃似的，为保护这新理想、新制度起见，不能不对于反动派加以隄防。将来到了基础确立的时候，除去少数幼稚、老休、残疾者外，其余皆是作事的工人，各尽所能以做工，各取所需以营生，阶级全然消灭，真正的伊尔革图克拉西，乃得实现。这种政治完全属之工人，为工人而设，由工人管理一切事务，没有治人的意义，这才是真正的工人政治。

从实质上说，伊尔革图克拉西亦是德谟克拉西的一种。列宁氏于一九一九年四月在莫斯科第三国际大会里曾说过：今之德谟克拉西有两种，一为中产阶级的德谟克拉西，一为无产阶级的德谟克拉西。后来在《国家与革命》的书里，亦屡屡称道无产阶级的德谟克拉西。看来伊尔革图克拉西，亦是由德谟克拉西的精神蜕化而来的。

无产阶级另用伊尔革图克拉西，不乐用德谟克拉西，是鉴于德谟克拉西为资产阶级沿用坏了。博洪氏曾在所著一小册子里，警告无产阶级的同志，劝他们勿再设平民政治，因为德谟克拉西底方法，已被资本阶级用坏了。他劝他的同志要用这伊尔革图克拉西的新语，表明工人政治。其后政治学者遂用伊尔革图克拉西，以别于德谟克拉西。

现在再讲一讲社会主义与共产主义的区别。

照现在的情形讲来，社会主义与共产主义很有分别。当一八四八年一月时候，昂格思（Engels）与马克思同作的《共产党宣言》发布了。其后一八八八年用英文发刊，昂格思作了一篇序文，郑重声明这是共产党宣言，不是社会党宣言。昂格思说，在一八四七年顷，所谓社会党人乃是那些在劳工阶级运动以外求援于智识阶级的人们。不论多少，只要有一部分自觉的工人，渐知只是政治的改革还是不够，从而主张有全社会改革的必要，这一部分工人可自称为共产党人。社会党人的运动，是中流阶级的运动；共产党人的运动，是劳工阶级的运动。

由《共产党宣言》发表，到昂格思序文刊布时候，其间德谟克拉西和伊尔革图克拉西，两种名词用的非常混淆。到了一九一七年十一月，俄国起了经济革命，这种革命家是无产阶级，他们自称为共产党人；迨一九一八年十一月，又有半有产阶级在德国，起了政治革命，他们却自称为社会党人。其区别愈益明瞭。一九一九年共产党在莫斯科开第三国际大会，代表共产党，以示别于代表中产阶级的第二国际大会——社会党。旗帜更见鲜明了。

我们用颜色表共产主义者与社会主义者的不同，则社会主义者应为浅红色，而共产主义者为纯赤色，可是共产主义者却称社会主义者为黄色的社会党，黄色的国际，而不以浅红色称之。

简明的说，社会党人的运动，是半有产阶级的运动；共产党人的运动，是无产阶级的运动。社会主义的运动，是创造的进化；共产主义的运动，是创造的革命。社会党人是中央派与右派，共产党人是极左派。社会党人的国际的结合，是第二国际，是黄色的国际；共产党人的国际的结合，是第三国际，是赤色的国际。这是现代社会革命运动的两大潮流。

社会主义与共产主义，都尚在孕育时期，故在今日尚不能明瞭的指出他是一种什么制度，但在吾人心理的三方面，可以觅出他的根蒂：（一）知的方面，社会主义是对于现存秩序的批评主义。（二）情的方面，社会主义是一种我们能以较良的新秩序代替现存的秩序的情感。这新秩序，便是以对于资本制度的知的批评主义的结果自显于意象中者。（三）意的方面，社会主义是在客观的事实界创造吾人在知的和情的意象中所已经认识的东西的努力。就是以工人的行政代替所有权统治的最后形体的资本主义的秩序的努力。社会主义与共产主义，在学说的内容上没有区别，不过在范围与方法上，有些区别罢了。德谟克拉西与社会主义，在精神上亦复相同。真正的德谟克拉西，其目的在废除统治与屈服的关系，在打破擅用他人一如器物的制度。而社会主义的目的，亦是这样。无论富者统治贫者，贫者统治富者；男子统治女子，女子统治男子；强者统治弱者，弱者统治强者；老者统治幼者，幼者统治老者，凡此种种擅用与治服的体制，均为社会主义的精神所不许。不过德谟克拉西演进的程级甚多，而社会主义在目前，则特别置重于反抗经济上的擅用罢了。

这样看来，德谟克拉西，伊尔革图克拉西，社会主义，共产主义，在精神上有同一的渊源，在应用上有分析的必要，所以今天特别提出他们和诸君谈谈。很感谢诸君出席静听的盛意！

甘蛰仙记

《晨报副刊》，1921 年 12 月 15、16、17 日

今与古

——在北京孔德学校的演讲

我今天所讲的题目，是《今与古》。今是现在，古是过去的时代。我们现在把今与古来对讲，是要考查现在的人与古来的人有什么不同之点？现在的人与古来的人有什么关系？这些问题，对于我们生活很是重要，所以来大略说一说。有人在文章上发表他的意思，常说："世道人心，今不如昔"；"人心不古"；"现在的风俗、道德、人心，不如古来的风俗、道德、人心"。讲这些话（的）人，大半都是"前辈""长者"。他不满意于青年，也不满意现在的一般人，于是发为感叹，而动其怀古的思想，但是我们想想，是不是今人真不如古人？是不是发这样感想的人错误？这是个很有趣味的问题。我们先考究他们所以怀古的原因：

（1）发此种感想的人，对于现在的人心、风俗、政治、道德，都不满意，感觉苦痛，因而厌倦现在，认为现在都是黑暗的，没有光明的。这种厌倦现在的感想，并不是坏的感想，因为有了这种感想，对于各种事务，才都希望改进。有了希望改进的思想，才能向前进步，才能创造将来。若是不满意现在，而欲退回，把现在的世界回到百年千年以至万年前的世界，这不光是观念错误，并且是绝对不可能的事。这是伤时之人厌恶现在，而触动他怀旧之心的一个原因。

（2）人大半是羡慕古人之心太盛，如古人在当时不过是一斤八两的分量，到现在人看来就有了千斤万斤的分量，这是受时间距离太远的影响，因而在心理上发生一种暗示，这种暗示可以把古人变成过于实在的伟大，如同拿显微镜看物一样。例如火在人类史上有极大的关系，因自有火的发明，而人类生活遂发生很大的变动；又如农业，也是人类史上一个很大的发明。不过火同农业的发明，是社会的进化，并不是所谓神农、燧人一二人的功德，而旧史却不认为是社会的进步，而认为是少数神圣的发明，这是年代距离太远，传闻失实所致。又如黄帝，古代有无其人，尚不敢必，但是世人尊敬他的，比他本人值得我们尊敬他的分量，高的多多。又如某校请一位本国教员，并不见得学生怎样信仰，怎样欢迎，要请一位有与本国教员同等学问的外国教员，就非常的尊敬欢迎，就是出洋留学的，也觉得比不出洋留学的好些。谚云"远来的和尚会念经"，这是普通的心理。推想起来，这又是因为受了空间距离太远的影响。过分的崇敬古人，其理亦与此同。我们的子孙对于我们，或现在一般的人，所发生的尊崇心，是我们想不到的高厚，也未可知。

（3）社会进化，是循环的，历史的演进，常是一盛一衰，一治一乱，一起一落。人若生当衰落时代，每易回思过去的昌明。其实人类历史演进，一盛之后，有一衰，一衰之后，尚可复盛，一起之后，有一落，一落之后，尚可复起，而且一盛一衰，一起一落之中，已经含着进步，如螺旋式的循环。世运每由昌明时代，转为衰落时代，甚而至于澌灭，因而许多人以为今不如昔，就发生怀古的思想，那里知道衰落之后，还有将来的昌明哩！

（4）随着家族制度，发生崇祀祖先之思想，也可以引起崇拜古人的观念。故崇拜祖先的礼俗，亦是使人发生怀古思想的一个原因。

（5）现在也有不如古来的，如艺术。艺术乃是有创造天才的人所造成的。艺术不分新旧，反有历时愈久，而愈见其好者，因此也可以使人发生怀古的观念。

怀古的思想，多发生于老年人之脑际，青年人正与相反。一派以为今不如古，总打算恢复三代以上的文物制度，一派以为古不如今，因此在学术史上就发生了争论。在十七世纪初期文艺复兴后，法兰西、意大利就有今古之争，于文艺（诗歌文学）上，此争尤烈。崇古派则崇拜荷马，崇今派则攻击荷马。这种争论，大众以为不过是文学上的枝叶问题。自孔德出，才以为这种争论，不光是在文学上如此，各种知识，都不能免，才把这种争论的关系，看得很大。这种争论，起于意大利，传至法兰西、英吉利，前后凡百余年。

在历史学上进化、退化的问题亦成争论。崇古派主张黄金时代说，以为人类初有历史的时期，叫做黄金时代，以后逐渐退落，而为银时代，铜时代，铁时代，世道人心，如江河之日下云云者以此。崇今派以为古代没有黄金时代，古时的人，几同禽兽，没有什么好的可说。现在是由那种状态慢慢的进化而来的，如有黄金时代，亦必在将来，现在或是银的时代，过去的时代，不过是铁时代、铜时代罢了。其说正与崇古派相反。布丹说："崇古派说古来是黄金时代，全然错误。他们所说的黄金时代，还不如他们所说的铁时代的现在，假使他们所说的黄金时代，可以召唤回来，和现在比一比，那个时代，反倒是铁，现在反倒是金亦未可知"。中国唐、虞时代，今人犹称羡不置，一般崇古的人，总是怀想黄、农、虞、夏、文、武、周、孔之盛世，但此是伪造，亦与西洋所谓黄金时代相同。他们已经打破黄金时代之说，我们也须把中国伪造的黄金时代说打破，才能创造将来，力图进步。这全靠我们的努力。这个责任我们都要负着。在中国古书里面，亦可以寻出许多今古的比论，如"后生可畏，焉知来者之不如今也。"其语气在古代，似有新的意味，且近似进化说。《书经》上说："人惟求旧，器匪求旧，惟新"。这又是人是旧的好，器是新的好的意思。

中国人怀古的思想，比西洋人怀古的思想还要盛，因为西洋科学早已发明。科学是在自然界中找出一定的法则，有如何的因，便有如何的果。他们能用科学方法证其因果，又能就古来的，而发明古来所未有的。这样，古人的发明，都有明瞭的法则，都遗留给后人，而今人却能于古人的发明以外，用科学方法有所新发明。中国科学不发达，古人遗留下的多是艺术的，创造全靠个人特有的天才，非他人所能及。故中国人崇古的思想，格外的发达，中国人对于古人格外仰慕，对于古人的艺术格外爱恋。

怀古思想发生之原因，及中外怀古思想不同之点，既如上述。现在我发表我对于这种思想的批评。

古代自有古代相当之价值，但古虽好，也包含于今之内。人的生活，是不断的生命（连续的生活），由古而今，是一线串联的一个大生命。我们看古是旧，将来看今也是古。刚才说的话，移时便成过去，便是现在，也是一个假定的名词。古人所创造的东西，都在今人生活之中包藏着，我们不要想他。例如现在的衣服，其形式、材料及制造的方法，极其精致，古来次第发明的痕迹，都已包藏在内，像古人所取以蔽体御寒的树叶、兽皮，我们又何必去怀想他！

黄金时代说是错误的，因为人与自然有关系，如太阳光、空气等。人离开自然，就不能生活。古时的自然产生孔子那样的伟人，现在的自然亦可以产生孔子那样的伟人。同一的太阳光，同一的空气，在古能生的人，在今又何尝不能生？古代生的人，如何能说是万世师表！崇古派所认为黄金时代产生之人，现在也可以产生出来，我们不必去怀古。怀古的思想，固可打破，但我们不能不以现在为阶梯，而向前追求，决不能认现在为天国。当时时有不满意现在的思想，厌倦现在的思想，有了这种思想，再求所以改进之方。如现在中国国势糟到此等地步，我们须要改造，不要学张勋因怀古而复辟，要拿新的来改造。他们是想过去的，我们只是想将来的。历史是人创造的，古时是古人创造的，今世是今人创造的。古时的艺术，固不为坏，但是我们也可以创造我们的艺术。古人的艺术，是以古人特有的天才创造的，固有我们不能及的地方，但我们凭我们的天才创造的艺术，古人也不见得能赶上。古人有古人的艺术，我们有我们的艺术。要知道历史是循环不断的，我们承古人的生活，而我们的子孙，再接续我们的生活。我们要利用现在的生活，而加创造，使后世子孙得有黄金时代，这是我们的责任。

吴前模、王淑周笔记

《晨报副刊》，1922 年 1 月 8 日

现代的女权运动

二十世纪是被压迫阶级底解放时代，亦是妇女底解放时代；是妇女寻觅伊们自己的时代，亦是男子发现妇女底意义的时代。

凡在"力的法则"支配之下的，都是被压迫的阶级；凡对此"力的法则"的反抗运动，都是被压迫阶级底解放运动。妇女屈服于男子"力的法则"之下，历时已经很久，故凡妇女对于男子的"力的法则"的反抗，都为女权运动。这种运动，历史中包含甚多，名之曰"革命"并不过分。

妇女要想达到伊们完全解放的目的，非组织一个世界的大联合不可。这个指导的责任落在高嘉仙族（Caucasian Race）妇女底肩上，尤以北美合众国的妇女为先驱，在伊们运动之下，"世界基督教禁酒联合会"、"妇女国际会议"、"国际妇女参政联合会"这些团体相继成立。

就在白人所居的乡土，亦有多处女权运动才见萌芽。在东亚，在非洲，妇女底羁绊依然未全打破，但在此等地方，妇女的时代渐发见曙光了。

女权运动底国际的组织如下：妇女国际会议以各"妇女国民会议"底主席职员组成。一国底妇女俱乐部，为施行一定的普通政纲都可以加入一个国民会议。第一个国民会议，一八八八年成立于北美合众国，随后在坎拿大、法国、瑞典、英伦、丹麦、荷兰、澳洲、瑞

260

士、义大利、奥国、诺威、匈牙利等国，均有了这类的组织。

这妇女国际会议所代表的妇女数目，尚无统计，彼底会员大约将近千万人。国民会议只许以团体加入，不许以个人加入。构成妇女国际会议的各国民会议底会长，专以伊们的主席职员的资格列席。

妇女国际会议是一个促进有组织的国际的女权运动的永久机关。这是一八八八年在华盛顿成立的。

妇女参政运动是女权运动的另一形态，亦同样地依国际的形式组织起来，但对于女权运动是完全独立的。妇女参政是为有组织的妇女所提出的最急进的要求，后来在各国为急进的女权论者所拥护。伊们认妇女参政是女权运动底入门，由此可以达于更远大的目的，所以国民会议会员底大部分，不能在一切情形之下都把妇女参政加入伊们的政纲。然至一九〇四年六月九日，国际会议在柏林关于此点已有可决了。

国际妇女参政联合会在华盛顿成立后，不久在柏林亦有一个代表八国的妇女参政同盟发生。这个同盟所代表的八国，是北美合众国、威多利亚、英伦、日尔曼、瑞典、诺威、丹麦与荷兰。这个同盟与联合会联络起来，从此以后妇女参政运动便成了女权运动中最昌盛的部分。这曾声言过要在五年终再召集第二次会议的"国际妇女参政联合会"，在一九〇五年至一九〇九年间已经开了三次会议（一九〇六年在 Copenhagen，一九〇八年在 Amsterdam，一九〇九年在伦敦），会员扩张到二十一国（北美合众国、澳洲、南非洲、坎拿大、大不列颠、日尔曼、瑞典、诺威、丹麦、荷兰、芬兰、俄罗斯、匈牙利、奥大利、比利时、义大利、瑞士、法国、勃加利亚、塞尔维亚、冰岛）。第一次的会长是加特夫人（Mrs.Carrie Chapman Catt）。

女权运动底主要的要求在各国都是相同。此等要求可大别，为四：

一、属于教育者：享受与男子同等的教育的机会；

二、属于劳工者：任何职业选择的自由，与同类工作的同等报酬；

三、属于法律者：民法上，妻在法律前应与以法律的人格的完全地位并民法上的完全权能。刑法上，所有歧视妇女的一切条规完全废止。公法上，妇女参政权；

四、属于社会的生活者：须承认妇女之家庭的、社会的工作的高尚价值与把妇女排出于各种男子活动的范围以外生活的缺陷、粗粝、偏颇与单调。

各国底女权运动，都是发源于中流阶级，劳动妇女底运动比较的后起。但女权运动与劳动妇女底运动，并不含有敌对的意味，而且有互相辅助的必要。在澳洲、在英伦、在北美合众国，这两种运动全无敌对的形迹，但在阶级争斗剧烈的国家，中流阶级的妇女运动与劳动阶级的妇女运动决然分离。这是因为中流阶级的妇女没有彻底的觉悟的原故。中流阶级底妇女应该辅助劳工妇女底运动。这个道理，与美国劳工团体宣言赞助妇女参政运动的道理全是一样，因为多数劳工妇女在资本阶级压制之下，少数中流阶级的妇女断不能圆满达到女权运动的目的。反之，劳工妇女运动若能成功，全妇女界的地位都可以提高。此外，劳工妇女的运动亦不该与劳工男子的运动互相敌对，应该有一种阶级的自觉，与男子劳工团体打成一气，取一致的行动。

苏俄劳农政治下妇女享有自由独立的量，比世界各国的妇女都多，就是一个显例。第三国际的执行委员会，于一九二〇年指定 Clara Zetkin 为妇女共产党的国际的书记，计画着开一国际共产党劳工妇女会，示全世界劳工阶级妇女以正当的道路，以矫正大战开始后一九一五年在 Berne 开的第一次国际妇女大会的错误。这又为女权运动开一新纪元。

一个公正的愉快的两性的关系，全靠男女间的相依、平等与互相补助的关系，不靠妇女的附属与男子的优越。男女各有各的特性，全为对等的关系，全有相与补足的地方。国际的女权运动和国际的劳工妇女运动的起源就在全世界对于此等原理的漠视。

生活上职业的要求，使妇女有教育的修养的必要。女子教育机会的扩张似乎比承认参政权还要紧。Canon Gare 劝告英国工人道：

> 除非你得了知识，一切为正义公道的热情都归乌有。你可以成为强有力与骚乱，你可以获得一时的胜利，你可以实行革命，但若把知识仍遗留于特权阶级的手中，你将仍旧被践踏于知识的脚下，因为知识永远战胜愚昧。

这几句痛言，我借以奉告世界上未曾解放而方将努力作解放运动的妇女，特别是中国今日的妇女。

《民国日报》副刊，《妇女评论》第 25 期，1922 年 1 月 18 日

宗教与自由平等博爱

常听人说，某派宗教，颇含有自由、平等、博爱的精神，这等观察，适与我的观察相反。

先说宗教与自由。

宗教是以信仰的形式示命人类行为的社会运动，宗教的信仰就是神的绝对的体认，故宗教必信仰神。既信仰神，那么心灵上必受神定的天经地义的束缚，断无思想自由存在的余地。盖人类不容异己的意念，实从根性而发生，至于所重视的事物，其不容异己的意念更甚。所以笃信的教士，无论他属何宗派，恶异喜同的感情，几乎都是一样。欧洲宗教改革的发端，实因反抗罗马公教的压制而起，但其党同伐异的情形，新宗与旧宗相差无几。后来门户纷争的结果，只有分立，没有全胜，于是弱小宗派，乃揭崇信自由的旗帜以求自存。这样看来，真正的思想自由，在宗教影响之下，断乎不能存在，必到人人都从真实的知识，揭破宗教的迷蔽，看宗教为无足轻重的时候，才有思想自由之可言。我们的非宗教运动，就是要申明这个道理，使人们知道宗教实足为思想自由的障蔽。要想依自己心灵的活动，求得真知而确信，非先从脱离宗教的范围作起不可。那么我们非宗教者，实在是为拥护人人的思想自由，不是为干涉他人的思想自由。

次说宗教与平等。

宗教的本质就是不平等关系的表现。原来宗教的成立，多是由于消极的条件：（一）强力的缺陷。原人的生活，处处受自然力的支配，而不能支配自然，故常感自然力的伟大，而觉自己的力量缺乏。起先看见雷霆、地震、火山、洪水、暴风、天变、地异、日蚀、月蚀、猛兽、毒蛇等自然界的变象而发生恐怖，后来对于自然界的常态，亦生敬畏。这时有能对于这些变象有几分先知预见者，或自称能有几分先知预见者，或能对于这些变象有几分抵抗力者，又或在这变异时境中能泰然自若而有几分应付变异的成功者，便对于一般人民成为有不平等关系的优者强者，而得一般劣者弱者的敬仰。这是原始宗教起源之一。（二）身体的缺陷。人体的健康，常生变动，有时忽罹疾病，原人不知罹病的原由，辄归于神的降灾。这时有能对于病苦之将至为豫告者，或于救济病苦有几分的成功者，便对于一般人民成为不平等关系的优者强者，而得一般劣者弱者的敬畏。古者巫医并称，如今宗教与医尚有密切的关系，便是明证。这是原始宗教起源之二。（三）生命的缺陷。人生的修短无常，病痛之极，乃至于死。原人对死，亦生恐怖，而常忧惧。故有能预告其死者，或对于死与一种慰安者——如死后生活的保障亦是一种对于死的慰安——便对于一般人民成为不平等关系的优者强者，而得一般劣者弱者所敬畏。故宗教必谈死后，必说来者。这是原始宗教起源之三。（四）品性的缺陷。罪恶的自觉，自原人时代亦既存在，惟关于简单明了的事为然，特别是关于性的关系，尤为原人所重视。此时有能功之为罪恶的改悛者，有称为有能赦免罪恶的全权者，便对于一般人民成为优者强者，而为一般劣者弱者所敬畏。宗教家至今尤重独身生活，即源于此，而忏悔一端，犹为今之宗教所注重，亦以此故。这是原始宗教起源之四。（五）运命的缺陷。人之处世，祸福无端，原人于此，往往疑有主宰，操人运命而能与祸福者。此时有能豫告祸至者，或能为祷告以免祸祈福者，均成为优者，而为一般人所敬畏。故宗教不能离于祸福观，而祈祷至今犹为宗教上的一种仪式，亦以此故。这是原始宗教起源之五。就是祖先崇拜的起源，虽由于"与自由有密切关系"的积极的条件，但其生前，实为家庭的长上，而于教养及其他生活上为优者。由此类推，伟人崇拜，英雄崇拜，国君崇拜，都现出优劣不平等的关系。这样看来，宗教本质全系不平等关系的表现，而欲依此以实现平等的理想，恐怕很难了。

再次说宗教与博爱。

宗教的教义，多有以神为介而阐导博爱的精神的。但我很怀疑，没有自由、平等作基础的博爱，而能达到博爱的目的么？即如基督教义中所含的无抵抗主义，如"人批我左颊，我更以右颊承之"，"人夺我外衣，我更以内衣与之"，"贫贱的人有福了"，"富者之入天国，难于骆驼之度针孔"等语，其结果是不是容许资产阶级在现世享尽他们僭越的掠夺的幸福，而以空幻其妙的天国慰安无产阶级在现世所受的剥削与苦痛？是不是暗示无产阶级以安分守己的命示，使之不必与资产阶级争抗？是不是以此欺骗无产阶级而正足为资产阶级所利用？资产阶级是不是听到这等福音便抛弃他们现世的幸福而预备入天国？这是大大的疑问。

《非宗教论文集》，1922 年 6 月

报与史

　　报与史有密切亲近的关系。我们从"史"字的原义，可以看出报与史间有类似的性质。中文"史"字有掌司记事者之义。英语 History 与法语 Historie、意语 Storia 同蜕自希腊语及拉丁语的 Historia，此字原是"问而知之"的意思，由是转变而为纪问而得知的结果的东西，就是记录的意思。德语史为 Geschichite，荷兰语史（为）Geschiedenis，有发生的事件的意思。由各国文字的本义观之，"史"的意义，虽互有差异，而其性质颇有与今日的报接近的点，则考诸各国文字，皆能溯寻其始义而得之。

　　史的文字的原始，既已多少含有今日的报的性质，那么作史的要义与作报的要义，亦当有合。

　　史的要义凡三：一曰，察其变。社会的进展不已，人事的变迁无常，治史者必须即其进展变易之象，而察其程迹，始能得人类社会之真象；二曰，蒐其实。欲求人类进变之迹，苟于个个现实发生的事件，未得真确之证据，则难免驰空武断之弊；三曰，会其通。今日史学进步的程途，已达于不仅以考证精核片段的事实，即为毕史之能事了，必须认人事为互有连琐，互有因果关系者，而施以考察，以期于事实与事实之间，发现相互的影响与感应，而后得观人事之会通。此三义者，于史为要，于报亦何独不然？

　　报的性质，与纪录的历史，尤其接近，由或种意味言之，亦可以说，"报是现在的史，史是过去的报。"今日的报纸，于把每日发生的事件，报告出来以外，有时亦附载些文艺论坛及别种有趣味的评论等，以娱读者。又，凡一个报，无论其为一党派或一团体的机关，或为单纯营业的独立的组织，必各持有一定的主义与见解。社中的记者，即本此主义与见解以发挥其宣传的作用。而就报纸的普通，而且重要的主旨，乃在尽力把日日发生的事实，迅捷的而且精确的报告出来，俾读报纸的人们，得些娱乐、教益与知识。今日报纸的需要，几乎成了一种人生必需品的原故，就在他能把日日新发生的事件，用有系统、有趣味的笔法，描写出来，以传布于读者，使人事发展、社会进化的现象，一一呈露于读者的眼前。报纸上所记的事，虽然是片片段段、一鳞一爪的东西，而究其惟〔性〕质，实与纪录的历史原无二致。故新闻记者的职分，亦与历史研究者极相近似。今日新闻记者所整理所记述的材料，即为他日历史研究者所当蒐集的一种重要史料。

今日新闻记者的事务，既负为他日史家预备史料的责任，那么新闻记者于载笔记事的时候，必当本着上述史的三个要义，以相从事，其报始有价值。惟作报与作史〈有〉最有不同之点，就是作报大率多致于力求其报告的迅捷，求迅之念切，则与蒐实之义不能两全，而新闻记者之纪事，又每易为目前发生的零碎事象所迷骛。因之于察变会通之义，常易纷失其因果连贯之系统，这是新闻记者应该特加注意的事。为免此弊，新闻记者要有历史研究者的修养，要有历史的知识，要具有与史学者一样的冷静的头脑，透澈的观察，用研究历史的方法，鉴别取拾关于每日新生事实的种种材料。这样子才可以作成一种好报纸，同时亦能为未来的史家预备些好史料。

《顺天时报》7000 号纪念号，1923 年 8 月 30 日

社会主义释疑

——在上海大学的演讲

今天是苏维埃俄罗斯革命成功的六周（年）纪念日，又是本校的"社会问题研究会"的成立日，所以我在此要与诸位作几句谈话。

现在社会上有许多人，对于社会主义不明白，有许多怀疑地方。这种怀疑，实在是社会主义进行上之极大障碍。现在所要说的，就是要解释这几种怀疑。

一、社会上有些人，以为在社会主义制度之下，是穷苦的，不是享福的，因此他起来反对社会主义。不知道在资本制度之下，我们永远不会享福，不会安逸，能够安逸享福的，惟独那少数的资本家。资本主义制度能使社会破产，使经济恐慌和贫乏，能使大多数的人民变为劳动无产阶级，而供奉那少数的资本家。社会上到了大多数是穷的，而那少数的富人也就不能永久保有他的富了。

社会主义就是应运而生的起来改造这样社会，而实现一个社会主义的社会。社会主义是使生产品为有计划的增殖，为极公平的分配，要整理生产的方法。这样一来，能够使我们人人都能安逸享福，过那一种很好的精神和物质的生活。

照这样看来，社会主义是要富的，不是要穷的，是整理生产的，不是破坏生产的。

二、有些人以为社会主义制度成立之后，人民就要发生怠工的现象，因此他说社会主义制度是不能施行。他不知道在社会主义制度底下做工，是很愉快的，很舒服的，并不像现在资本主义制度下的工作，非常劳苦，同那牛马一样，得不到一点人生的乐趣。从前乌托邦派托莫斯·莫阿，他描写了一种理想的社会，他认为劳动是最苦而可怕的，所以主张强迫工作，因他目睹资本主义制度底下的劳动者的生活状况，是那样黑暗，所以发生这种观念。一般人以为工作是苦事，亦是拿现在生活下的眼光，去观察那将来的社会。其实社会主义实行后的社会的劳动，已和现在的社会的劳动不同了。

如莫理斯所主张的社会主义，是一种美感的社会主义。他常说：工作能使精神感觉愉快，这就是"工作的喜悦"。即我们日常生活上的喜悦，也多从工作中来。比如烹调，自己弄的东西，总觉比别的好吃，倍觉津津有味，这都是因为自己经过一番工作，含有一分愉快之故。但是在资本主义社会的人，是永享不到工作的愉快的。

莫理斯最赞美的，是欧洲十四世纪的艺术品，而最鄙视的是现代的艺术品，因为十四世纪的艺术品，都是那时代能感觉着"工作的喜悦"的工匠作出来的。艺术家最希望发表的是特殊的个性的艺术美，而最忌的是平凡。所以现在有一班艺术家很怀疑社会主义实行后，社会必然愈趋平凡化，在平凡化的社会里必不能望艺术的发达。其实在资本主义下，那种恶俗的气氛，商贾的倾向，亦何能容艺术的发展呢？又何能表现纯正的美呢？那么我们想发表艺术的美，更不能不去推翻现代的资本制度，去建设那社会主义制度的了。不过实行社会主义的时候，要注意保存艺术的个性发展的机会就是了。

由以上所说的看来，我们的工作是要免除工作的苦痛，发扬工作的喜悦的，那里有像现在劳动的劳苦，有怠工的现象发生！

三、又有一般人，以为在社会主义制度底下是不自由的。他不晓得经济上的自由，才是真的自由。现在资本主义制度的底下，那里有劳动者的自由，只有少数的资本家的自由，高楼、大厦、汽车、马车全为他们所占据，我们如牛马的劳苦终身，而衣食住反得不着适当的供养。所以我们想得到真的自由，极平等的自由，更该实现那"社会主义的制度"，而打倒现在的"资本主义的制度"。

我们要改造这样的社会，是寻快乐的，不是向那穷苦不自由的地方去，前边已经说明白了。

但是社会上人有一种惰性，这也是我们讲社会主义的人，不可不先注意的！

一九二三年九月七日下午于上大
陈均、张湛明合记

《民国日报》副刊《觉悟》，1923 年 11 月 13 日

史学概论
——在上海大学的演讲

我们研究史学，第一先要研究的就是，什么是史？

在中国能找出许多关于史的材料来，什么《史记》咧、《汉书》咧、《三国志》、《资治通鉴》、廿四史……在西洋也可以找出什么《罗马史》咧、《希腊史》咧……等等的书。这类的书，就是史吗？

这类的书，固然浩如烟海，但这不是史，而是供给吾人研究历史的材料。从前许多的旧历史学家，都认为这是历史，其实这是研究历史的材料，而不是历史。历史是有生命的，活动的，进步的，不是死的，固定的。

吾人研究有生命的历史，有时须靠记录中的材料，但要知道这些陈编故纸以外，有有生命的历史。比如研究列宁，列宁是个活人，是有生命的。研究他，必须参考关于列宁的书籍，但不能说关于列宁的书籍，便是列宁。

明白了这点，那历史和历史材料的异点，便可以知其大概了。

我们再讲历史学的发展。历史学是起源于记录。英文的史字（History）是问而知道的意思；德文的史字（Geschichte）是事体的意思。发生事件而记录起来，这是史学的起源。

从前历史的内容，主要部分是政治、外交，而活动的事迹，完全拿贵族当中心。所以福理曼（Freeman）说：过去的政治就是历史，历史就是政治。他把政治和历史认成一个，不会分离。

这样解释历史，未免失之狭隘。历史是有生命的，是全人类的生活。人类生活的全体，不单是政治，此外还有经济的、伦理的、宗教的、美术的种种生活。他说历史就是政治，其余如经济、宗教、伦理、美术的种种生活，能说不算是人类的生活吗？可以把它们放在历史以外吗？

及后到了马克思，才把历史真正意义发明出来，我们可以从他的唯物史观的学说里看出。

他把人类生活，作成一个整个的解释，这生活的整个便是文化。

生物学当然是研究生物的，植物学当然是研究植物的，人类历史也当然是研究人类的生活，生活的全体——文化的了。但文化是整个的，不可分离。譬如这座楼，可以分出楼顶、楼身和基础来，假使基础摇动，楼身、楼顶全得摇动。基础变更，楼身、楼顶也得跟着变更。文化是以经济作基础，他说有了这样的经济关系，才会产生这样的政治、宗教、伦理、美术等的生活。假如经济一有变动，那些政治、宗教等生活也随着变动了。假使有新的经济关系发生，那政治、宗教等生活也跟着从新建筑了。

他不但发明文化是整个的，他并且把历史和社会的疆域分开。他说：人类的社会，按时间的，纵起来看是历史，按平面的，空间的，横起来看是社会。他又说历史是"社会的变革"。不但过去的历史是社会的变革，即是现在、将来，社会无一时不在变革中，因为历史是有生命的、活动的、进步的，而不是一成不变的。历史的范围不但包括过去，并且包有现在和将来。

至于什么是历史学家的任务，希腊的历史学家后世称为"历史之父"的希罗陀德（Herodotus）已经告诉过我们：

一、应当整理记录，寻出真确的事实。

二、应当解释记录，寻出那些事实间的理法。

据此，历史家的任务，是在故书簏中，于整理上，要找出真确的事实，于理解上，要找出真理。但同是一个事实，人人的解释各异。比如实在的孔子过去了，而历史的孔子，甲与乙的解释不同，乙与丙的解释又不同，昔人与今人的解释又不同。人人解释既然不同，他整理以后，找出来自以为真确的事实，当然又不同了。

须知历史是有新鲜的生命的，是活动的、进步的，不但不怕改作和重作，并且还要吾人去改作、重作。信手在我们中国历史里边找出几个例来看：

一、在中国历史神话期中，说我们的衣服器具有许多是半神的圣人，给我们在一个相距不远的时代，一齐造出来的。这样记录，我和在座诸君在十年或廿年前，或者都以为真实的。现在我们若拿新的历史眼光来看，知道那些记录完全是荒谬的。现在藉着科学的知识，发明一种新机器，也得费若干年月，在那蒙昧时代，怎能这样迅速！

据人类学家考察，人类的起源，是因人从前有四条腿，和别的动物一样。女性的人，怕他的孩子被他兽残杀，乃习用其前足抱子而奔。人是这样渐渐的进化，才成了用手用胸用两足走路的动物。人类渐渐的站起来用足走路以后，腹部因蔽体的毛稀薄，感畏风寒，乃渐取树叶遮盖，后来旁的地方怕受风寒，也会想法去遮盖了。这就是衣服的起源，由树叶到衣服的进步更不知道经过了多少年月！

由茹毛饮血的生活而渐进于游牧的生活，由游牧的生活而进于畜牧生活，而进于农业生活，手工业的生活，机器工业的生活，这里边有很悠久的历史，并不会一时得到的。我们现在根据进化论去解释这些记录，比在数十年前的观念已大不同了。

二、中国古代的姓，如妫、姞、姬、姜等字，都从女旁，这些字何以都从女？前人的解释，多谓人因地而得姓。例如某某的母居姜水，故姓姜；某某的母居于妫水，故姓妫。但由我来解释，不是这样。我以为妫水、姜水的地方，是因人而得名的。因为有姓姜的在那里居住，所以名为姜水；有姓妫的在那里居住，所以名为妫水。姜、妫的姓都从女旁，是因为那个时候，是母权时期，所以子从母姓。我们再就社会的现状观察，姓张的村子叫张家村，姓李的庄子叫李家庄，都因所在的姓氏而得名，决不是因为住在张家村才姓张，住在李家庄才姓李的。那些妫水、姞水、姬水、姜水的名称，也因为古代的人好临水而居，那水也就各因其姓氏而得名了。

我们拿着新的历史眼光，去观察数千年前的故书陈籍，的确可以得着新的见解，找出真确的事实。

三、就近二十年来，河南所发现的古物，更可以断定旧日史书的虚伪。中国经济学上的名词多从贝，如货字、买字、贾字等都从贝。按历史学家考察，最古的时期中，经过一种靠贝为生活的时期。中国旧史的记录的：中国在太昊、神农时，已有金属铸造货币。但现在按河南发现的龟版文字一为考察，那些上面所刻的字并无从金边的字，而只有从贝的字。果然当时已是用金器时代，何以不能发现一个金字？

中国古书固然伪的很多，然在较为可靠的《书经》的《商书》篇亦是说"具乃贝玉"，当时贝玉并称，而不说具乃金玉。果然当时已有金属制造品，何以在殷代以前，不发现一个"金"字？

到了后来《诗经》上才发现许多"金"字，往往"金""玉"并称，便有"金玉其相"一类的话了。

就此可断定，旧史所纪是虚伪的。在殷代以前，还是靠贝的生活，还是石器时代，殷代以后到了周朝，才入了铜器时代，才有金属的制造品了。

这样的例举不胜举，我们按这许多例，可以断定往日记录有许多错误，是可以改作重作的，是必须改作重作的。但我们所改作的重作的，就敢断定是真实的、一成不变的吗？历史是有生命的，僵死沈〔陈〕腐的记录不能表现那活泼泼的生命，全靠我们后人有新的历史观念，去整理他，认识他。果然后人又有了新的理解、发明，我们现在所认为新的又成了错误的，也未可知。我们所认为真实的事实和真理的见解并不是固定的，乃是比较的。

希腊历史学家格罗忒（Crote）出，又有人说，他的《希腊史》比希罗陀德的好，第一因为希氏缺乏批评精神，第二因为希氏喜欢什么，便注意什么真实。但我们要说公平话，他所注意的未必是话〔对〕，在希罗陀德时代，能够得到那样结果，已经很难的了。我们不能因见了格罗忒，便来菲薄希罗陀德。格罗忒的《希腊史》，果然就是最完全的吗？这也不过是比较的真实的罢了。

所以历史是不怕重作改作的，不但不怕重作改作，而且要改作重作，推翻古人的前案，并不算什么事，故吾人应本新的眼光去改作旧历史。很希望有许多人起来，去干这种很有趣味的事，把那些旧材料、旧记录，统通召集在新的知识面前，作一个判决书。

从前的孔子观念，是从前人的孔子观，不是我们的孔子观。他们的释迦观、耶稣观，亦是他们自己的释迦观、耶稣观，不是我们的释迦观、耶稣观。他们本着迷信为孔子、释迦、耶稣作传，辉煌孔子、释迦、耶稣为亘古仅有天纵的圣人，天生的儿子，说出许多怪诞不经的话。我们今日要为他们作传，必把这些神话一概删除，特注重考察他们当时社会的背景，与他们的哲学思想有若何关系等问题。历史原是有生命的，不是僵死的，原是进步的，不是固定的。我们本着新的眼光，去不断地改作重作，的确是我们应取的途径了。

以上的话，归结起来：记录是研究历史的材料；历史是整个的、有生命的、进步的东西，不是固定的、死的东西；历史学虽是发源于记录，而记录绝不是历史。发明历史的真义的是马克思，指出吾人研究历史的任务的是希罗陀德。我们研究历史的任务是：

一、整理事实，寻找它的真确的证据。

二、理解事实，寻出它的进步的真理。

张湛明笔记

《民国日报》副刊《觉悟》，1923 年 11 月 29 日

诗　歌

登楼杂感（戊申）（二首）

（1908 年）

一

荆天棘地寄蜉蝣，青鬓无端欲白头。

拊髀未提三尺剑，逃形思放五湖舟。

久居燕市伤屠狗，数觅郑商学贩牛。

一事无成嗟半老，沈沈梦里度春秋。

二

感慨韶华似水流，湖山对我不胜愁。

惊闻北塞驰胡马，空著南冠泣楚囚。

家国十年多隐恨，英雄千载几荒邱。

海天寥落闲云去，泪洒西风独依楼。

《言治》2 月刊第 1 年第 4 期，1913 年 9 月 1 日

岁晚寄友（二首）

（1909年冬）

一

江山依旧是，风景已全非。
九世仇堪报，十年愿未违。
辽宫昔时燕，今向汉家飞。
岁晚军书急，行人归未归？

二

几载不相见，沧桑又一时。
廿年余壮志，千里寄新诗。
慷慨思投笔，艰难未去师。
何当驱漠北，遍树汉家旗。

《言治》月刊第1年第1期，1913年4月1日

题蒋卫平遗像

（1910 年冬）

斯人气尚雄，江流自千古。

碧血几春花，零泪一抔土。

不闻叱咤声，但听呜咽水。

夜夜空江头，似有蛟龙起。

《言治》月刊第 1 年第 3 期，1913 年 6 月 1 日

哭蒋卫平（辛亥）（二首）

（1911 年）

一

国殇满地都堪哭，泪眼乾坤涕未收。
半世英灵沉漠北，经年骸骨冷江头。
辽东化鹤归来日，燕市屠牛漂泊秋。
万里招魂竟何处？断肠风雨上高楼。

二

龙沙旧是伤心地，凭吊经秋祇劫灰。
我入平山迟一步，君征绝塞未曾回。
玉门魂返关山黑，华表人归猿鹤哀。
千载胥灵应有恨，不教胡马渡江来。

《言治》月刊第 1 年第 4 期，1913 年 9 月 1 日

南天动乱，适将去国，忆天问军中

（1913 年 8 月）

班生此去意何云？破碎神州日已曛。

去国徒深屈子恨，靖氛空说岳家军。

风尘河北音书断，戎马江南羽檄纷。

无限伤心劫后话，连天烽火独思君。

《言治》月刊第 1 年第 6 期，1913 年 11 月 1 日

赠筱舫、寿山（二首）

（1913年秋）

一声笳咽一腔泪，万里城环万仞山。

最是多情今夜月，共君犹自出边关。

前意未尽更赋一律

策马玉门关，不为儿女颜。

悲歌辞易水，壮志出天山。

白草千层雪，黄河九曲湾。

遥知肠断处，应有雁飞还。

《言治》季刊第1册，1917年4月1日

咏玉泉

（1913 年秋）

玉泉流贯颐和园墙根，潺潺有声，闻通三海禁城等处，皆溯源于此。

殿阁嵯峨接帝京，阿房当日苦经营。
只今犹听宫墙水，耗尽民膏是此声！

《言治》月刊第 1 年第 6 期，1913 年 11 月 1 日

有　感

（1913 年秋）

愁尽人天唤奈何，高楼风雨黯笙歌。

伤心人有伤心泪，洒向红颜薄命多。

《言治》月刊第 1 年第 6 期，1913 年 11 月 1 日

吊圆明园故址（二首）

（1913年秋）

夕阳影里，笳鼓声中，同友人陟高冈，望圆明园故址，只余破壁颓垣，残峙于荒烟蔓草间，欷歔凭吊，感慨系之。

一

圆明两度昆明劫，鹤化千年未忍归。
一曲悲笳吹不尽，残灰犹共晚烟飞。

二

玉阙琼楼委碧埃，兽蹄鸟迹走荒苔。
残碑没尽宫人老，空向蒿莱拨劫灰。

《言治》月刊第 1 年第 6 期，1913 年 11 月 1 日

乙卯残腊，由横滨搭法轮
赴春申，在太平洋舟中作

（1916 年 1 月）

浩淼水东流，客心空太息。

神州悲板荡，丧乱安所极。

八表正同昏，一夫终窃国。

黯黯五采旗，自兹少颜色。

逆贼稽征讨，机势今已熟。

义声起云南，鼓鼙动河北。

绝域逢知交，慷慨道胸臆。

中宵出江户，明月临幽黑。

鹏鸟将图南，扶摇始张翼。

一翔直冲天，彼何畏荆棘。

相期吾少年，匡时宜努力。

男儿尚雄飞，机失不可得。

《言治》季刊第 1 册，1917 年 4 月 1 日

黄种歌

（1916 年春）

黄种应享黄海权，
亚人应种亚洲田。
青年！青年！
切莫同种自相残，
坐教欧美着先鞭。
不怕死，不要钱，
丈夫决不受人怜。
洪水纵滔天，
只手狂澜。
方不负石笔铁砚，
后哲先贤。

送幼薥

　　丙辰春，再至江户。幼薥将返国，同人招至神田酒家小饮，风雨一楼，互有酬答。辞间均见"风雨楼"三字，相约再造神州后，筑高楼以作纪念，应名为"神州风雨楼"。遂本此意，口占一绝，并送幼薥云。

　　　　壮别天涯未许愁，
　　　　尽将离恨付东流。
　　　　何当痛饮黄龙府，
　　　　高筑神州风雨楼。

　　　　　　《言治》季刊第 1 册，1917 年 4 月 1 日

送相无

（1916年春）

幼蘅行未久，相无又去江户，作此送之。

逢君已恨晚，此别又如何？
大陆龙蛇起，江南风雨多。
斯民正憔悴，吾辈尚蹉跎。
故国一回首，谁堪返太和！

《言治》季刊第 1 册，1917 年 4 月 1 日

寄霍侣白

（1916 年 5 月）

一轮舟共一轮月，
万里人怀万里愁。
正是黯然回首处，
春申江上独登楼。

复辟变后寄惺亚

（1917 年 7 月）

复辟变后，仓皇南下，侨寓沪上，惺亚时在赣江，赋此寄怀。

英雄淘尽大江流，
歌舞依然上画楼。
一代声华空醉梦，
十年潦倒剩穷愁。
竹帘半卷江天雨，
蕉扇初迎海外秋。
忆到万山无语句，
只应共泛五湖舟。

《言治》季刊第 3 册，1918 年 7 月 1 日

山中即景（三首）

（1918 年 8 月）

一

是自然的美，是美的自然；
绝无人迹处，空山响流泉。

二

云在青山外，人在白云内；
云飞人自还，尚有青山在。

三

一年一度果树红，一年一度果花落；
借问今朝摘果人，忆否春雨梨花白？

《新青年》第 5 卷第 3 号，1918 年 9 月 15 日

悲 犬

（1918 年 8 月）

我初入山，

犬狂吠门前；

我既入山，

犬摇尾乞怜。

犬哉！犬哉！

何前倨而后谦？

《白坚武日记》，1918 年 8 月 19 日

岭上的羊

（1919 年 9 月 15 日）

我在古寺门前站立，

小羊的声音来自天际。

看啊！岭上的羊，白的掺着黑的。

一个一个的都爬上山去。

羊啊！我细听你的声音里：

纤弱带着仁慈，悲哀带着战栗，

你不曾伤过别的东西，

你不曾害过你的伴侣；

天天只傍着那山水，

吃些草叶或草子；

只有你怕人，没有人怕你。

我不但不怕你，并且怜你；

我不怕你，并且怜你，就是你的胜利！

《少年中国》第 1 卷第 3 期，1919 年 9 月 15 日

山　峰

（1919 年 9 月 15 日）

一个山峰头，
长着几颗〔棵〕松树。
片片的白云，
有时把它遮住。
白云飞来便去，
山峰依然露出。

《少年中国》第 1 卷第 3 期，1919 年 9 月 15 日

山中落雨

（1919 年 9 月 15 日）

忽然来了一阵烟雨，

把四山团团围住，

只听着树里的风声雨声，

却看不清云里是山是树？

水从山上往下飞流，

顿成了瀑布。

这时前山后山，

不知有多少樵夫迷失了归路？

《少年中国》第 1 卷第 3 期，1919 年 9 月 15 日

欢迎独秀出狱（三首）

（1919 年 9 月 28 日）

一

你今出狱了，
我们很欢喜！
他们的强权和威力，
终竟战不胜真理。
什么监狱什么死，
都不能屈服了你；
因为你拥护真理，
所以真理拥护你。

二

你今出狱了，
我们很欢喜！
相别才有几十日，
这里有了许多更易：

从前我们的"只眼"忽然丧失，

我们的报便缺了光明，减了价值；

如今"只眼"的光明复启，

却不见了你和我们手创的报纸！

可是你不必感慨，不必叹惜，

我们现在有了很多的化身，同时奋起：

好像花草的种子，

被风吹散在遍地。

三

你今出狱了，

我们很欢喜！

有许多的好青年，

已经实行了你那句言语：

"出了研究室便入监狱，

出了监狱便入研究室。"

他们都入了监狱，

监狱便成了研究室；

你便久住在监狱里，

也不须愁着孤寂没有伴侣。

《新生活》第 6 期，1919 年 9 月 28 日

《新青年》第 6 卷第 6 号，1919 年 11 月 1 日

赠吴弱男

（1919 年秋）

暗沉沉的女界！

须君出来作个明星，贤妻良母主义么？

只能改造一个家庭。

妇女参政运动么？

只能造就几个女英雄。

这都不是我所希望于君的。

我愿君努力作文化运动，

作支那的爱冷恺、与谢野晶子。

挽孙中山联

（1925 年 3 月）

广东是现代思潮汇注之区，自明季迄于今兹，汉种孑遗，外邦通市，乃至太平崛起，类皆孕育萌兴于斯乡；先生挺生其间，砥柱于革命中流，启后承先，涤新淘旧，扬民族大义，决将再造乾坤；四十余年，殚心瘁力，誓以青天白日，满地红旗，唤起自由独立之精神，要为人间留正气。

中华为世界列强竞争所在，由泰西以至日本，政治掠取，经济侵陵，甚至共管阴谋，争思奴隶牛马尔家国；吾党适丁此会，丧失我建国山斗，云凄海咽，地黯天愁，问继起何人，毅然重整旗鼓；亿兆有众，惟工与农，须本三民五权，群策群力，遵依牺牲奋斗诸遗训，成厥大业慰英灵。

党员　李大钊

《孙中山哀思录》，1925 年 3 月